《石嘴山市城市文学丛书》编委会
《名家笔下的石嘴山》编委会

城市文学高地　工矿文艺富矿

名家笔下的石嘴山

MINGJIA BIXIA DE SHIZUISHAN

石嘴山市文学艺术界联合会　编

黄河出版传媒集团
宁夏人民出版社

图书在版编目（CIP）数据

名家笔下的石嘴山 /石嘴山市文学艺术界联合会编
. -- 银川：宁夏人民出版社，2022.12
ISBN 978-7-227-07756-5

Ⅰ. ①名… Ⅱ. ①石… Ⅲ. ①中国文学 - 当代文学 - 作品综合集 Ⅳ. ①I217.1

中国国家版本馆CIP数据核字（2023）第001327号

名家笔下的石嘴山　　石嘴山市文学艺术界联合会　编

责任编辑　管世献
责任校对　赵　亮
封面设计　星　秀
责任印制　宋　华

黄河出版传媒集团
宁夏人民出版社　出版发行

出 版 人　薛文斌
地　　址　宁夏银川市北京东路 139 号出版大厦（750001）
网　　址　http://www.yrpubm.com
网上书店　http://www.hh-book.com
电子信箱　nxrmcbs@126.com
邮购电话　0951-5052104　5052106
经　　销　全国新华书店
印刷装订　宁夏凤鸣彩印广告有限公司
印刷委托书号　（宁）0025201

开本　889 mm × 1194 mm　1/16
印张　24
字数　350 千字
版次　2023 年 4 月第 1 版
印次　2023 年 4 月第 1 次印刷
书号　ISBN 978-7-227-07756-5
定价　75.00元

序一

物之不齐，物之情也。不同的地域孕育了文化的多样性，多元的文化呈现出丰富多彩而美丽缤纷的世界。

贺兰山，宛若鄂尔多斯台地上一匹脱缰的骏马，驰骋在祖国西北的劲风中……这个在《水经注》里称为“卑移山”的地方，在《马可·波罗游记》中记载发现一种“黑色的、会燃烧的石头”，这便是享誉世界的“太西煤”。新中国成立后，“一五”计划被确定为“全国十大煤炭基地”之一，五湖四海的建设大军从祖国各地云集而来，一座因工矿而生的工业之城崛起于贺兰山下。在这里，挖掘出了宁夏的第一吨煤、点燃了宁夏的第一度电、冶炼出了宁夏的第一炉钢，石嘴山当之无愧成为宁夏工业的摇篮，经济总量一度占据宁夏的半壁河山。

于是，这个闪烁着远古文化图腾的地方，烙上了工矿文艺的胎记，结出了城市文学的硕果。郑正老先生从淮西大地千里而来，从一个煤矿工人干起，从一个煤矿通讯员开始在巴掌大小的纸片上写作，一直写到《郭拴子覆灭记》等多部小说、散文集子和一部部大书。还有陈勇先生，本土优秀的文学人才，从编辑《贺兰山》期刊直到退休将宝贵年华奉献给石嘴山的文学事业，而且还有《黄河静静流淌》《盛宴》等长篇小说的出版发行。

本人到石嘴山工作以来，之所以考虑打造“城市文学、工矿文艺”这个品牌，一方面是石嘴山有其特殊的地理位置，有独树一帜发展“城市文学、工矿文艺”的基础，有石嘴山特有的文化气质和地方标识；一方面也深深被这片土地上的人文精神所感染、所感动、所激励——移民文化、工业文化、黄河文化、军旅文化等城市元素和工矿符号一次次映入我的眼帘，萦绕在我的思绪里，久久挥之不去，也难以平静。打造“城市文学、工矿文艺”不仅继承了本地特有的人文精神，而且是今后随着城市化进程不断加快文化建设的必由之路。当下，还有一大批名家大腕和本土作家、作者依然深情书写石嘴山、礼赞石嘴山、放歌石嘴山，我们有理由有责任传承好石嘴山文学基因，在新时代讲好石嘴山故事、传播好石嘴山声音、展示好石嘴山形象。

文运兴则国运兴，文化强则民族强。党的二十大对大力传承中华优秀传统文化、优先发展文化事业提上了新的高度，明确了新的任务和要求。“文章合为时而著，歌诗合为事而作。”2014年10月15日，习近平总书记在文艺工作座谈会上指出，“好的文艺作品就应该像蓝天上的阳光、春季里的清风一样，能够启迪思想、温润心灵、陶冶人生，能够扫除颓废萎靡之风。”石嘴山市正按照习近平总书记的嘱托，奋力打造产业转型示范市，其经济转型发展之快、生态建设效果之好、人民群众生活之幸，都是这里的最强音。这也必成为文化事业繁荣兴盛的契机，成为发展“城市文学、工矿文艺”的富矿。正值全市上下深入学习宣传贯彻党的二十大精神之际，我们编辑出版《石嘴山市城市文学丛书》（三卷本）和《名家笔下的石嘴山》，收录188位作家、诗人430余篇作品，共计168万字，全景式展示石嘴山文学的全新风貌。这里不仅有大家熟悉的王跃英、杨军民、吴全礼等石嘴山这块土地上成长起来的作家，更有张贤亮、梁晓声、朱光亚等名家名作，他们一腔豪情发诸笔端，赞美这片土地、讴歌这个时代。

一个城市有一个城市的“长相”，一个城市的“长相”也必然成就这个城市文学的面貌。铁凝说过，无论城市如何发展进步、社会如何飞速发展，必然会有一盏文学的灯火，而这盏文学的灯火照亮了当代人的生活，人们的生活也为此绚丽多姿。在石嘴山转型发展、绿色发展、和谐发展的当下，我们有理由也有决心相信：一个“城市文学、工矿文艺”的高地必将兴起，多部文学精品力作必将灿然闪耀，一支热心文学、致力文学、呕心沥血创作的作家队伍必将在石嘴山大地上茁壮成长，成为新时代石嘴山文化自信自强的脊梁。

是为序。

石嘴山市委常委、宣传部部长　王正儒

序二

我很早（七八岁）就对石嘴山有了某种概念和神往，觉得那是一个可以出人头地的地方，是一个能过上好日子的地方，说来和村里的一个人有关。这人当时在石嘴山当矿工,就算是吃公家饭了。当时全村吃公家饭的有两个人,一个在县城,一个在石嘴山，贵远贱近，当然觉得石嘴山这个是更厉害一些。这人偶尔回老家来，几乎村子里每家都会请他去吃饭。我家就请过，请来后爷爷亲自陪着。记得那人气质、相貌有些特别，和村里人相比，已经有些两样了。但他还是老家口音，他的儿子则说着在我们听来很洋气的话了。有一段时间不知什么原因，他的儿子竟在村小学上过一段学，给我的印象是终生难忘的，一是因为有了这样一个学生的存在，我们的老师好像有些发慌了，好像他那点学问拿不出手了；还有就是，这娃正好坐在我的后面，习惯性地往前面一踢一踢，就踢到我的脚后跟，那时候没袜子穿，鞋也不怎么样，脚后跟还开了裂子，就搞到我忍不住哭起来。这就算是成了一个事件。结果完全是不敢想的，那娃竟然给了我一双袜子以表歉意。还有什么不能原谅的呢？这石嘴山来的人太大方了。这是石嘴山给我的第一个印象。

后来上中学，住在二爷家，在法院工作的二爷订了几种刊物，我那时候就对文学有兴趣了，就在一本刊物上读到关于土匪郭拴子的小说连载，应该说这小说对我的文学梦的培育是有必然作用的。后来才知道这小说的作者是郑正老师，石嘴山文学的拓荒人。所以据实说来，我知道的第一个宁夏作家不是张贤亮先生也不是别人，而是郑正老师。他虽然写的是石嘴山的事，但同时也是宁夏的事，从语言风格到生活气息都让我倍感亲切。

石嘴山作家里，还有一个让我印象深刻的人是陈勇老师。在偶然的一次闲谈中，让我得见了我们身边竟有着这样的写作者存在，虽说也是有一定知名度的作家，但这样的作家在某种程度上可以说是被忽略的，他所关注的方面，他已经思考到的深度，在学养根基越来越脆弱越来越浅薄的作家群体里是不多见的。甚至可以这样说，只要有陈勇这样的写作者存在，那么石嘴山的文化底蕴就不可小觑。他可能不多写，但他的眼光，他的见识，他的标准，都是一个优秀作家才能具备的。

同事曹海英，又是很好的文友关系，就借便读了她不少小说。曹海英的主要作品，几乎都是围绕着石炭井矿区来写的。她的童年少年时光都是在这里度过的，于一个写作者而言，可谓生活的源泉和感情的源泉都深系于兹。比较一下其他煤矿题材写作的作家，刘庆邦等，就会发现曹海英的煤矿写作有着她独到的一面和难以被替代的一面，她会写到矿区很边缘的一些事件和人物，比如会写到矿区的孩子、理发员、门市部售货员、司机、保管员等等，甚至会倾注感情大篇幅地去写矿区的猫。而我们以为写矿区主要应聚焦于写井下。但没有一个浪花和整个大海没有关系，牵一发而全身动，根往往是不容易看到的，根的状况，正是反映在它的枝枝叶叶上，所以从曹海英写的一系列微末小事上，可以觉察到更多深大的连带和牵扯，就像面临了一个庞杂的系统和零件繁多的机器一样。作家火会亮在石嘴山矿区走了一圈，在历史和现实的交汇处禁不住感慨说："这确实是一块产生文学的地方啊，这里如果不出现几部或几篇……震撼人心的作品，实在是说不过去啊，这块地方可实在是太冤了啊。”感慨不可谓不深，呼求不可谓不急迫。其实这样的作品已露圭角，正要靠曹海英这样生于斯长于斯的写作者奋力一搏，写出它的整体的气概和底蕴。

这么多年下来，觉得石嘴山的作家们给我一种印象：内敛又倔强。好像憋足着一股劲，好像自己也清楚自己是立站在怎样的一块土地上，好像大家早就默契地互通声气暗暗发力，要给这块天赐的宝地一个呐喊和正名。这是应该的，地下厚积了千万年的煤层应该有其匹配的名声和颂扬。其实这块土地上的先辈们，早就按捺不住地在贺兰山里尽情地挥洒描画了，画在石头上，画在崖壁间，后来者紧紧跟上就是了。

诗人张嵩说：“女娲遗落斑斓玉，多少精华在此间。”

可谓对这块热土的量身定做。

诗人马萧萧说：“以石为嘴，做最强硬的发言。”

得天独厚，众志成城，相信石嘴山的发言会传播在更广大更深久的时空里。

中国作家协会会员、宁夏文联副主席（兼）、宁夏作家协会名誉主席　石舒清

目录

小说类

散文类

诗歌类

评论类

小说类

朱光亚

朱光亚（1936—），湖南双峰人。中国作家协会会员。历任甘肃省军区文艺干事，《星火燎原》编辑部编辑，兰州军区政治部创作室主任。著有长篇小说《风雪阿拉苍》《迭山芳魂》《金色的格桑花》，散文集《军旅生涯》，长篇历史小说《西安事变》（合作）等。

情系贺兰山

一

一辆军用吉普，风驰电掣地飞驶在贺兰山下的银北公路上。

车过大武口，两边的山峰突然长高了似的，天空窄得像一条弄堂，简易公路在两山夹峙中像条灰褐色的布带向前延伸。山，光秃秃的，峻峭的岩壁上露出一个个黑幽幽的深洞，这是当地老百姓挖掘的小煤窑。据说贺兰山煤炭蕴藏十分丰富，只要揭去一层地皮，整个儿的就是一座煤山。

坐在驾驶员旁边的是一位身穿军服的女中校军官。她三十五六岁，身材婀娜，一头乌油油的烫发。由于保养得很好，额头光洁，脸庞细嫩、红润；眉毛是描过的、齐崭崭的弧线。她紧抿着嘴唇，眉宇间流露出自信和沉稳，这是那种具有强烈的优越感，对自己的身份和价值有着充分认识的女性的固有表情。打从小车开

进山区，她的精神立即振奋起来，两眼贴着车窗玻璃，贪婪地朝外张望。此刻，她的心情很不平静，这里的每一条沟，每一座山，都勾起她深沉的回忆，不断在她的心海荡起一圈圈涟漪。

十八年前，她就在贺兰山当兵。那会儿，正是那场“文化大革命”闹得不可开交的时候。入伍前她是银川市一所中学的高三学生，为了使国不变色、党不变修、人不变质，学校停课闹革命，组织毛泽东思想文艺宣传队，她的家庭成分、长相、嗓音都很优越，便成了文艺宣传队的台柱子，尤其是她和同班同学刘银生的男女声二重唱，风靡了银川城。不久，贺兰山驻军某部战士业余演出队来银川招收文艺兵，看中了她和刘银生。于是，那年秋天，他俩穿上了军装，一起来到贺兰山。

在贺兰山，她整整待了两年。

这真是令人刻骨铭心、终生难忘的两年哪！在这里，她吃了不少苦，也流了不少泪，当兵和她原先罗曼蒂克的想象完全是两码事。她们所在的部队常年担负国防施工任务，成年累月生活在荒山野岭，物质、文化生活极度匮乏，战士们过的完全是苦力加清教徒式的生活；业余演出队的情况虽然好一点，但生活仍然清苦，许多日子是靠酱油拌饭、咸菜头夹馒头来打发的。她撑不住了，情绪十分低沉，这时幸亏刘银生伸出了友谊的手，给她讲革命道理，讲理想、情操，在她面前擎着一盏明灯，总算拉着、拽着、拖着她度过了一生中那段最艰难的历程，完成了从学生到军人的转变。是的，是刘银生拉了她一把，至今想起来，她对他仍充满了深深的感激。

刘银生是个天生的军人坯子。他父亲是位老八路，他自小在军营长大，尽管部队生活那样苦，他却好像如鱼得水，轻松自如。她对他崇拜、羡慕极了，觉得他是一团火，燃烧着自己，同时照亮着别人。和他在一起，就没有克服不了的困难。渐渐地，少女的心萌动了，当她确信爱上了他时，内心的激情不可遏止地喷发出来，终于在一个月朗星稀的夜晚，她向他倾吐了自己的爱情。

至今她还清楚地记得，那次文艺晚会散场后，在师部空寂的豆腐房里，她一头扑进他的怀抱。当时，刘银生毫无思想准备，惊惶失措地说："小赵，你，你这是干啥？"她浑身颤抖，眼泪像泉水似的往外流，激动得说不出一句话儿来。他把她推开，压低嗓音说："小赵，不要这样，有话好好说。叫人看见了，要犯错误的。"好一阵，她的情绪才平静下来，用手绢擦干眼泪后，低垂着头，羞羞答答地说："我和你同学三年，去年一起入伍，在演出队又是搭档，你给了我许多帮助，不是你，这一年我就过不了关。你太好了，我越来越感到离不开你，和你在一起，我就感到幸福，有依靠，有主心骨，我愿意将我的命运、我的一切交付与你，永远和你生活在一起，同甘共苦，永不变心。"

听了她的肺腑之言，刘银生心情也激动起来，双眼熠熠发亮，伸出双手把她搂在怀里，颤抖着声音说："丽雯，我终于盼来了这一天。我俩一起被招入伍，我就想我们俩一定有缘。但我不敢开口，你这么漂亮，音乐素质又很好，将来大有前途；再说，你家都是搞艺术的，而我家行伍出身，两家气质大不一样。你愿意跟我永远在一起，太好了，我太幸福了！"

两颗年轻、稚嫩的心紧紧地贴在一起，沉浸在甜蜜的爱情之中。刘银生用手轻轻地抚摩着她的秀发，无限深情地说："丽雯，我们还年轻，都还是战士，部队纪律是不允许谈恋爱的。我们必须保密，不能让任何人知道，也不要影响工作，你能做到吗？”

全身每一个毛孔都溢着幸福和甜蜜的赵丽雯，郑重地点了点头。

自从他们的生活中加进了爱情，以后艰苦的日子便变得不是那么难挨的了。

就这样，她在贺兰山经历了人生的初恋。初恋是令人最难以忘怀的，已经过去十六个年头了，它就像利箭般常常刺在她的心头，只要轻轻地触动，这支利箭的每一下颤动，都会撬起她心头的创伤，引起剧烈的痛楚。

唉，感情这东西，原来是千丝万缕的，并不像石头，打个旋，就能沉入水底。

二

车过大磴沟，拐过一个山峁，进入八号泉地区。她的心跳得越发厉害了。

她这次从兰州来银川是来参加宁夏军区的政工会议的。三天会期一结束，她便向同来的首长请了两天假，专程来贺兰山看看。其实她心里明白，她待过的那支部队，在前些年百万大裁军中早就编散了，战士业余演出队也不复存在，如今贺兰山驻军对她来说是陌生的。但贺兰山仍具有巨大的吸引力，不仅因为她在这里生活过、工作过，主要还是因为她曾经深深爱过的刘银生还在这里。部队整编时已决定他到省军区当文化干事，但他执意不肯去，要求留在贺兰山。他先在一个连队当指导员，后来到团政治处当主任。他们已经十六年没有见面了，他虽然常去兰州开会，会场和她家近在咫尺，但他从未登过她家的门。

每当想到这里，一种淡淡的伤感情绪浮上赵丽雯的心头。按说，她的家庭生活是非常美满的，丈夫有大学本科学历，是军区机关最年轻、最有才干的部长，年仅四十就佩戴两杠四星的大校军衔，为人又温柔、敦厚，对她百依百顺，独生儿子也聪明、伶俐、活泼、可爱。她没有任何可遗憾的。然而，在生活的空隙中，有时竟在工作、学习中，不时有一种淡淡的哀伤，一种没有着落的寂寞之感飘上心头；贺兰山的初恋和与刘银生之间的情结，总像冰块似的郁结在她的心间，搅得她不得安宁。她常常扪心自问：我们之间的破裂，到底是谁的过错？我离开贺兰山，寻求业务上的发展，又有什么不对？我苦苦等了他六年，他连片纸只字都没有给我写，我是在听到他结婚后，才接受现在的丈夫的求爱……想来想去，她觉得自己实在没有什么过错，但冰块总是消融不了。有时候又隐隐约约觉得也有对不起他的地方，他毕竟是个好人，我们之间毕竟有过初恋，当年自己要是不离开贺兰山，那么，我们的生活肯定又会是另一个样子……

这些年来，她一直生活在矛盾中。这次到贺兰山来，就是为了把一些话和他说清楚，以求得心灵上的彻底解脱。

小车驶进了营区。这是一条小小的山沟，部队之所以看中这个地方，据说一个重要原因是沟里有八眼清泉，能够解决部队的用水。汩汩的清泉汇成了一条小溪，部队营房修建在小溪两边的山洼里，过去营区光秃秃的，现在绿树成荫，道路两旁花畦一片连着一片，蜂飞蝶舞，芳香扑鼻，看来，这个部队的绿化搞得蛮不错哩。

小车停在办公楼前。团政委夏民仪闻声从楼里走出来。这是位三十七八岁的矮胖子，两眼笑眯成一条缝，张开双手热情地说："军区打电话告诉我们，说赵处长要来。欢迎，欢迎！"

他们相跟着走进办公室。坐下不久，夏民仪便捧出一大摞材料要汇报。赵丽雯连忙阻止："夏政委，过去我在这里工作过两年，这次顺便来看看贺兰山，看看老战友。我们不谈工作。"

"好，好。"一听赵丽雯不是来工作的，夏民仪立即松弛下来。他一边收拾材料，一边思索地说："部队这几年变动很大，团里的干部大多是从外单位调来的，恐怕你都不认识，哦，对了，政治处刘主任是贺兰山元老，他在这里已经干了十八年，情况他都熟悉……"

“我就是来看他的。”赵丽雯打断夏民仪的话，白皙的脸庞上飞起两朵红霞，“他在家吗？我和他是老战友，过去我们在一个演出队，他现在的情况怎么样？”

“唉，老刘啊！”夏民仪深深地叹了一口气，“他这人工作是没说的，有股舍生忘死的拼劲，就是性格太倔，死心眼！上级几次调他都不走，硬要留在贺兰山。他的家庭生活也不幸福，妻子在银川当医生，两人合不来，见面就吵，今年春节他回家只住了两天就回部队了，至今八个月再没有回去过。唉……”

“老刘现在在哪里？”赵丽雯连忙把夏民仪的话岔开。

“他正在四连蹲点，主持加强党的信念教育试点工作。我打电话叫他回来，老战友来了，他肯定会高兴的。”

她被安排在刘银生的办公室休息。这是个套房，外间办公，里间住人。办公室陈设简陋，只有一张写字台、一个文件柜和一套沙发椅。当她走进里间，抬头看见正面粉墙上挂着一幅装裱好的横幅，“贺兰山人”四个大字，龙飞凤舞，是宁夏著名书法家胡公石的手笔。接着，在靠墙的书架上，看到一件飘逸、潇洒的根雕艺术品，它的造型很别致，同一个树根上，长着两个树杈，树杈上面又联结成一个疙瘩，酷似拥抱在一起的一对情侣。刹那间，她像被火燎了一下，浑身的血液骤然凝固了，心脏似乎也停止了跳动。她疾步走到书架前，拿起根雕轻轻地抚摩起来。抚摩着，抚摩着，记忆的闸门完全打开了，是它，没错，就是它，想不到时隔十六个年头，今天又在这里见到了它……

那是一个秋日的星期天。山沟里的假日有什么意思呢？既无公园可遛，又无大街可逛，有的同志干脆蒙头大睡。热爱艺术，又处于热恋中的刘银生和赵丽雯决定去苏峪口远足。不久前他们在报上看到一则消息，说文物考古人员在那里发现古代北方游牧民族匈奴、鲜卑、敕勒、突厥、党项等在一大片巨石上刻下的大量岩画，非常珍贵，是难得的艺术遗产。

苏峪口在贺兰山东麓，离部队驻地十五六公里。先一天他们打探好了路线，并在伙房拿了几个馒头和两坨榨菜。星期天，他俩起了个早，到工兵营借了两头驮水用的毛驴，骑上摇摇晃晃地出发了。

中午时分，他们来到荒无人烟的苏峪口。沟口有一个牧羊人临时住的小窝棚，一个五十多岁的老汉正蹲在窝棚门口抽旱烟。刘银生走上前去打问："老大爷，听说这条沟里发现古代人画的岩画，请问在哪达呢？"

大概经常有人来参观，老汉擎起旱烟袋，指着对面的山洼："到那达寻去！"

根据老汉指示的方位，他们来到对面的山洼，牵着毛驴，沿着一条碎石小路往半山坡爬去。太阳当顶，天气炎热，两人大汗淋漓，爬了一百来米，面前出现一大片陡峭的石崖。

他俩把毛驴拴在一块巨石上，然后朝石崖走去。这是一些粗犷、简单的线条，是古代少数民族用硬石或兽骨在岩石上敲凿而成的，由于年代久远，加上日晒雨淋，画面已经模糊不清，有的上面沾满了泥土，要是不仔细辨认，什么都看不出来的。

两人细心辨认着，终于看出了一些眉目，这些岩画大多是各种各样的人物头像，有的头上长角，有的插着羽毛，还有头戴圆顶或尖顶帽子的；也有一些动物岩画，有奔跑的鹿，双角突出的岩羊，摇尾的狗，扬鬃的骏马，大千世界的千姿百态，各有不同的表现。

岩画很多，赵丽雯看了一阵就感到厌倦了。她找到一处遮荫的石岩，从挎包里掏出塑料单铺在地上，坐下休息。刘银生仍看得津津有味，不断啧啧赞叹："真了不起，几千年前我们的祖先就有这么高的艺术水平！喏，这幅画造型粗犷浑厚，用笔简练，构图朴实，姿态自然，人物形象栩栩如生，太美啦，太美啦，丽雯，你来看呀！"

赵丽雯坐在塑料单上，无动于衷。

直到看完石壁上的一大片岩画，刘银生才走过来，坐在赵丽雯的身旁。

他们就着榨菜，一人吃了两个馒头。由于骑驴颠簸，两人都感到有些倦意，便并排躺下休息。刘银生脱下军衣垫在头下，贴身穿着背心，露出结实的胸脯和胳膊上的一疙瘩一疙瘩的腱子肉。赵丽雯突然一阵冲动，浑身的血液都涌到了头上，脸胀得红扑扑的，情不自禁地伸出纤手勾住刘银生的脖颈。

刘银生正昏昏欲睡，这时睁开微闭着的双眼，只见赵丽雯两颊通红，大大的眼睛闪烁着炽热而略带羞涩的光，正在期待地望着他。看着她娇羞的美样儿，刘银生按捺不住了，感情的洪流顿时冲破了闸门，猛地张开双臂，一把将她搂在怀里。赵丽雯没有反对，没有挣扎，微闭着双眼，温顺地紧缩着身子，偎在他热烘烘的怀抱，把她那隆起而又带弹性的胸脯紧紧地贴在他的胸口。接着，两张嘴贴在一起，留下了一个火热的亲吻。

他俩久久地拥抱着，两颗年轻的心融汇在一起，忘记了一切。太阳西移，阳光晒到了他们藏身的岩底，他们都毫无察觉。直到那两头毛驴，禁不住饥渴和太阳的暴晒，大声嚎叫起来，才把他们惊醒。刘银生挣脱赵丽雯的双臂，坐起来说："丽雯，时候不早了，该回去啦！"

赵丽雯兴犹未尽，躺在地下不起来，两只美丽的大眼水汪汪地望着刘银生，无限的柔情蜜意、爱恋和期待，全融汇在那两汪清澈的湖水之中。刘银生按捺着激情，俯下身子在她的两片薄薄的红唇上吻了一下："雯，起来吧，我们需要冷静。不然，以后你会后悔的。"

"后悔什么？"赵丽雯嘟着小嘴，不高兴地说。刘银生嘻笑着，将她从地上拉起来。当他们来到拴毛驴的地方，发现饿急的毛驴，为了找东西吃，双蹄在地上刨了一个大坑，坑内横躺着一个树根。刘银生不经意地拿在手里看了看，随即惊异地喊叫起来："丽雯，你快来看，多完美、漂亮的一件天然艺术品啊！"

赵丽雯接过来，看不出什么名堂。刘银生便指点着说："喏，这是个男人，这是个女人，脸上还有个小酒窝哩！这是手，两人搂在一起，怪亲热哩！生动形象，惟妙惟肖，太美啦！

刘银生这一说，赵丽雯笑了起来，高兴地说："是挺像的。拿回摆在床头，象征着我们的爱情，天长地久！"

…………

"想不到他还保存到现在……"赵丽雯喃喃地说。她的脸上火辣辣的，内心翻涌着酸楚和苦涩。她在根雕前伫立良久，待心情平静下来后，才移步桌前。玻璃板下压着一张已经有些发黄的照片，显然这是一张二人的合照，可是一边却被剪掉了，剩下的刘银生，英姿勃勃，两只大眼流光溢彩，微微下垂的嘴角挂着幸福的微笑。

她想起来了。被剪掉的那人就是她！这是那年业余演出队去银川演出时，他俩利用中午休息时间上街照的。

"唉！"她痛苦地呻吟了一声，一颗心仿佛被一只无形的巨手紧攥着，按进了冰冷的深潭，直往下沉……

三

她在刘银生的房间里踱来踱去，虽然他们分开十六年了，各自都成了家，而且从未联系过，然而在这间小小的房子里，她却处处感受到自己的存在，那一段初恋的阴影仍然深深地影响和笼罩着他的工作、生活以及他和妻子的关系。她的信念开始动摇了。和银生关系的破裂，自己真的没有一点责任？自己这次堂而皇之到贺兰山来，要和他好好谈一谈，就能把自己洗刷干净？

正在想着心事，夏民仪推门进来请她去吃晚饭。饭桌上，夏民仪告诉她，已经给四连打了电话，刘主任到训练场去了，还没回来，准备晚上再打。

饭后，她沿着小溪流往山沟深处走去。走了一百多米，左边出现一条小小的沟岔，它很窄，当年战士业余演出队的营地就分布在它两边的山坡上。一边是两排窑洞式的平房，那是他们的宿舍，食堂和厨房盖在另一边。部队整编后，这些房子全荒废、拆毁了，门、窗已被扒光，只剩下一堵堵残垣断壁，孤零零地耸立在山坡上；掀掉了房顶的屋内，长满了半人高的蒿草，发出一股股龌龊的霉臭味。

赵丽雯一间间房屋看着、回忆着，特别是她住过的房间，她走进去，用手在土墙、炕沿轻轻地抚摩，那些记录着她欢乐、痛苦往事的镜头，立刻行云流水一样回到了她的心间。

那会儿，演出队的生活虽然紧张、艰苦，但也充满了乐趣。每天早晨蒙蒙亮，他们就从炕上爬起来，端着脸盆到小溪边洗脸、梳头，泉水清冽、冰凉，感到特别舒服，洗完脸开始练功，舞蹈演员们总是到小溪旁的小树林里去练功。她和刘银生则爬上后山，站在高高的山顶上，迎着东方冉冉升起的朝阳，“咿咿，啊啊，呀呀”地拔着嗓子，内心充满着无比的自豪。早饭后，通常是上政治课或学军事，下午排练节目。有时候，队里也派他们去银川、兰州的专业文工团学节目，回来再给部队演出。

那时候，我们多么单纯啊，吃着馒头、咸菜，一月拿六七元津贴，简朴的生活却充满了欢乐和诗意。有月亮的晚上，我们这些天真无邪的小姑娘，常常坐在小溪旁的草地上，望着银盘般的月亮，数着忽明忽灭的星星，思想像长上了翅膀，飞向广袤的天穹，飞向光辉的未来，我们用热烈的语言和理想的彩笔，描绘未来的生活，大家都想成为一颗闪亮的星星，永远镶嵌在祖国蔚蓝的天幕上，用自己的光华给祖国增添光明……

开头两年，他们觉得这种清苦而带有浓厚理想色彩的女兵生活挺有趣，他们是光荣的、幸福的。但是，随着时间的推移，他们便越来越感到自己的贫乏和浅薄，甚至产生了深深的危机感。业余演出队既无编制，又无经费，一年四季困守深山，孤陋寡闻，没有自己的创作，又缺乏高明的导演，演来演去总是老一套，连常年生活在荒山野岭、文化生活极端贫乏的施工连队都对他们的演出失去了热情，称之为“炒剩饭”。面对严酷的现实，演出队许多同志都考虑：我们的出路在哪里？

赵丽雯首先认识到这一点，打从入伍以来，她和刘银生的男女声二重唱《逛新城》，从春唱到冬，已经唱了整整两年，每次报幕员一报节目，观众就笑了起来，有的交头接耳，议论纷纷，为此她感到害臊。她的父母都是搞艺术的，她懂得一个演员艺术生命的宝贵，她和刘银生多次谈到自己的忧虑，但刘银生不理解她，总认为她是怕苦怕累，有次甚至批评她："战士们舍生忘死在深山沟挖坑道，修工事，我们却在考虑个人的出路和得失，太可耻了！"

促使她下决心离开贺兰山，还是那年 9 月发生的一次意外施工事故。为了在入冬以前打通五号坑道，部队党委发出大战两个月的号召。在那些如火如荼的日子里，机关干部、首长全上了第一线，演出队自然不能例外，也要深入现场演出。由于施工设备差，又没有空气压缩机，水送不进去，只能干挖。一百多米深的坑道里，电钻突突地轰响，石渣、石块刷刷地从掌子面往下掉，尘土飞扬弥漫，每人戴两层口罩也挡不住灰尘。为了给施工战士鼓劲儿，演出小分队深入坑道演出。第一天演完出来，每个演员双眼红肿，喉咙嘶哑发炎，但大家咬牙坚持，第二天演出刚刚进行了一半，只听轰隆一声，在他们身后四五米的洞顶突然塌方。土方、石块把出路堵得严严实实，霎时，电灯灭了，坑道里黑乎乎的。八个演员被埋在洞子里，赵丽雯和另外两个女演员吓得哭了起来。担任班长不久的刘银生立即大声呵斥："嚎什么，就你的命值钱？里面还有两个班的战友，影响多不好！"他们在洞子里困了四个多小时，幸亏部队首长组织紧急抢救，才把他们解救出来。

经过这次事故，她决心离开这里。自己还年轻，不能这样轻易地断送掉自己的艺术生命。当晚她就给在兰州军区当部长的叔叔挂了长途电话，要求把她和刘银生调到军区文工团，理由当然冠冕堂皇，为了事业上的进步和发展。

一个月后，两人的调令来了。怎样给刘银生说呢？她设想了种种可能，银生性格太要强，又刚刚填了入党志愿书，很可能不愿意走。但她又考虑到，银生酷爱声乐艺术，嗓子条件又很好，将来前途无量，要是继续窝在这里，势必断送自己。一个有志气、有出息的演员，谁不愿意找个条件好、有名师指点的单位，以求业务上的提高和事业上的发展呢？刘银生不是傻瓜，不可能不考虑。想到这里，她的信心又足了起来。

当她将调动的消息婉转地告诉他时，刘银生瞪着两只大眼，望着远处的群山，半晌没有吭声，接着，嘴角的肌肉不住地抽搐，看得出，矛盾和痛苦在他内心剧烈地翻腾着。

赵丽雯忐忑不安起来，小心翼翼地问："银生，你倒是说话呀！这里和兰州还不一样？都是唱歌，为人民服务！"

他的脸色突然变得冷漠而严峻起来，嘴角上甚至挂着一丝嘲弄的微笑，鼻子哼了一声，冷冷地说："话不能这样说吧，兰州和贺兰山能一样吗？大家都想往城里挤，贺兰山让谁来守卫？我考虑好了，人各有志，我不勉强你，你也不要勉强我！你去吧，兰州对你也许更合适一些。我嘛，你就不要管啦，生下的苦命、穷命，就在贺兰山待着吧！"

她还想劝说一番，没料想，他头一扭大步走了。

就这样，她一个人去了兰州，走的时候，他甚至都没来送行。她原想他这是一时赌气，以后一定会回心转意的。

到兰州后，她不断给他写信，但如石沉大海，他连片纸只字都没有回。六年以后，听说他与银川一位女医生结了婚，于是，她彻底失望了。一个美妙的梦就这样终止了，却给她留下了不尽的怅惘和苦涩……

赵丽雯在演出队的废墟前徘徊、流连，心潮起伏难平，最后来到小溪边。还是当年的那条汩汩的小溪流，可是时过境迁，人事全非了。她俯下身子，把双手伸进清凉清凉的溪水中，淙淙的流水轻吻着她那炽热的手掌，以此来平息一下骚动的内心。

太阳隐入了群山，大地呈现出一派阴暗，时候已经不早了，赵丽雯才恋恋不舍地返回了住地。

四

赵丽雯踏着暮色走进办公楼。途经夏民仪的办公室，大门敞开，夏民仪正在打电话。

“喂，刘主任，今晚你还是回团部来一下，老战友专程来看你，你躲起来不见，未免太不近人情。再说人家是领导机关来的……什么？今晚的‘红太阳演唱会’，还有明天上午的‘党的光辉历史知识竞赛’,不一定非要你主持嘛……指导员有病，连长是新调来的，我知道……你怕组织不好，影响教育效果……唉，你这个人哪，好吧，实在离不开，那就算了……好，我向她解释，什么？表示歉意……”

啪！夏民仪放下耳机，抬头见门口站着赵丽雯，连忙站起来，抱歉地说:“实在对不起，刘主任在四连搞教育试点，正处于关键阶段，今晚回不来，他要我向你问好，并表示歉意。”

哼，什么离不开！完全是骗人的鬼话！赵丽雯嘴里不说，心里明白。一丝不容易被别人察觉的失望神色从她脸上掠过，但她很快就恢复了平静，不失常态地说：“没有关系，他忙就不要打扰他了。反正也没有什么事。他过去就这样，工作一上手就什么也不顾了。”

夏民仪觉得过意不去，想了想，说：“这样吧，明天上午我陪你去四连，不到二十公里，小车半小时就到。”

赵丽雯低头不语，内心却在急剧地翻腾：去不去呢？还有这个必要吗？事情明摆着，刘银生不愿意见我，还在记恨我，我们见了面会有什么好结果？很可能双方都很尴尬。唉，弦都断了，还能弹出什么曲子来？算了吧，天下大着哩，生活不可能都完美无缺，就像一架并不公允的天平，总要给人们留下各种各样、大大小小难以弥合的遗憾。既然历史用它无情的铁铲，在我们之间掘下了一道深深的鸿沟，就正视这个客观存在的现实吧！想到这里，她的内心释然了，见夏民仪还在望着她，等待她的答复，于是，淡淡地一笑，说："夏政委，谢谢你，四连就不去啦！我这次来贺兰山，是来看看过去工作过的地方，目的已经达到。再说，回兰州的车票已经预订好，明天上午必须赶回银川。反正来日方长，我们后会有期。""既然如此，就只好这样了。明天还要赶路，请早些休息吧！"夏民仪不无遗憾地说。

赵丽雯回到住所，一进门又看见了那个男女拥抱的根雕，一颗心又通通地乱跳起来，她的眼睛迅速避开，屁股坐在靠椅上，等到心跳平缓下来，便拿起桌上电话："喂，总机，我是兰州军区的赵处长，请给我接兰州的长途，电话号码是46426。"

这是她离开兰州时和丈夫、儿子约定的，每天晚上必须通一次电话，互报平安，以释悬念。

（选自《朔方》1993年第1期）

吴全礼

吴全礼（1967—），宁夏惠农人。中国作家协会会员。有作品发表在《小说选刊》《散文选刊》等报刊，出版中短篇小说集《黑夜过去是白天》、长篇小说《积案迷踪》。

同是宦游人

万没料到在煤城上官市与初中同学“同是宦游人”安志奇相逢。对他，我永远不会忘记，也从来不去想起，相逢更是翻找不到一点儿“昨别今已春，鬓丝生几缕”的感慨和必要。这样的结果我有预感，但与我想象中的情景却不是一个季节的，到底还是有点别扭。所有的亲朋故旧我都想到了，唯独没有想到他，还偏偏就碰上了他。说不嫉妒那是扯淡，同样是在这座煤城里混，十多年了我还是一个没有级别的社区民警，用安志奇的话说，还他妈大学生呢！我没必要给他解释什么。只是难以置信一学期背不会一首古诗的人，如今可以在我面前耀武扬威。说心里话，我接受起来难度不是一般的大。

想当初，唐朝诗人王勃的那首《送杜少府之任蜀州》，八句诗令安志奇整整一个学期生不如死，怎么背都会卡壳在第四句“同是宦游人”这里，邪了门似的。

从此以后，只要是古文或古诗词，他保准会因其中的某一句，掉进一个爬不上来的坑里，就像一个十足的盲人，手里没有一根可以把控前途的棍子。现在回头细想，当时教我们语文的王老师对此有不可推卸的责任，或者换种说法这个坑就是王老师亲自下手挖出来的，不管是有意还是无心的。站在王老师的立场上，说恨铁不成钢可能更准确一点，也符合其教师身份。

假若王老师不是用黑板擦给安志奇拍出两个粉白的脸蛋，以蠢猪、笨驴等羞辱动物的词汇加剧安志奇脑神经的紧张程度，而是耐心地稍加引导或静心地等那么几秒钟，或许安志奇就不会被一句诗断了求学之路，还落得一个诗意满满涵义深远的雅号。全年级五个班二百多号人，还有部分老师若一时想不起来安志奇的姓名，当然大部分是故意有意特意专门的，不分场合大呼“同是宦游人”。听似话音里含有些许的不经意，但对安志奇的身心伤害程度难分伯仲，刺痛无关针尖的长短。喊到后来，连安志奇也怀疑自己到底姓啥名谁，初二还没毕业就彻底从广大师生的眼前消失不见了。毕业前，还有人满校园要找他合影留念。那时，我每次进男厕所都会想到安志奇，眼前就会出现王老师将一个浮在水面的葫芦使劲往水里捺的情景。那个葫芦就是安志奇的脑袋，水是安志奇面前的课桌抽屉，王老师的身影就是那只可以随时伸到安志奇脑袋上的手。只要看到王老师的影子，安志奇的脖子自然就软得没了骨头，如同一只被猫抓到面前不断耍弄的待死的耗子。无药可治！

安志奇在我面前摆谱，心情我可以理解，但我觉得他应该去找找王老师，用自己的成功感谢老师当初的造就之举。如果王老师还在世的话会为安志奇的成功倍感欣慰的，至少可以不再担忧他的学生没饭吃而只能吃屎影响了其声誉。我当初如何？可以肯定地回答你，我生来就没有落井下石的勇气，宁可自己和对方一起落井。

那时，我们几个课下没少给安志奇想办法出主意，更没有做出类似隔岸观火或抱薪救火，以摧残他心灵和意志的任何举动。反倒是被他失火的城门所殃及，我只是比画了一个提示手势就遭到王老师的株连惩罚，和他打扫了一个多月的男厕所。难道他没有留下一点蛛丝马迹的记忆？就算他脑袋里只是一片夜空，也该有流星划过的痕迹。是他不计患难情的显摆催生了我的“恶念”？说“恶念”好像不够契合本人的秉性，公报私仇也不是我的风格。是在法律的尺度内履行我的职责，并没有逾矩或某种主观上的故意找茬，起码的职业道德我还是有的。

“警官同志，我同意调解。你把我带回厂子里去，我同意调解处理。”警车刚拐出洗煤厂大门不久，民工放弃反抗，确认我们不是吓唬，而是真要到派出所去，压下声调开始软糯地哀求。

干裂的嘴唇因说话而渗出了血，脸上不再有刚才那种有理而高冷的表情，脸上写满了无辜与凄苦。隔着座位后面的铁栅栏，他像被我们捕获的一头猛兽，明白了此时的处境，放下了最后的抵抗，萎败的神态瞬时抵消了对他狂啸时的恼怒。在将他推上警车时，我心里已经有些不落忍，动作幅度上自然轻柔了七八分。但为了让他知道自己究竟错在哪里，还能帮他多挽回些损失，将事情顺利解决掉，也只能这样了。装有粗钢筋栅栏的警车后厢，好似天然带有监狱的气息弥漫着某种无形的威慑力，再嚣张的嫌疑人或肇事者，只要一脚踏进去，比戴上手铐后还会消停几分。对软硬不吃者，分明几句话能调解处理的事，非要作弄到不嫌事大的程度，最好的处理办法是将其带到派出所后冷处理。派出所比警车后厢铁栅栏的威慑力，那又是另一个不同层次的威力。不过，还是希望能当场处理掉，若带回所里程序就复杂多了。

“你早干什么去了？”张永利极度不耐烦地训斥了民工一句，斜瞟了我一眼，等我表态是继续前行，还是原路返回。

“说什么呢？”我白了张永利一眼，他与我配合的默契度总会差那么一拍半拍的。

处理外来务工人员的纠纷多了，有些是胡搅蛮缠搞事，大多是被用工的老板拖欠或克扣工资引发的。何况这事还和安志奇有关，此时我似乎有些理解王老师当初在课堂上的心情了。安志奇那张骄纵横溢的脸太过缺乏法律规定的管束了，有机会得好好给他补补，也让他领教领教一个小民警的能耐到底有多大。

民工干裂的嘴唇始终在我眼前晃动，不用回头也能感受到他此时的想法。所长不止一次地提醒我处理这些扯皮的纠纷不要感情用事，民工就像天上的云飘来忽去，而那些企业能在我们辖区扎根散叶，远没有看上去那么简单。我知道我不是救世主，我是严格按照法律条文来处理的。当然，有些事没有合适的法律条文可套用，那就全看你怎么能把对方说得心服口服，深信不疑。法不容情，实证考察表明事实并非如此，法官的定罪量刑过程是心与脑对话的过程，是理性与非理性冲突协调的过程，在这一过程中，法官情感起着重要作用，比如……往往我的论证还没有展开，所长留给我的只剩下背影，还会扔下一句老话："有你老小子吃亏后悔的时候呢！"这话我信，而且我的确也为此吃过亏。可我就是个感性的人，怎么理性也理性不到所长的标准上，只好在业余时间不断地钻研法律，试图以法律的条框桎梏感情的滥用。

"我不说还不行？算你长得老。"张永利还未出师就不吃我的白眼了，眼前我没心思理他，被安志奇搞出的那股别扭劲还没顺过来呢。

这个嘴上没毛的小年轻理解所长意图比领会我的用意更加敏捷，所长话没说完就可以解读出最终想要表达的要义。对我用心良苦的身教言传，尤其是对法律孜孜不倦的苦读示范引领，深不以为然。他以为我调解纠纷和处理案件的那些听似家常的话，是毫无根据随口乱说的？四任所领导之所以能容忍我这根"刺"一直茁壮地扎根在南关派出所这一亩三分地上，所里来来去去六七十号同事也都装作视而不见，靠的不是我资格老，而是张口即来的法律条文，以及对各种疑难案子的准确定性。有幸成为南关派出所的"定所神针"，绝不是空穴来风。我不管这外号在他们心里是贬义还是褒义，统统无所谓、不追究。

张永利故意把警车开成了坦克，哪个地方有坑专门就用轮子去碾。副驾驶座椅骨架坍塌，我的屁股又不够敦厚，对张永利太过明显的报复行径早已领教过，趁车轮还没陷进坑里，我就用后背和双脚撑起身子。只听得后厢里的民工被颠簸成了一块撞来荡去的石头，从后视镜看到他低垂着头蹲在车厢里，一手紧紧薅着栅栏，一手死死抵着胃部，嘴唇上的血顺着裂缝洇得像被人打了一拳。脸色比上车前更黄了，额头上的汗像泼上去的水，看样子肯定不是装的，心里不由得泛起一丝担忧。警车拐弯时，我回头看到安志奇洗煤厂只剩下一点影子，心里的别扭劲才略微退去了一些。

从我入驻这座煤城十几年来，别说同学朋友被重重群山阻隔在外了，就是家族里婚丧嫁娶的大事，也很少有人会想起请我出山参与。其实，看似重重山，进出也没有达到“千山鸟飞绝，万径人踪灭”的艰辛困苦程度。不过，我还是很享受这种清静的，扎扎实实过了好几年饱读诗书深山参禅式的生活，架不住父母的要挟，娶了一个同样招考到煤城的姑娘过日子，最终还是落入红尘过起凡夫俗子的生活。好在无亲无友，少了很多麻烦事儿。

大大小小的煤矿曾遍布每一条山谷，只是我没有赶上煤炭经济繁荣高涨的阶段。资源枯竭，大小煤矿逐步趋向关停，低潮样态尽显，整座煤城看上去灰头土脸，发展前途渺茫，人员自动下迁已成为新的潮流。煤炭品质欠佳，又逢价格低迷阶段，愿意到这里继续做生意的，大多是被有关部门请上来的。安志奇在我的辖区开了一家洗煤厂，去登记时他不在，看到营业执照上法人的姓名，还想没这么巧吧。当时上面要求不得随意检查引进的这些企业，而安志奇也并没有按照规定主动到派出所上报使用外来人员名册。所里统一对辖区企业例行安全隐患排查时，当他得知眼前这个面相早衰的警察就是我，并没有表现出意外的惊喜和浓浓的同学情谊，更没有在关乎自己切身利益的人面前表现出应有的谦恭，而是用一种毫不掩饰的鄙视和不屑的目光，从头读到我的脚后跟，尤其夸张地围着我转了半圈的行为，令我顿生厌恶。他不可能不知道我的安身之地，而他既没有提前来找我这个老同学求得帮助，更没有履行招用外来务工人员要主动报备的要求，可见其底气有多足。

安志奇梳着光滑油亮的大背头，面容成熟老道，身着名牌，手上箍着粗大的宝石戒指，还有意识地在面积极为夸张的老板桌上敲击了几下。眼睛里放射着一股傲视群雄独霸天下的虚浮豪气，似乎可以指点江山，志在必得想要的一切。他一眼将我看到了谷底，伸出的手满是施舍的气息，我随意地“哦”了一声，算是承认我们曾经共有过一段时光，就不再想看着他说话，更没有去握他那只价值不菲的手。站在一边的所长似乎看出这个安老板的肢体语言背后的自大，也看出我“被伤害”得不浅，听完安志奇隐晦地说出背后的靠山，对蔑视他的权威和无视他的管辖心生不畅。从我们进门安志奇象征性地从老板椅上抬了下屁股，就那么叼着一根粗大的雪茄，斜睨着站在老板桌前的我们几个，没有一点主动配合检查的意思和应有的礼貌。所长点了其他两个民警一眼，很快从安志奇洗煤厂的里里外外，找到了存在安全隐患需要停业整改的三条铁证。安志奇的神情当场“梗”在了我们面前，瞬时觉察出自己的戏份有些过火了。

“所长，我和王艺是好哥们，不信，你问他。是不是王艺？”安志奇快速换了张笑脸，从老板椅上弹跳到所长的面前点头哈腰。那副嘴脸不逊色于变脸的神速，我明白所长也就是想敲山震虎，顺势笑了笑说：“是同学没错，但问题还是要整改的。”离开时，安志奇要我的联系电话，我装作没有听明白转身先出去了。当时心里还觉得自己有些不地道，转身回头掠到了安志奇满眼毒辣，那丝内疚被我像多余的枝杈一样毫不手软地咔嚓掉了。

这事要让他传到同学们的耳朵里，估计我没活路可走了。管他呢，这十多年独行惯了，同学聚会了两次都没成行，以后也难保不会正好赶上加班或有行动。

听说两次聚会上，“同是宦游人”包揽了所有的费用，还特意搞了一场诗歌接龙大赛，安志奇亲自参与并出尽了风头，也赢得了不少男女同学的青睐。庆幸没去，不然这次相遇我还不知道如何往下讲故事呢。

接到处警指令，说是一民工从一洗煤厂的财务室抢走了几千块钱，人已经被厂子里的人控制住了。等我们到达报案地点，安志奇正在厂门口用那只价值不菲的手，指着骂一个手拿石块，挡在一辆轿车前面的瘦小女人，旁边蹲着那个抢了钱的民工。安志奇准备让厂里的人将民工扭送到派出所去，结果被民工的老婆挡住了，说谁要将她男人送到公安局就和谁拼了。安志奇怕他刚买不久的宝马车被这个女人毁容，只好就地报警。

“就这孙子抢了老子的钱，一定要从重打击处理。一个他妈的破烂民工胆敢公然从财务室抢钱，这还了得呢！你们这样的治安环境，还让我们企业怎么发展得下去？”安志奇见我从警车里下来，打了鸡血似的，骂声更大了。

“怎么回事？”我漠然看了安志奇两眼，止住了他的叫骂，转头问那个女人。

堵车的女人站在那里不动，还把手里的石块举了举，犹如在做瞄准目标的意思。谁要动她一下，手里的石头就会准确地砸在面前的车盖上，嘴里嘟囔着说：“我们四川人没有不讲理的噻，你们太过分，太欺负人哩！”

我没有动手并及时制止住了要冲过去一举拿下女人的张永利，也没理睬旁边还一个劲地添柴拱火的安志奇。见我们没有动粗，蹲着的民工起身将女人手里的石块抢过来扔到一边。将两人带到安志奇的办公室问情况，女人嘴里没完没了地重复着那句话，民工听得烦了，大声呵斥：“你不要吵哈，我来讲就行噻。”我示意满屋张望那些石头摆件的张永利做好记录，边静心听民工陈述，边扫视这间屋子里的陈设。第一次进来时，被安志奇刺激得好像只看到了他这个人。

安志奇的办公室虽谈不上豪华，但布置得也算讲究。老板桌上摆放着金玉麒麟、地球仪、台式电脑、手持对讲机，还有一本有些破旧的《唐诗三百首》。这本封面有只凤凰图案的诗集，是他辍学回家时我送的，为向我妈要那六毛五分钱，我几乎失去了个人尊严，还差点挨了我爸一顿臭揍。我当然不会把这些糗事告诉他，送诗集是希望他能战胜自己早一天回到校园。看到诗集我的同学情并无洪水泛滥的趋势，很快摆脱出忆旧的情绪。几组沙发没有靠墙，而是在老板桌的前面围成半圈，正对面是一组三人的，两边是两对单人的。我和民工坐在三人沙发上，抬头看过去，安志奇像高高在上的法官一样审视着我们，心里顿生不爽，起身坐进了旁边的单人沙发。女人跨骑在三人沙发的宽大扶手上，安志奇几次喊她下来，她不理不睬。可能觉得自己坐在扶手上更有和安志奇对峙的气势，至少不会被对方的高度压住。安志奇说一句，女人就顶回去一句，边说边挥着手，眼睛却盯着沙发附近那株高高的叫不出名的绿色植物，好似它能给她无穷的力量，而不正眼看安志奇。

“你想怎么处理？”大致听清了事情的起因，我问民工。

“你咋还问他怎么处理？应该立即把他送到局子里关起来，该怎么处理得看我的意思。”安志奇冲我叫嚣，脸色大变。

“是你处理，还是我处理？”我面无表情地看着安志奇。

“当然是你们处理，只是我听你这么一说，我觉得自己成了被告了。”安志奇意识到油门踩得太狠，也可能想到那次检查的结果，话音降下来几十度。

“你看哈，他们扣我的钱实在是太多，谁个不恼火哟。”民工谁也不看，自顾自地说。

“处理决定做出前征求你的意见，你也同意了。领工资要签字，你不签不说，还把钱抢走了。况且，不是没给过你机会，自己没把握住怨谁呢？”安志奇站了起来，手指快要戳到民工的鼻子上。

“哪个抢了哟？那是我的钱嘛，我没有拿你们扣掉的那些钱。再说，你给我的是啥子机会？我一个小学都没毕业的打工的农民，你要我对诗，我对得出来吗？

老子又不是啥子诗人！”民工抬头看了一眼安志奇。

“你还没有签字，那钱怎么会是你的，懂不懂法？”安志奇扬着手里的那份处理决定，上面写着：因务工人员赵某某的失误，给公司造成了近万元的损失，经公司决定扣除赵某某工资一千三百元。

对诗？我没听安志奇回答民工的质询，也以为是民工方言浓重的口音误导。

“我们夫妻两个干了三十九天，挣了三千三百块，你的一句话扣掉了一千三，心也太黑了！洗煤筛子出了问题，给你说过了，你不找人修理，还不让我们停工，这能怪我们吗？再说哩，你那是啥子机会？对一句诗少扣一百块钱，你以为我们是来当学生背诗的？我们是靠血汗挣钱的，不是靠嘴挣钱的。你就是想法扣钱，故意的！别以为老子不懂。”那女人站起来喊道。

“对诗怎么了？那是我好心给你们挽救损失的机会。你说你们比我大不了多少，就知道生娃娃，连李白的《静夜思》都不会背，难道你们出外打工就不想家吗？我难为你们了吗？这首诗就是为你们这样的人写的，背不出来还怪我！”

“人家打工挣钱和对诗有毛关系？我看你就是有意刁难！”张永利冷笑一声，“安老板，你还真是逗比派来的，也太他妈奇葩了。”

“我奇葩？我完全可以不给他们这个机会的，真是好人没好报！原打算只要他们能对上我的三句诗，我一分都不扣。简单得傻子都会背的‘举头望明月，低头思故乡’也对不出来，挣钱还有啥意义呢？”

安志奇看了我几次，我就是不接招。安志奇见自己的说辞难以让民工信服，也为了证明自己说的是事实，提出带我们到洗煤池实地查看情况。我不用看也知道哪一方说的接近事实，但还得给安志奇一个面儿。

五月末了，民工还穿着厚厚的衣服，两件不同颜色的衬衣领子被细细的煤尘浸染得分不出深浅，外面又套了一件厚实的深灰色外衣，头上那顶短檐的蓝色遮阳帽也变成了黑蓝色。肉牛似的安志奇满头汗水如同被人按进水池里又揪了出来一般，衬衣后背湿溻得紧紧贴在肉上，案板似的一块肉像是裸露在外。与瘦小如猴的少年安志奇，怎么想象也对不上茬口，模样和性情完全不像是一个人。绕过两堆山似的原煤，来到洗煤的场地，那个管事的成竹在胸地抄起铁锹，从池子左边角里捞出一锹煤泥，用一根木棍子在里面划拉，以夸张的声调指着几粒指头大小的炭块说，精煤流失到池子里就是厂子的损失。按一锹头煤泥里出现的精煤比率计算，这一池子至少有几千块钱的损失，五个池子该有多少？

“我们已经不干好几天了，你们又洗进去不少，怎么能全部赖到我们身上？你就是老板的一条狗，老板说啥你说啥！”女人见管事的这样说，不依地暴跳了起来。

返回到安志奇的办公室，女人和管事的拉锯似的互怼不休，安志奇跟进完善管事的嘴里突突出的厂规厂纪。民工见他们把女人快逼入了绝境，用方言土语咒骂着对方无赖，将女人挡在身后以防被管事的突袭。安志奇和管事的被民工夫妻用听不懂的土语一番猛烈的扫射压制住了，气恼得要死，又不好在我面前发威。我被那些痛快淋漓的咒骂逗得快要忍不住笑出来。将管事的和民工叫到隔壁办公室，避开安志奇可以挖出事情更详细的根由。安志奇把管事的叫到一边嘱咐了几句，看表情也明白他的意图。

民工说是老乡介绍他进来的。当时厂里正缺洗煤工，于是他们两口子就被带了来，谈好工钱当天就开工了。洗煤的筛子经常出问题，但厂子里没有技术好的修理工，管事的就让他们凑合着用，精煤自然不会洗得那么干净。开装载机的师傅告诉民工，说这个厂子的钱不太好挣，前面两个洗煤工因为同样的问题，只领走了工资的一半，有一个还是安老板的同乡，劝他们趁早到别的地方去找活。谁知他们一说不干了，安志奇让管事的带着两个人，将他们的东西扔到了厂门外，紧接着安志奇玩失踪了。他们两口子坐在厂门口等了两天，想喝水都没人给一碗，更别说吃饭了。他们预支的几百块钱已花完了，只有死耗在厂门口等安志奇要工钱。第三天，安志奇出现了，没来硬的而是好言软语地劝他们继续干，见他们油盐不进去意已决，随即让管事的拟了一份处理决定让民工签字画押。民工把字签了，要求给他一份处理决定，安志奇哪能不知道民工的目的何在。

民工认命了，准备签字领钱，但他老婆一听扣掉了那么多钱死活不同意，挡着不让签字。民工本想劝走老婆算了，谁知财务室的两个女人讥笑他们想钱想疯了。民工一气之下拿起那些钱就往外走，财务室的人拦着让他签字，他执意不签，还没有走出厂大门就被挡住了。

“你没有签字是不能从财务室拿钱的，连这个常识也不知道？”

“我没有多拿，拿的是我挣下的钱。”

“什么拿，分明是抢。还问他干啥？明显是抢劫，关进去就老实了。这些民工可了不得。”那管事的气壮如牛，口气不容置疑。

“是不是抢劫，你说了算？”张永利听不下去了，“你给我讲讲抢劫成立的主客观条件是什么？”

“他又不是什么领导，说了不算，怕啥？老子有的是人。去告诉他，这么处理绝对不可能！”让管事的去问安志奇能否让民工把字补签上，再少扣几百块算了。只听安志奇高声大嗓地吼叫。

张永利听后顿时拔剑张弩，就待我一声令下。安志奇这一声吼叫好像我早就料到了，丝毫没有平地惊雷的效果。再这么攻守不定地僵持下去也不是办法，我示意张永利带民工回所里。民工见我们要带他走，身子往后锉着，脚使劲蹬在地上，说什么也不走。我们架起民工的胳膊往警车里拉，那个管事的过来不知所以地看着我们，他以为我们只是吓唬吓唬民工，憋着笑帮着我们往警车上拉民工。看到警车直接开走了，才慌忙去给安志奇汇报。女人心急火燎地冲出安志奇的办公室，警车已经跑远了。

路上，民工说老婆刚做了肾结石手术出院，花掉了三千多块钱，这些钱都是找老乡借的。儿子正在上大三，这学期还没有给孩子寄过钱，不知道孩子怎么生活。原本打算用挣的这些钱还一部分债，再给孩子寄点生活费，谁知一下被扣了那么多。要不是财务室里那几个女人说话不中听，也不会一时生气拿钱走人，怪自己太冲动，没文化。

辖区片石厂、洗煤厂、小煤矿还不少，经常有民工为工资和用工单位闹纠纷。本来这些事应该由劳动监察部门来处理，但这些外来务工人员为了省事，报警让公安部门给解决。“有警必出、有求必应、有难必帮、有险必救”的四大原则虽早已成为历史，但已深入人心牢不可破，谁叫你们是警察叔叔呢？有事你们就得管！他们报警报得理直气壮，还掐着点看你到达的时间，否则就有你好看。再怎么心生不快，若闹出事端还得我们管，不忍又能如何？好在这样伤害警心的民工还是少数。是我长相太过冷峻，还是令人觉得难缠，只要我出手不用很费劲就把事情摆平了。不服？那你让其他民警去试试！所长和教导员是领导，可他们比我要多费半碗口水呢。他们哪里知道我为了命准对方要害，除了研读相关的法律法规，还要摸准双方的心理，没几个同事肯下我这番功夫。你肯定会和安志奇一样疑惑，既然我这样能干怎么还没弄个一官半职的？有些事勉强不得，也不是一句两句话能说得清楚的。听了听民工所说的情况，我正琢磨着要不要返回安志奇的洗煤厂时，接到所里打来电话，指令说洗煤厂附近找一个被狗咬伤的报警人。

在一个十字路口，看到一个东张西望的青年，见到警车不停地招手。下去一问，正是他报的警。跟他到路边不远的一个卖原煤的厂子，门口站着五六个人。青年放下鼓鼓囊囊的编织袋，挽起裤腿，说是被这个煤厂的两条狼狗咬伤的。伤口已经有些泛紫了，撕开的皮肉肿胀着，幸亏狗是拴着的，不然他不会还能完整地报警求助。在煤堆旁边的窝棚外，两条狼狗拽着铁链兴奋不已地狂吠着，身架不小，凶猛异常。

青年想到这个煤厂找活干，从窝棚边走过时没注意里面有狗，刚走到窝棚门口，两条狗猛地窜出来夹击了他，厂子里的人听到惨叫声赶过来将狗拽开。找来老板说是给二百块钱让他自己去打疫苗，青年嫌少不答应，说最少得七百，老板甩下一句爱要不要径自离去。

“王警官、王警官，不知是您大驾光临，在下有礼了。”老板齐胖子听说是我来了，肚子挺得像怀孕六七个月的妇女，忙不迭地从煤山后的办公室呼喘过来，拱手说着情面话。

见我一脸难看的神情，齐胖子早就收起了昂扬的气势，对二百元的底线也不再坚决。看来他知道啥叫“吃一堑长一智”了，在我的地盘上不知高低想叫板的，也就是安志奇那样新来乍到的。

“七百块钱是有一点多。你先带他到医院清理伤口，打完疫苗，然后我们再商量怎么处理。你要是想打官司，我不拦着。”

“少了七百我不会同意的，我不怕打官司。”青年站在一边气冲冲地说。

“好，我的王警官，你说怎么处理就怎么处理，不过，这个年轻人也有责任。眼下生意也不好做，太多的话我的确有困难。”齐胖子把我拉到一边，悄声说，“法院我看就不用去了。上次都怪我不听您老人家的话，一场官司下来，绕进去的时间就不说了，反倒多花了一倍的钱，我图啥呢么。就按您说的办。”

给双方做完调解手续，看着齐胖子派车带青年去了医院。把民工带到齐胖子的办公室，看到他桌子上摆放的饭菜，我下手给民工拨了一碗，又舀了一大碗鸡汤。民工不肯接，我硬塞到他手里说：“出门在外不容易。”民工不再推辞，眼里有了隐隐的泪光，转身不一会儿将饭菜和鸡汤一点儿未剩扫进了肚子。齐胖子给点了棵烟，民工摆手没接，脸色渐渐不那么黄了。满腹疑惑地看着我，不知道我这么做是何用意。说实话，我也是突然灵光一现，也不确定结果会如何。

“安老板让你对诗抵扣工钱是真的吗？”

“我也没对上，不知道是真是假的么。听挖掘机师傅讲是真的，我没看到噻。

警官，我婆娘还在厂里。你真是个好人，给我调解一下，怪我婆娘没个见识，我给安老板道歉赔不是。”

“你要是真心想调解也不是不行，但要按我的要求去做。”

带着民工返回来时，安志奇正在办公室训斥财务室的人，见我们将那个民工带了回来，脸上的表情有些不悦。我让张永利带着民工等在外面，我单独和安志奇谈。

“你说他抢劫与事实不符，将损失的全部责任推到他身上，也有些过头。两口子干了近四十天，挣了三千三百块钱，你一下扣掉一千三百块，放在谁身上不会急眼？”

“那我的损失怎么办？你们走后，他老婆冲到我办公室，差点将我撞死。”安志奇腆着肚子扶着后腰说。

“你的损失只有你心里清楚，你如果不想让步，那我没法帮你。他天天跟在你后面，挡着你的车出不了厂，你要是不怕麻烦，你就这样耗着。等事闹大了，谁的损失大？你看吧。”

“那你的意思是我再给他几百？”

“几百块钱对你来说算啥？你吃一顿饭花几千，这几百块钱将事情处理了，对谁都有利。”

安志奇扭过头想了想：“我的钱也不是大风刮来的，我可以少扣或不扣，只要按照我的要求来没问题！”

“对诗？”

“不错。只要他能对上三句，我一分不扣。说话算话！”

安志奇招手让门口晃来晃去的管事的，把民工两口子、财务人员都叫了进来。

“我哪里能对得上诗嘛？”民工难为地看着我，“我错了，安老板。你说给我多少就多少。”

“这就不能怪我了，王警官。”安志奇得意且不屑地扬起双手，故作潇洒地抚弄了一下大背头。

“我和你对，如何？”

“你和我对？”安志奇不信似地指着自己问，“你确定，以及肯定？”

“没错！”话虽说得干脆，实则我心有些虚。和老婆谈恋爱那一年，被她拉扯着一块背了不少，恰好她手里的那本《唐诗三百首》和我送给安志奇的是同一个版本。上官市没处可玩，不刮风空气就很差，我们两个就以诗词接龙为乐，谁接不上谁请客。我老婆对我的记性只有仰慕的份，也是她心甘情愿地嫁给我的因素之一。

“哈哈哈，你和我对也行。不过，条件不能以三句为限了。看在老同学的面子上，我可以给你两次机会，若你还对不上的话，就不能怪我不买你面儿。”安志奇大笑几声后，信心百倍地说。

“少来这套，我们是来处理纠纷的，谁和你对什么诗呢？”张永利分明对我的诗歌水平抱有十分的怀疑，哪里知道我平时没事也会翻翻诗词歌赋，遇到喜欢的诗句还会抄下来。

“那好，我再让一步。你这位同事可以给你提供两次帮助的机会，我够意思吧？”安志奇拿起桌子上的《唐诗三百首》，“我还真感谢你当初送我的这本书，你怕是早忘了。”

“用不着谁帮我，就我和你。”民工挥手阻止我，女人没说话，叹口气坐在了一边。管事的和财务室的人，几次冲安志奇竖起大拇指，做好看我出糗的表情。

“名花倾国两相欢，常得君王带笑看。”安志奇张嘴倒出，得意非凡地斜睨着我。

“解释春风无限恨，沉香亭北倚阑干。”李白的《清平调》226页。安志奇的目光里闪过一丝惊惧。

“折戟沉沙铁未销，自将磨洗认前朝。”

“东风不与周郎便，铜雀春深锁二乔。”杜牧的《赤壁》211 页。安志奇的脸色微红，隐着若现的紧张。

“人世几回伤往事，山形依旧枕寒流。”安志奇的语速放缓，转身坐回老板椅。张永利过去把他手里的那本书拿过来，随意地丢在管事的那伙人前面的茶几上，冲我夸张地伸出大拇指。女人脸上渐渐露出了笑容，民工还是有些紧张地捏着衣角蹲在一边，眼睛盯着我。

“从今四海为家日，故垒萧萧芦荻秋。”刘禹锡的《西塞山怀古》170 页。安志奇脸上的红如潮水溢了出来，快速地转动着眼珠。

…………

“城中相识尽繁华，日夜经过赵李家。”安志奇不时地看一眼手下的那几个人，一包鼓鼓的抽纸被抽得瘪下去三指厚，额头上的汗如同不断渗出的地下水。

“谁怜越女颜如玉，贫贱江头自浣纱。”王维的《洛阳女儿行》86 页。我不记得这是第多少首了，张永利看我的神态就差五体投地了。民工和女人坐在靠近我的单人沙发上，死死地盯着我。

“烟销日出不见人，欸乃一声山水绿。”安志奇抽纸的手有些抖，猛地抄起那包抽纸砸向那几个手下，他们不知所措地蹦了起来。

“叮咚。”女人回过神来，从民工的衣兜里掏出一个旧旧的手机，划拉了几下，快快地举到民工的眼前，“你看下、你看下！”

“安老板，你给我娃儿打了 1000 块？我们冤枉你了，你是个好人呀！警官，你看下，这是真的！”

“对，没错。是安老板给你儿子打钱了，还不赶快谢谢人家去！”我笑着看到安志奇一脸发蒙的表情，“这句我对不上了，安老板你赢了！”

“我赢了？哦、哦。他们的钱我一分不扣，再多给五百。”安志奇转头对管事的喊，“去，去把钱拿过来。”

“谢谢老板、谢谢老板！”民工拿着钱，眼含泪水不住地给安志奇打躬作揖，“老板，我们不走了，就在你这儿干。好人、好人！”

“你这是演的哪出戏？剧情翻转得太没道理了！”张永利跟着我出来，迷惑不解地追问道。他一只脚搭上警车，拍下脑门说：“我明白了，你偷偷给齐胖子钱就是干这事呀。我看你回去怎么给老嫂子交待呢？算我五百咋样？”

“王艺、王艺，你先别走。”安志奇从办公室追了出来，扑到警车前薅着我的手，将一卷钱塞给我，“老同学，真不是钱的事，真不是钱的事。”

“不是钱的事，还能是啥事？你们这些老板，挣钱挣黑了心。”张永利不耐烦地瞅了眼安志奇，“就你这一件破事整了我们大半天，我们可不是为你一人服务的。”

“我说的是真的，不是钱的事。”安志奇不理张永利，“我能背很多诗，王勃的那首《送杜少府之任蜀州》我再也不卡壳了，不信我背给你听？”

“我信，我相信你说的是真的。”

“城阙辅三秦，风烟望五津。与君离别意，同是宦游人。海内存知己，天涯若比邻……”

安志奇还没有背完，已经泪流满面不能自已了。我不由得张开怀抱，将他紧紧地拥抱在怀里。

（选自《四川文学》2019 年第 5 期）

季栋梁

季栋梁（1963—），宁夏灵武人。中国作家协会会员，宁夏作家协会副主席。出版《上庄记》《锦绣记》《海原书》《苍声》等长篇小说及中短篇小说集。《上庄记》荣获第十三届“五个一工程”奖、“中国好书”、北京市文学艺术奖。

绿皮小火车

天空鹰隼高翔，山间岩羊越涧，四周一片静谧，绿皮小火车远远驶来。儿子说别惊动他们，这境、这人、这情……爸，太有感觉了，我有了新的蓝本——我要拍我的爷爷。

一

一个普通人家，男孩是很少崇拜自己的父亲的。

过了知天命之年，我审视过许多人，却从未审视过自己的父亲。倒不是我与父亲中间隔着什么恩怨，而是在我心目中父亲实在是平凡、普通，没有让我激动的兴奋点。这么说吧，父亲的一生在我的眼里是近乎窝囊的，父亲每年都受到表彰奖励，然而，却做了一辈子井下工人，直到临退休的前两年，才升了井。在我们看来，父亲实在是太不值了。

直到四年前，我才开始审视我的父亲。

这源于一个极普通的电话。

2016年的一天，老冯打电话问我一件没什么意义的往事。事儿说完了，他告诉我他最近回了石嘴山，坐绿皮小火车进了趟春山，在火车上见到了我父亲，背着一袋米。他说得轻描淡写，又缀了一句问郭叔多大年纪了，我说八十岁了。他说有那么大了，不像，你记错了吧，现在儿女记不住老人年纪的实在太多了。不等我说明，他就挂了电话。那么随便，就像捎带的一句话。然而，却是将一块石头撂进我的心里，我的脸火烧火燎的，又恼火又心疼。“孝子都在微信里”，这是我在微信圈里发过的一句话，惹得许多人不高兴，也赢得了不少点赞。是啊，谁真正了解父母的内心呢？

我回公司交代了一下，就和儿子飞回银川，直奔石嘴山。这次一定要搬走父亲，不行就上硬手段，绑也得把父亲绑走。我甚至打算把那间房子推倒。

如今都讲这工程那工程的，搬父亲对我来说就是一项工程。政府提倡下海，我远走南方。扑腾了十几年，虽没有大富大贵，也算有些小成就，在沿海扎下根来。之后就开始搬父亲。

搬父亲，我想这是一件简单得不能再简单的事。

之所以说简单，是因为作为国家“一五”时期布局的煤炭、电力、钢铁基地，石嘴山市工业总产值曾一度占宁夏总量的近50%。因煤而兴的城市因煤而困。进入20世纪90年代，随着煤炭市场价格放开和国家对统配煤矿补贴的取消，煤炭企业走入低谷，加之煤炭资源枯竭，空气污染等生态环境问题突出，春山成为国家首批资源枯竭型转型城市试点之一。一时间春山乱糟糟的，我家也搬迁到了大武口。然而，父亲却又回了春山。父亲早已退休，在春山不要说是产业，连个小卖店都没有，他回去做什么？

搬父亲这一工程从立项开工算起，我不遗余力地实施了十几年。然而，任你说得天花乱坠，父亲却是断然拒绝，岿然不动。儿子感叹：“撼山易，撼爷爷难。”

事实上这十几年一次次搬迁父亲的过程，我有时候也恍惚了，真的要将一个七八十岁的老人搬离故土么？

“苦下在哪达哪达亲！”

第三次还是第四次搬迁父亲，我们坐在麻黄梁上，我问父亲这个破地方有什么依恋的，父亲看看我说了这句话。

这句能将戈壁砸个坑的话，我记录在了手机中。对于一个老人，什么是幸福？灵魂有个去处，思念有个去处，想法有个去处，就是最幸福的了。

然而，我还得把父亲搬走。

世俗有强大的气场。我抵御不了世俗的闲言碎语，你不能将父母放置在自己能力能达到的位置，就会招致社会的纠正批判。

二

春山是贺兰山的余脉。对，就是岳飞《满江红》中“驾长车，踏破贺兰山缺”的贺兰山。“贺兰”一词来自蒙古语，“骏马”的意思。眯着眼睛细看去，贺兰山崇山峻岭的确像一匹扬鬃飞蹄的骏马。贺兰山是宁夏和内蒙古的分界线。贺兰山北麓石炭沟，意为产石炭的地方，1941 年改名为春山。

“一五”期间，贺兰山北段勘探出丰富的煤炭资源，春山这里建起了国家十大煤炭基地之一。1958 年，宁夏回族自治区成立，国家从各省成建制调入大批干部，从全国各大型煤矿抽调了大批矿工。父亲响应支宁号召，成为春山第一批建设者。

春山在贺兰山深处，山抱着山，沟套着沟。父亲他们是坐大卡车进入春山的，大卡车沿着沙河沟行进，车就像是行进在波滚流翻的水上，颠簸得几乎要翻了，掀起一道尘带就像彗星的大尾巴，不是路况极差，而是根本没有路，大家一个个成了土行孙。

当时的春山，只一条土街，两边插着彩旗，最醒目的是大红横幅：我们来自五湖四海，为着共同的革命目标，走到一起来了！几十个人夹道敲锣打鼓，倒也热闹。土街两旁摆放一排洗脸盆，盛满清水，泡着毛巾。大家一下汽车，扑到脸盆跟前洗起来，一脸盆水洗得黄澄澄，就像是从沙沟里刚打出来的。

父亲环顾四周，整个世界灰沓沓的，春山完全处于蛮荒状态，当时的石嘴山市府核心区大武口还不足三千人。

忽然有人高喊“郭成——”。父亲顺着声音找寻，大叫“老班长——”。两条壮汉你捣我一拳，我捣你一拳，紧紧拥抱在一起。真是人生何处不相逢啊，一个山东，一个安徽，从渡江战役打到抗美援朝，是认过兄弟、托付过后事的，后各自转业回乡，哪能想到又都支援宁夏建设来了。

父亲他们到后的第一项工作不是下井挖煤，而是挖“地坑窑”。选高于水道的阳坡挖大坑，坑上担檩条，檩条铺上芦苇、芨芨，芦苇、芨芨上压油毛毡，油毛毡上抹泥巴。行走在春山生活区，要时刻注意脚下，稍不留神就会跌进“窑”中了。在“地坑窑”的第一夜，早晨起来门让沙子壅住了推不开，几个人用手刨开了门。石块当枕头，睡了一晚扛得脖颈、后脑勺疼。

“地坑窑”住了两年后，才搬入石头垒砌的低矮平房。

这年父亲二十三岁。

……短短几年间春山就崛起了，紧接着设市，国家大三线建设让春山再次迎来机遇，一批国家的重点建设项目落户山中，至20世纪80年代，这里的煤矿一个接一个，绵延数十里，号称“百里矿区”，人口有十五六万……

三

进入春山矿区，到处的烂房破屋，只有极个别的房屋有人，风光不再啊，如今所有煤矿都关停，企业全部下山，人口下迁，剩余不足二百人。

父亲就住在一间红砖瓦房内，屋内简单得让人心酸。

对于我们的到来，父亲有些吃惊。我们冲着父亲发了脾气，也讲了道理，更讲了外面的舆论。父亲的表情平静甚至冷漠，他的手指在膝盖上弹拨着一首旋律，看得出他根本没听进去。他是很有主见的人，从不为人言论所左右，这个性我太明白了。因此，我们不在乎他听没听进去。我们说完就开始收拾他的东西。房里没几样东西，我们基本全装上了车，就剩下床了，我们想让父亲送人算了，然而四处寻找却不见父亲。一位靠墙蹴着的老汉说找老郭吧，向春山里头走了。

我们气坏了，把床也抬上了车。床底下露出那个墨绿色雷管箱，上面用白漆喷着“一九六〇年”。这个雷管箱在我们家可是有些年月了，箱子一直锁着。我以为雷管箱很重，加之生气，搬起时过于用力，一个仰躺向后倒去，我丢了箱子，双手去扶墙。雷管箱就摔开了，荣誉证书扑了一地。这么大的雷管箱，里面装的别无他物，竟然全是荣誉证书……我们都呆愣愣地看着飘落一地的荣誉证书。

王师傅忙从车上找来一个尼龙袋子，像装垃圾一样往里装，我和儿子同时惊喝了一声，王师傅吃惊地看着我们。王师傅是朋友的司机，我忙笑着说老王，你别动，我来收拾。儿子说王叔，这可不是一般的东西，怎么能这样粗糙地对待呢？我开始整理荣誉证书，儿子说爸，别动，千万别动，这房间、这陈设、这光线，太有感觉了，我去拿摄像机摄下来。儿子大学毕业，开了家文化传媒公司。

是啊，大大小小荣誉证书散落一地，有四开大的，有巴掌大的，还有指头蛋大小军功章一样的金色奖章，有塑料皮的，有绸缎皮的……在这间简陋的红砖房里，窗外是贺兰山，窗口扑进清爽的阳光，整幅画面给人一种难以言说的沧桑。

我们蹲下来将荣誉证书重新整理进雷管箱。

儿子说爸，爷爷有这么多的荣誉证书你知道吗？

我说我知道你爷爷有不少荣誉证书，但没想到有这么多。

儿子说你也太不了解你爸爸了，爷爷是一部大书啊。

儿子说一共有二百三十八个，摞起来足有三个我爷高吧，别人是著作等身，爷爷是荣誉等身啊。

我与儿子进春山里去寻父亲。转过一个弯子，听到驴叫声。一位老汉正拿刷子刷着一头驴，槽上还拴着几头驴。几头驴毛色闪亮，笼头都是彩绸绾成。

儿子问老叔，你喂这些驴做啥？

老汉说驴吉普，拉游客。

儿子说驴吉普？

老汉嘿嘿一笑说就是驴车。老汉指指一间房，我通过窗户往里看，里面放着几辆驴车，不过很洋气，都装有轿子式的彩棚。

我递给老汉一根烟问旅客多不？

老汉说还不多，不过慢慢就会多起来，今年比去年多。你们是干啥的？是来设计旅游线路吗？打老郭多问问对着哩，老郭对这里山山沟沟草草木木熟得很，前不久有一帮驴友，失踪了，老郭进山带出来的。

儿子说老叔，老郭是我爷爷。

老汉嘿嘿一笑说你爷都快成春山的山神土地了。

我们顺着石子路往春山深处走，儿子激动地说驴吉普，好策划，谁策划出来的，真牛。

我说是皮定均想出来的。

儿子说皮定均，在哪里？得见见这个人。

我笑说当年皮定均是兰州军区司令员，来这里检查，了解到官兵出行难，特批给连队配发一批毛驴车，战士们热烈欢迎，称“驴吉普”。

儿子说驴吉普驴吉普，我们公司要组建一支驴吉普车队，拍电影，搞旅游，当然首要的是我们将以驴吉普为婚车。

转过山水沟，在大脑袋梁上我看到父亲和张叔坐在坡上，像一对老鹰，披着明媚的阳光。倘若天气晴好，我想世界上没有比贺兰山更纯粹的阳光了。

张叔是气象老人，似乎一参加工作就在这里，也已经几十年了。

天空鹰隼高翔，山间岩羊越涧，四周一片静谧，绿皮小火车远远驶来。儿子说别惊动他们，这境、这人、这情……爸，太有感觉了，我有了新的蓝本——我要拍我的爷爷。

四

晚上我开始阅读审视这一雷管箱的荣誉证书。说“阅读审视”不是故作高深，荣誉证书上的文字与装帧设计是最能呈现一个阶段的历史的。

父亲最早的一个荣誉证书为“社会主义建设积极分子”，珍贵的是有一张合影照，上面写有白字说第一次青年社会主义建设积极分子大会合影，摄于 1958 年 7 月。六十年过去了。

从荣誉证书上看出，父亲还是全面发展的。文体方面的荣誉也不少。打篮球荣誉证书有好几个，父亲曾是矿上球队的主力。当然，因一线劳动赢得的证书占了绝大多数。

太阳光金亮亮，雄鸡唱三唱；花儿醒来了，鸟儿忙梳妆。小喜鹊造新房，小蜜蜂采蜜忙，幸福的生活从哪里来？要靠劳动来创造。

这是美术片《小猫钓鱼》的主题歌《劳动最光荣》。那时间电影太少，《小猫钓鱼》这样的美术片大人也一遍遍看。《劳动最光荣》成为父亲的流行歌。“劳动的快乐说不尽，劳动的创造最光荣”，这句歌词也成了父亲经常吟唱的歌词。他给几个孙子唱歌就是这首。

劳动就是创造，父亲就是这么认识的。可我们并不这样认识，我们觉得创造跟发明联系在一起，劳动就是干活，怎么能说是创造？父亲说这煤他不挖，它就在地下，你能烧上？这并不能说服我们。我们觉得创造就应该像爱迪生创造电灯、贝尔创造电话那样。

关于荣誉，老二曾和父亲有一番争论，那时候我们都已参加工作。

王侯将相宁有种乎？老二用这句话表达自己的志向。他的志向就是走仕途，通俗的说法就是当官。尤其是刚上班的几年，处室的一个小官僚老给他小鞋穿，老二对父亲的不争气就颇有意见。

那是贺兰山的雨季，我家房屋遭雨，我们把所有的容器找出来接一个个漏雨点。雷管箱被雨浸了，父亲打开箱子，找来塑料把证书、奖状包了起来。我们第一次发现有那么多的证书、奖状。

窗外响起鞭炮声，是墙挨着墙的老瞿叔升了，住进了两室一厅，正搬家哩，老瞿叔都不用自己动手，双手叉腰指挥着，像是指挥工人为矿上干活一样，就更显出矿长的价值来。

老二说你拿再多的荣誉有啥用，还不是个卖苦力的，还不如烧了去。

在矿上那些只要拿过荣誉的，都成了各种级别的领导。父亲荣誉比那些人要多多了，却依然在井下挖煤。我们工作后，发现了这一现实，私下讨论过。显然问题不是出在荣誉上，而是出在对荣誉的价值的认识上，吃亏就吃在把荣誉转化为更为忘我的生产动力，没把荣誉看成上升台阶与资本。老二对父亲有了一种恨铁不成钢的绝望与痛心。

“多少跟你一起来的矿工都住着两室一厅有厕所有厨房的房子，你住在自建房里，拉屎撒尿在又臭又脏的公共厕所，你站起来我蹲下；人家坐的是小卧车，你骑一辆除了铃铛不响到处都响的自行车；人家抽凤凰烟，远远地就一股香味，你抽工字卷烟，呛得人咳嗽闭气；人家坐在办公室里跷着二郎腿喝茶看报……”

父亲哈哈一笑：“坐在办公室跷着二郎腿喝茶看报就好吗？”

我们都大睁眼睛看着父亲，老二说：“坐、坐、坐在办公室跷着二郎腿喝茶看报不好吗？”

父亲笑笑，走了。老二冲着父亲吼：“这说明什么，只能说明你只是有荣誉的人，人家才是有身份的人。革命工作没有贵贱之分，怎么一个个都争着抢着从井下往井上调……自欺欺人。”

后来，老二坐了办公室，回来就有些趾高气扬。父亲却长叹一口气说唉，办公室虚头巴脑的，干工作还是要到一线去，踏踏实实地干。老了你就知道了，当官没那么好当的。

老二过了知天命之年身体就垮了，酒桌上风光一时，身体垮了一世。父亲八十岁那年，我们去搬迁父亲，父亲在前面走，我还能跟上，老二跟不上了，最后就坐在那里等我们。

五

你父亲的荣誉证书应该三百个不止，陈叔看着荣誉证书说。

陈叔和父亲都是第一批支宁的，后来做到副矿级，一直管人事。

开矿之初有些奖励连个荣誉证书都没有，奖的都是实物，比如说搪瓷缸子、竹皮暖壶、烧水壶、脸盆、镜子啥的，荣誉用红漆往上面一写一喷。

陈叔说荣誉证书你爸哪当回过事，乱丢乱放，大的就往墙上一贴，倒不是把墙壁当成了光荣榜，而是这样墙上的土就不糊衣服，后来，用雷管箱装荣誉证书还是他建议的，雷管箱也是他给找的。

我笑笑，“荣誉证书你爹哪当回过事”这话我保留意见。有一年过年，往房梁上挂红灯笼，哥哥把这箱子抱过来垫脚，父亲看到，一个砍脖子将哥哥打得趴倒地上。老东西都笨拙而结实，垫脚咋了？从那后我们也都知道雷管箱在父亲心中的分量。

陈叔说：“那时候干活就是下苦力，看看工具就知道了，钢钎、洋镐、铁锹、背篼……煤由人工背上井来。一年多后，煤矿发电机、风钻、小绞车、卷扬机等机械设备才陆续运来。当时包兰铁路尚未通到石嘴山，沿途的公路桥梁、涵洞承受不了巨型采煤设备的重量，设备是走黄河水路运来的。你爸是咱们矿上力气最大的人，这是经过验证的。有一次，局长来咱们矿上调研，坐的是北京吉普。就让你爸和北京吉普比力气。你爸把北京吉普屁股拉住，北京吉普加大马力也动不了。再一用力，将北京吉普抬得立起来，差点搞出车祸。”

“一窍不得，少挣几百。别看就是个挖煤，光有劲是挖不过别人的，你爸很聪明的，要有知识肯定是个发明家，他掘进有逆茬、顺茬一套经验，就是不一样，他一锹能掘下一车煤。”

“你爸干活不惜力，一人背两个人的煤量，不少背一锹。你爸有一句话：干活干活，干着活着。那时候的奖励单纯，谁能干就奖励谁。”陈叔说，“要说荣誉也是一份收入，你家日子苦焦啊。”

我家的苦焦日子我当然是经历了的，事实上我家苦焦的历史是春山最初的建设者共同的历史。这需要从春山建设之初的现实说起。

婚姻大事。春山最初的建设者的婚姻真的成了大事，女性少之又少，有的在老家娶了老婆带到矿区，有的在矿上就地娶媳妇成家，煤黑子，能挣钱，娶媳妇，当过年。来春山的盲流女性不少，目的就是嫁个矿工，矿工也想着把老家的亲戚姐妹带到矿上，嫁个矿工，改变命运。

父亲的婚事就是这样解决的，不过他和母亲一见钟情。

1960 年的一天，周生泰对父亲说：“你去车站替我接个人。快去，是我妹妹，打电话来说已到汽车站。”

周生泰后来成了我的舅舅。

有舅舅的撮合，父亲和母亲很快就进入了恋爱状态。舅舅给父亲顶班，让父亲陪母亲。母亲到春山的第三天，绿皮小火车通了。父亲当兵时就坐过火车，母亲却没坐过火车，太激动了，父亲带着母亲坐火车，吃大面包、红烧肉；坐在山坡上看绿皮小火车哐当哐当由远及近，由短变长，再由近及远，由长变短，乳白色蒸汽升向天空化成白云；晚上看火车的灯光像关公手中的大刀在山梁谷壑间劈出光的峡谷，壮观得很……绿皮小火车成了父母之间爱情的载体。

房子问题就迫在眉睫了。

矿区自建房当时已形成几处村落，父亲不想在那几个村落里建房。自建房都是依山势选取半坡建造（坡根会遭山洪灾害，坡顶则遭狂风侵卷），围绕房屋圈出一个阔绰的园子。要知道园子对于这些一工多农的家庭，那是生活的保障基础。一是种植小白菜、葱、萝卜、土豆、西红柿、辣椒等蔬菜，院墙边种上一圈玉米，还有南瓜藤从菜园一直拉丝爬上房顶。一家人的吃菜问题就解决了。一是可以搞养殖，养猪、羊、鸡、鸭、鸽子什么的，苹果、梨、杏、枣各种树零星栽种几株，小院里一派田园景象。

已形成的村落平坦的地方已让先建者占走，父亲就想开辟一个新村落。他和舅舅、老班长叔商量，三人决定同时建房。

自建房建起来，就像催婚剂，舅舅和老班长叔相继都有了对象。

月牙湾后来成为几个最大的自建房生活区之一，居住的人汇集了十几个省的人。这种汇集首先是特色饮食的汇集。东北人的乱炖，河南人的包子，江浙人的煲汤，陕西人的肉夹馍，宁夏人的羊肉……逢到过年，邻居互相登门，常会吆喝一顿年夜饭，一家一道菜，二十多个省（区、市）二十多道菜，年味真浓啊。

我家在月牙湾一住二十几年，我们兄妹都是在这里出生的。那年矿上建了工人新村，父亲分得一套住房，可是太小，我家七口人，住进去憋屈，重要的是搬到工人新村，生活就难以维持了。父亲只能放弃了，没有搬去工人新村。

直到 20 世纪 90 年代中期，矿上为改善矿工家属的居住条件，陆续建了一批砖混结构的楼房供职工认购。那时间我们兄妹都参加了工作，家里没了负担，这才交了房款，搬进了七十平方米的楼房。后来棚户区改造，沐春园、一棵树新苑、继红新苑等相继开建……

六

儿子做了一个装帧华美的荣誉册，印刷出来后，他替爷爷摆了一桌，让爷爷请朋友们坐坐。

很多荣誉证书原件纸张粗糙而脆干，都折得裂口，经不起“翻阅”了。儿子想得真周到，不但印刷了纸版荣誉册，还做了电子版的。

父亲用流行的话说很低调，不同意孙子的做法，一再推脱，然而，隔辈亲，面对孙子的纠缠，哪个爷爷能坚持得了自己的原则呢？

我是不能参与宴请，父亲明确对孙子表示过。父亲说他有他的朋友，我有我的朋友，我的朋友见到他会不自然的。我也没打算去。可是，正好朋友叫吃饭，就在隔壁雅间。从窗口看进去，三十个座的大桌坐了个满满当当，除了老矿工，几乎都是石嘴山的社会名人。这些人父亲应该是在各种表彰会上认识的。

父亲有五十多个荣誉证书是他退休后从社会上赢得的，有义务植树的，有见义勇为的,有助人为乐的。最近的一张荣誉证书是2018年植树节颁发的“义务植树奖”。

后背被人拍了一巴掌，我回头一看，是王富国。我和他握手，他甩着双手上的水滴，说上了个厕所，手湿着哩。

父亲跟王富国是在石嘴山市表彰大会上认识的。王富国退伍后，成了出租车司机。2007年，一位乘客将十三万元现金遗落在车上，王富国多方寻找终于找到失主，拒绝了一万元谢金。2010年冬，王富国从星海湖中救出一个男孩，自己却足足卧床了两个月。王富国和父亲都是军人出身，这让他们走得很近。

饭店的电视里正播放着一个旅游节目，主持人的声音很动情。“这是一列已经运行了五十年，具有纪念意义的列车。呼吸着植被渐渐恢复的贺兰山带来的新鲜空气，感受着老建筑的独特魅力，这样一个当年因煤而生的矿区小镇，如今已经变成了一个独具魅力的工业旅游景区，希望你们也坐着慢悠悠的绿皮小火车，来一次‘时光之旅’……”

王富国看着那列穿越在崇山峻岭间的绿皮小火车，眼睛闪烁着光芒，他说，父亲和朋友们正在商讨坐绿皮小火车进山，想去看看渣台削坡、矿坑回填、铺上黄土后，撒上的草籽长得如何。

（选自《光明日报》2020年7月）

陈 勇

陈勇（1951—），宁夏平罗人。著有小说集《黄河静静流淌》《大漠明月》《静土》，长篇小说《养女》《盛宴》。作品获地（市）、省级奖励及国家级文学杂志征文奖励20余次。中国作家协会会员。曾任宁夏作家协会理事，石嘴山市作家协会第四、五、六届理事会主席，《贺兰山》常务副主编、主编。石嘴山市中华优秀传统文化学会主席。

黄驼梁风景

王老实养孙

在我们黄驼梁，王德明是最诚实的一个人。“诚实”是近几年才叫响的一个词，其实是“老实”的代名词。过去说一个人“老实”是褒奖，现在说“老实”就带上了贬意，意味傻和呆，不会应变，没本事。但在黄驼梁，许多人还是改不了口，依然叫“老实”。在黄驼梁人的心目中，“老实”并没有变质，依然有诚信的味道。

王德明因为老实而出了名，连真名都丢失了，人们见面就叫他“王老实”，只是在使用身份证时，人们才记起他叫王德明。

下面仅举一例，你就知道王老实有多老实了。

王老实早年家中养着十几只羊。一天午饭后，他赶着羊到村外草滩放牧。正是六月麦子抽穗拔节的当儿，路两旁的麦苗碧绿喜眼。王老实赶着羊走在林边小道上，望一眼麦地，再望一眼羊，便有满腔的喜悦旋转心头。可就在这当儿，一泡尿忽然憋上来，直憋得小腹生硬作疼。他本想憋到滩边再把尿呲洒出去，无奈小腹疼得厉害，便急步跑到一棵树下，可转身一望，大叫不好，原来有几只羊趁他撒尿的工夫，跑到地里偷啃麦苗。他心急火燎跑过去，挥动鞭子将羊赶跑，低头一看，几十棵麦苗早被羊吞进腹中。他懊恼得直骂自己，又骂那泡尿，骂那几只不听话的刁钻贼滑的羊。他把羊赶到滩里，交给同村一个牧羊人帮他照看，自己一溜小跑赶到麦地，猫下身子，将断了头的麦苗一一数清，又记下了那家麦地的主人。

晚上羊归圈后，他连饭都没顾上吃，一溜小跑跑到村西，敲开了郭三毛家的门。

郭三毛见他一副着急忙慌的样子，忙问出了啥事。王老实尴尬地咳了两声，羞涩地说道，三哥，也没啥事，就是……就是……唉，对不起，我今天，今天……

郭三毛见他这样，就知道有事，拉他进了屋子，看来你是有事，没事不会急着往这跑。

进屋坐下后，王老实便红着脸将事情的经过说了一遍，再三强调他不是故意的，坏就坏在那泡不该来的尿上。末了又说："被羊啃掉的麦子我仔细数过了，一共八十六棵，不信的话，明儿一早你跟我再到地里去数，数多少算多少，我一棵也不赖。"

郭三毛听说是这事，禁不住笑了："你看你看，我当是啥事呢，原来……这事说清楚就行了，谁也有个疏忽大意的时候，不就是几棵麦苗嘛，不值得那样认真。"

"看三哥你说的，毁坏庄稼那就是大事，咋能不认真？你要是不跟我去数也行，就按我数的八十六棵算。我想过了，每棵穗子最多能搓三十颗麦粒，这样算下来，你要损失五斤麦子，去年每斤麦子的收购价是八毛钱，今年可能涨到一块，五斤就是五块，我陪你五块钱，钱我带来了，现在就给你。”

郭三毛慌忙阻止：“我说王老哥，你这是做啥呢？你这不是往我脸上扇巴掌吗？我郭三毛难道就值这五块钱？”

“三哥，话不能这么说，一是一二是二，该咋是咋，不然的话，我心里就结下了化不开的疙瘩。”

“化不开也得化开，乡里乡亲的，谁还在乎这几块钱。”

“可我，可我，你不收这钱，我这一年就别想活痛快。”

“我要收了这钱，我也别想活痛快。”

…………

两人为这事争执起来，而且争得面红耳热的，一时下不了台。最后，达成一个口头协议：等王老实地里的西瓜熟了，到时郭三毛一定去摘两个西瓜吃，事情才算了结。

郭三毛去没去吃西瓜，我们黄驼粱人谁也没追问。追问那事干啥呢？我们只认定王老实实诚和郭三毛的好品德。

王老实就是这样一个实实在在的人。

可这年秋天，他却遇到了一件麻烦事。

麻烦事是他女儿给他造下的。

王老实有一儿一女，女为长，名叫王月月。王月月三年前没考上大学，在家守了不到半年，就外出进城打工了。对于女儿外出打工，王老实是一千个不同意。可当下农村，有几个父母是能管住儿女的？王老实摆了一千个不能外出的理由，还是没能挡住女儿外出的路。女儿去了南方一个城市，每年过年回来一次。头年回来，就是一派城里人的模样了，还大包小包拎回来不少东西，临别时，又塞给弟弟五百块钱，嘱咐弟弟好好读高中，争取考上大学，给爹妈脸上添光。王老实觉得女儿进城进得出息了，不但挣了钱，也懂得了道理。

可女儿进城的第三年，还没到过年的时候，她就提前回来了，怀里还抱着一个刚满百天的娃子。

这可把王老实吓坏了，也把他老婆李玉梅吓坏了，他们愣在地中半天没回过神来，等回过神来，方才结结巴巴问女儿怀里的娃儿是怎么回事。女儿却不以为然，还冲爹妈嘻嘻笑着说："瞧你们问的，有了娃还能怎么回事？生的呗。"这可把老两口吓了一大跳，生的？谁生的？

女儿没忙着回答爹娘的问话，而是不慌不忙走到炕前，把娃娃稳稳放到炕上，解开包裹娃娃的毯子，边给娃娃换尿布，边招呼爹妈来帮忙。一边忙着一边说："不瞒二老说，娃娃就是我生的，俗话说：生儿像舅舅。你们快来看看，他长得多像他舅舅。"

女儿这一说，直把个王老实和李玉梅气傻了。李玉梅上前抡起手臂，就给了女儿一个嘴巴子："不要脸的东西，对象没找，婚也没结，就敢生娃娃。"

女儿挨了打，并无反应，捂着脸怪怨爹娘："怎么不问清事情就轮巴掌打人？娃是女儿生的不错，可女儿早就找对象结婚成家了，只是瞒着家里没说。"

王老实、李玉梅见女儿这样说，心中才稍稍安定些，接下来，他们才问究竟是咋回事。

女儿依旧不慌不忙从容不迫地把气愣在一旁的爹妈拉到屋中坐下，又不慌不忙地讲了来由，她说她找对象结婚的事本不该瞒着爹妈，但事情来得突然，男方又催得急，加上忙就没顾上跟家里打招呼，匆匆忙忙把婚给结了。生了娃带回来，是想让爹妈给照看着，照看大了，再带到城市里去读书。城里打工挣钱实在是太忙了，哪有工夫带孩子，雇保姆又得花一笔钱，只好拜托爹妈了。

听女儿如此说，老两口才把一颗悬到嗓子眼的心放回肚里。可他们还是有疑虑，他们问，既然娃娃有父亲，他们有女婿，为何两口子不一道回来而只是女儿单独回来。女儿回话说，孩子爸实在是太忙了，他是他俩共同打工的那个公司的一个小头儿，管着好多事，又遇上了销售旺季，脱不了身。女儿说着，还从身上掏出一张他们的结婚照让爹妈看，并说她的男人名叫黄建设，山东人，长得高高大大挺帅气。说罢，又掏出手机按了几个数，手机里立马有个男人应答着与她对话，她说她和娃儿已安全到家了，父母见了外孙挺高兴，让他在手机里问候二老一声，向他们道个歉。说着把手机递给当爹的，又递给当妈的。

王老实、李玉梅这才彻底踏实下来，接下来只是埋怨女儿把婚事办得太唐突，拿父母不当回事儿。

怨归怨，骂归骂，女儿终归是亲生的，那外孙也是女儿身上掉下来的骨血，也得认。

王月月在家住了三天就走了，说是公司老总只批给她七天假，回时路上就走了两天，返程还得两天，多住一天都不行。

走时，她把儿子亲了又亲，脸上的泪水始终没有揩净。

王老实有了外孙的消息在黄驼梁很快传开来。村人们爱看稀罕，都上门道喜祝贺。上门的人大多用同一口气说话，哎呀，还是老实哥行，没见动静就把小外孙抱上了，祝贺祝贺。王老实也不答话，只是嘿嘿嘿地笑，还边笑边让来人到炕前去看他的小外孙。看过的人都夸他的小外孙生长得心疼，可爱，令人疼惜。我也凑热闹看过那娃，生得白白净净圆头圆脑浓眉大眼，确实心疼。

不过，村人们心中都或多或少有过疑问：没听说王月月结过婚，咋就有了娃？别是个私娃娃（私生子）吧？可那疑问很快就烟消云散了，因为村人相信王老实——王老实从不说半句谎话，在这么大的事情上，就更不会说谎了。

在此后的一段岁月中，黄驼梁的人常见王老实、李玉梅抱着外孙在院里走动，脸上挂着掩饰不住的笑意。但大多时候，老两口是轮番坐在门前的枣树下逗孙子玩。

王老实家住三间平砖瓦房，房前箍一小院，院外栽着两棵枣树。时值中秋，枣树上的枣子已经红透，沉甸甸地挂满枝头。在秋阳照射枝头的时候，王老实坐在树下一条木凳上，怀抱小外孙逗着玩。他一会儿摸摸小外孙的脸蛋，一会儿揪揪外孙的牛牛，逗得外孙咯咯笑，他也跟着嘿嘿笑。村人们从门前走过，都觉得这是一道极美的风景。

有那么一天，王老实也是如此这般在树下逗外孙，突然一阵风掠过枣树枝头吹落几颗枣子，一颗枣子不偏不倚砸在娃娃额头上，小娃娃皮肤嫩肉皮薄不禁砸，额头立马肿起指肚大一个包。娃娃哭了几声便被哄乖了，可那肿包迟迟不肯消。晚上李玉梅从集市归来，热了奶抱过娃娃来喂，一眼瞅见那肿包，忙问王老实是怎么回事，王老实照实说了，但还是没挡住李玉梅的怪怨："明知道刮风，还把娃往外抱，天底下没见过你这号傻尿。"王老实委屈得直摇头："没风，日头明晃晃照着，根本就没风。"

"没风树上咋就掉枣子？""没提防刮来一阵风，事前我又不知道。""看看看，说是没风，又说有风了，破烂枣子咋就没砸在你那狗头上，偏就砸着娃儿啦？连个孙子都看不好，你说你还能干啥？"

…………

这是个偶尔的失误。单从这个失误上，就可断出王老实、李玉梅对外孙疼爱有多深了。

转眼娃儿已有半岁了，王月月还没把女婿领回家。

王老实只好等。他要等过年。女儿说过了，最迟在过年时，她要领着男人回家。

眼看年关已到，女儿打来电话，说过年他们回不来了，男人要带着她回山东的婆婆家，婆婆重病缠身住在医院里，他们得先顾及那一头。

王老实想想也是，就没往心里搁，叮嘱女儿年后春暖时，一定要女婿回家一趟。

年关一过，春天说来就来了，可熬过了春天到了夏天，女儿女婿还是未能归家。

这时节，王老实、李玉梅着实着急了。他们隐隐觉得事情有点不对劲，开始怀疑女儿在撒谎。王老实再次打通女儿的电话，说是她再不回来，他就把娃儿给她送回去，他们实在是忙得顾不过来，无法领养了。

王月月听说要把娃给她送回去，也急了，让爹千万别那样，她也为这事犯愁呢，让爹千万把娃留在家里给带着，送回来事情就败露了。王老实一听慌了，赶忙追问底细，女儿这才说了实话：她根本就没有对象也没有结婚，娃儿是私生的。

王老实撂下电话，一个屁股墩儿跌坐在木凳上，木头人样痴愣着不说话。

一旁的李玉梅也给急疯了，忙问到底出了啥事。问了半天方从王老实口中掏出一句话：外孙是个私娃子。

李玉梅扑到电话前又打电话，打了九九八十一遍，电话中始终是嘟嘟的回绝声。

这晚，老两口谁都没闭眼，都木头人般坐在炕头，看一眼外孙，骂一阵女儿。

王老实骂："婊子养的，看我不扒了她的皮！"

李玉梅骂："狗日的，看我不抽了她的筋。"

翻来覆去就骂那两句话。

天亮了，他们谁都没下地，也没心思做饭吃饭，依旧像个木头人似的坐在炕头，忿恨的怒骂变成了长长的叹息。

"唉，婊子儿干下了这等龌龊事，你说叫人以后咋个做人呢？"

"唉，狗日的咋就那样不要脸，咋还不顾羞臊把娃往回抱呢？"

"这世道，人都不要脸了。"

"这世道，人都不知羞臊了。"

"这事要是传扬出去，我都没法活了。"

"你没法活，我还能活下去？狗日的光知道自己快活，就不知道还有个爹娘。"

“你说这事咋办吧？”

“我也没啥好办法，最好的办法就是把娃送人。”

“送人也遮不住众人的目光，人人都晓得我们的外孙是从正道来的，亲亲的外孙送了人，岂不让人疑心？”

“那就赶紧让那狗日的找对象，找上了，不管孬好赶紧结婚，婚后赶紧把女婿领回来，这事就能遮掩过去。”

“唉，日他妈的我上辈子造了啥孽，咋就遇上了这号事？”

“唉，日他妈的遇上啥事也不该遇上这号事，丢死人了。”

可怜一个王老实，经历了三天三夜的折磨之后，背着个行囊悄悄出发了。他要进城找女儿赶快嫁人，只有这样，才能把丑事遮掩过去。在这件事上女儿向他撒了弥天大谎。如果这事不能快速地遮掩过去，他真的是无法做人了，也无法活人了。

他走后半个月就回来了，回来时人瘦了一圈，带着一脸的懊丧。他按照女儿留下的地址找到了那座城市，又循着踪迹找到了女儿打工的公司，可公司的人说王月月半年前就辞职离开了公司，究竟去了哪里，谁也不知道。他只好打女儿的手机，可手机死活不开，王老实恨怒交加，差点没一头撞到墙上死了去，无奈之下，只好懊丧着脸硬着头皮回家。

归家后的王老实，如同老牛陷在枯井里，绝望又憋屈，痛苦得想抱着那娃跳河去。

好在王老实还有个亲妹妹，万般无奈之下，只好去找妹妹商量对策。妹妹名叫王金花，家在百里之外的一个村庄。由于路程远，两家平时不多往来，只是逢年过节才走动走动。王老实见到妹妹，便情不自禁地抓住妹妹的手，没说上一句话，眼泪就流下来了："妹呀，哥遇到难事了，天大的难事，哥在人面前无法做人了。"

妹见哥哥这样说，忙问缘故，听罢，仰天长叹一声：“哥呀，这事咋叫咱家摊上了，当初你说月月出外打工，我心下就犯嘀咕，哪想狗日的真把丑事做下了。”

兄妹俩先是抱头哭了一场，接着是埋怨，骂王月月没脸没皮不知羞臊，骂当下城里风气太糟。怨过了，哭过了，坐下商量对策。毕竟是一奶同胞，妹妹真心心疼哥哥，绞尽脑汁替哥哥想办法。思来想去，认为可走的路只有一条——找户人家把孩子送出去。妹子说：“哥呀，这事你就交给我办吧，我在我家周边的村子打问打问，看谁家的媳妇不生养想抱养娃儿，就把娃儿送给他们。我家离你家远，隔县隔乡的，谁也不知道，黄驼梁人问起，你就说娃儿让人家爹妈给抱走了，抱到女婿的山东老家让人家爷爷奶奶带。毕竟是人家的家孙子，人家要带只好送去了，这样一说，黄驼梁没人不信。”

王老实见妹妹说得在理，连连称是，他说：“这样一来，月月以后回来寻娃，我们也好有个交代，想看娃也有个去处。只是……只是……唉——他又长叹一声，这样一来，我可就把谎扯到底了。”

金花真心为哥帮忙办事，想领养娃儿的人家很快就找到了。这天，她打电话给哥，让哥把那娃抱过去，说想领养娃儿的人家催得紧，只怕把娃儿给了别人。

王老实听后，心里好高兴，忙让李玉梅收拾东西，衣物呀奶瓶呀奶粉呀都给带上，趁时辰还早就把娃给妹妹带过去。

李玉梅着手收拾东西，禁不住轻声哭起来，泪水在脸上流成了江河。当王老实起身出门时，她抢过去娃抱在怀里，看了又看，亲了又亲，泪珠子把娃儿的脸都打湿了。咋说也是女儿身上掉下来的肉，又带了将近一年的工夫，感情浓得几乎化不开了。

娃儿送出去三天后，妹妹来家一趟，说抱走娃儿的那户人家姓龚，十分地道，她专门上家看过一趟，上有一个婆婆，在下就是一对小两口，两口子结婚五年了还没生养，婆婆盼着抱孙子把眼睛都盼蓝了，娃儿抱过去，全家都乐得合不拢嘴，轮番抱着亲。妹妹说罢，掏出三千元钱递到哥哥手中，说是人家给的酬谢钱。

王老实接钱在手，嘴里嘟囔，这钱你不该拿，不该拿的……

妹妹说，人家非给不可，不拿没办法。

娃儿送出去了，王老实两口子的心总算平静了。我们黄驼梁人也一致认为：娃儿肯定是送到山东人家爷爷家去了，人家爷爷奶奶肯定会当宝贝一样对待，可能比王老实、李玉梅操心得还好。

娃儿送出去大概三个月的时候，听说王老实突然接到了女儿王月月从遥远的地方打来的电话。王月月在电话中问娃儿怎么样，王老实十分老实地告诉娃娃送人了，送给了当地一户农家。王月月在电话那头沉默了好久不说话，突然哇的一声哭起来，哭得十分伤心。王老实听到女儿哭，也不说什么，轻轻地压断了电话。

秋去冬来，冬去春又来，我们黄驼梁人的日子十分平静地往过走，王老实家的日子也平静地往过走。

突然有一天，平静的日子被一辆突如其来的警车打破了。那辆警车鸣响警笛呜哇呜哇叫着冲过大路扭头驶向小路直向黄驼梁村开来。在此之前，我们黄驼梁没来过警车，警车鸣响的警笛把我们的心都扰乱了，警车扬起的尘土也把我们的眼睛迷蒙了。我们都不晓得村里谁犯事了——好好的一个黄驼梁村究竟谁犯事了呢？

就在我们瞎猜测的时候，只见警车呜哇呜哇叫着径直开到了王老实家门口，鸣响的警笛吓得他家门口的枣树上的几只鸟儿扑棱扑棱惊慌飞逃。

接着，我们看见两名警察跳下警车敲开门进了王老实家。紧接着，我们又看到警察将拷上了手铐面色发黄、浑身颤抖的王老实押上了警车。在警车开走的那一刻，李玉梅从屋里冲出哭嚎着扑向警车——她扑空在院门外，又一声长嚎哭昏过去了……

事后，我们黄驼梁人才知道王老实那外孙是个私娃子，才知道他向全村人撒了弥天大谎，也才知道警察来抓他是因为他涉嫌拐卖儿童。

原来，公安机关破获了一起涉嫌拐卖妇女儿童团伙大案，他送给人的外孙让人倒卖了，倒卖儿童的骗子先是骗了他妹妹，他妹妹又被蒙在鼓里骗了他。

我们黄驼梁人都替王老实惋惜：一个老实巴交不会骗人的人，却栽在了亲生女儿身上。唉，委实可怜啊！

刘二贵护园

在我们黄驼梁，刘二贵是个活得快活又滋润的人。

刘二贵快活滋润，不是他手里攥着多少钱，也不是他怀里搂着多么美貌的女人，而是有一个让人嫉妒的苹果园。

村人们谈论起他的苹果园，不能不佩服刘二贵的眼力。

我们黄驼梁虽说离城偏远了一些，但风水却是极好的，东边是连绵起伏的毛乌素沙地，此地树木林立，绿草茵茵；西边是滔滔黄河从村脚下流过，河面上空常常聚集成群的鸟儿欢乐鸣叫。我们为黄驼梁有这样一个奇异的地理环境而自豪。

但再好的东西也有让人不满意的地方。比如一个美丽的姑娘，五官身材都挑不出啥毛病，偏偏脑门上生有一块紫色的胎记，这样就大煞风景了。我们黄驼梁村也有类似的情况——黄河流经村脚，拐了一个形状如S的弯，村子最南端的一片土地，就处在那个S弯中，那片土地三面临水，一面靠沙。地倒是一片好地，种啥啥成，但北边的沙丘时常侵袭土地，一场风刮起，庄稼便被黄沙掩埋。大集体那阵子，那片地基本上荒废着，偶尔种点糜谷，也就收回个种子。因此，土地承包那年，谁也不要那片地，可偏偏站出个刘二贵，拍着胸脯说那湾地他来种。村民们以为精明的刘二贵遭了邪，一夜之间变成傻子了。可后来的事却让黄驼梁的人大吃一惊，认定刘二贵是个胸藏玄机的精明人。

刘二贵承包那片湾地后，先从信用社贷出一笔款，然后雇了七八个人，用草网法把东边的沙丘网封了，接下来又把土地边缘淤积的薄沙清理出去，随后便在湾里栽上了果树苗。果树有三面河水水汽的滋润，加上一面沙丘晚间散发的热量呵护，果树上结出的苹果又大又甜，闻名四州八县。没几年工夫，刘二贵的腰兜就被钱塞满了。

如此一来，那河湾变成了一方风水宝地，刘二贵的苹果园，也成了黄驼梁的一大景观。

但事情总有不顺的时候。有那么两年，市场上苹果滞销，许多果农的果子都烂在了地里，刘二贵也难逃劫难，两年间果子没卖出去一个，愁得一夜之间白了头。他跑到乡上向乡长诉苦，又跑到县上向县长诉苦，请求乡长、县长扶他一把，救他一命。县长派了个技术员实地考察，向刘二贵献上一计：在沙丘下打洞建果窖。这确实是个救命的良方。果窖一建，秋后卖不出去的果子便储在窖里保鲜，春节前打开窖门卖果子，那剩余的果子变成了抢手的金蛋蛋。

刘二贵对县上的领导感激不尽。县乡领导不但出妙招让建果窖，连建窖的投资都给他出了。为此，我们常见县长、乡长坐着光溜溜的小轿车沿着河堤大道开进刘二贵的苹果园赏光，刘二贵也常把县长、乡长请到家里大块吃肉大碗喝酒。这又成了让我们黄驼梁人眼馋的一道景观。

其实，最让人眼馋的景观是刘二贵坐在苹果园的凉亭上唱秦腔——苹果压枝的时候，刘二贵便在果园的一块台地上搭个高高的凉亭日夜看守果园。夜幕降临，刘二贵点亮一盏红灯，坐在亭上，手拉板胡，敞开嗓门唱秦腔。板胡扯得有板有眼，高亢激越的秦腔伴着滔滔河水北流而下。

这一日，乡长、县长的小车又开进了刘二贵的苹果园。县长、乡长的身后还跟着一位刘二贵未曾谋面的人，县长、乡长都叫他方总。他们在苹果园溜达了一圈，爬上了东边的沙丘，他们在沙丘顶上驻足观景俯瞰果园和黄河，禁不住发出一声声赞叹，刘二贵请他们到他家里做客，县长呵呵笑着说不必了，咱们就坐在这沙丘顶上谈事情。乡长也是一副笑模样，走前一步拍拍刘二贵的肩，柔声说："老刘呀，今天尤县长来，不是要到你家炕头上体察民风喝酒吃肉，而是要和你谈一件重要事情，这事涉及你的果园，也关乎我们乡的旅游业，你要认真考虑。"

刘二贵听说事情涉及他的果园，不禁紧张起来，说话也口吃起来，"乡……乡长，果……果园咋了？"

尤县长见他紧张，也上前拍拍他的肩，呵呵笑着说："刘师傅不必紧张，你这些年在土地里打拼侍弄这苹果园，苦没少受，罪没少吃，可收入并不高，也就维持个温饱奔个小康。我今天来是想把你从土地里解放出来，插上翅膀直接到县城里去享福。"

县长说："离开了果园，我保证你的生活比现在好上十倍，不信你看着，到时候你睡觉都会笑出声来。"

接下来，他们就地坐在沙丘上，讲明了事情的来龙去脉。

原来，今天同来的那个姓方的老总，是商界的精英，又是尤县长的朋友，一次喝茶聊天，听尤县长聊起黄驼梁有一片三面环河一面临沙的风水宝地，便起了开发之心。他跑到乡上让乡长领着偷偷地观察了两次之后，开发之心便愈加坚定。到底是商界精英，谋划出的开发项目往出一摆，愣是让县长官员们吃了一惊——他说要让那S形的河流飘满古老的羊皮筏子，还要让现代化的摩托快艇在浪尖上穿行，还说要让那个沙丘上的湾地骏马奔驰尘埃飞扬（建跑马场）；还要让那沙丘成为一个极好的观景台，台上驼队逶迤驼铃悠扬。这样折腾下来，不出三年，一个别具特色的旅游胜地便会名扬天下。

可这一手也够毒的，刘二贵的果园面临着灭顶之灾。

县长说明情况，也十分明确地说明了另一种情况——县上同意方总开发土地，不是没收刘二贵承包的土地，而是把土地使用权转让给方总，方总赔偿刘二贵三十年的经济损失，一次性支付给一百六十万元。这个数目委实让刘二贵吃惊不小。以往，他也多多少少听说过城市扩建占用土地的事，土地被占用了也是赔偿三十年的损失，可那损失费实在是太低太低了，每亩地每年也就是四五百元，自己的这片土地，真的是比金子还珍贵了。果园的果树，大大小小高高低低也就一百来棵，这样一来，每棵就价值一万元，天哪，这简直就是金枝玉叶了。

刘二贵怀疑地望着那个方总，又望望县长，嘴里嘟囔着："一个沙疙瘩下的破园子，真就值那么多钱？"

县长以为他嫌赔偿得少了，不禁说道："都一百六十万了，你还要咋的？要不咱们再跟方总协商一下，适当往上涨一涨？"

刘二贵憨憨地笑了，"我不是那意思，我是说这园子处在偏远的河滩，又不是王母娘娘的蟠桃园，却显得十分金贵了。"

县长说："看来你是同意了？"

刘二贵点点头，"县长做主，我咋能不同意？"

刘二贵要揣着一百多万元进城的消息，风一样地刮进黄驼梁，村民们先是惊奇，随后便是嫉妒了，觉得这世道太不公平，好事都让刘二贵赶上了。村民们见到刘二贵都跟他开玩笑打哈哈：二贵啥时进城住洋楼享洋福呀？进了城，别忘了咱这帮老乡，街上见了面可别把头仰得太高。

刘二贵也不搭话，鼻子冷冷地哼一声，扭头走路。也有人跟他开半荤半素的玩笑：二贵哥揣着大票子进城，可别往窑子店钻，一旦染上花花病，你再传给你老婆，全家都遭殃。

刘二贵依旧不吭声，鼻子哼一声，扭头走路，却显得很平淡。刘二贵虽然说要发大财啦，依旧日夜看守着果园，早晚天凉时背着双手像个大掌柜一样在果园周边走动，中午太阳毒了便爬上高高的凉亭睡觉，傍晚扯着板胡唱秦腔。不过，从他走路的神态和面部表情上，却透着掩饰不住的喜悦。

这天晌午,刘二贵回家吃过饭,感到有点困,就爬上凉亭闭上眼睛想睡一会儿。哪想刚把眼皮合上,却被一阵骤急的手机铃声吵醒了。原来电话是小儿子打来的。刘二贵的两个儿子都在城里经商。大儿子开着一家面馆，小儿子经营着一个小百货店，两个儿子能进城做买卖也是全仗了那果园，也就是说，他们起初的投资全是靠父亲经营果园赚的钱。他们对自家的果园感激不尽，也对父亲感激不尽。这次小儿子打电话过来没涉及果园，却是另有别图。小儿子说："爹，我的百货店的生意越做越旺，可店的规模太小，生意再旺也只是赚几个小钱。最近，我的店旁边有家规模较大的超市要转让，我想把它拿过来，可是……爹，我手头紧，银行又贷不出款来，干望着一块肥肉吃不到嘴里……爹，你千万要帮我一把，机会难得,不能错过。"刘二贵只是静静地听着,不表态,听罢,挂了手机。他思谋一阵，又想合了眼睡觉。可两张眼皮还没合到一搭里，手机铃声又响了。这回是大儿子打来的，大儿子先是亲亲地叫声爹，又问妈好着没有，接着便扯到了他的生意上。儿子说："爹，你可知道在城里开面馆有多辛苦呀，起早摸黑的，忙得两头见星星，就这还赚不了几个钱，最近我想转行做电器生意，凡做这一行的都赚了大钱，人也活得轻松。可做电器，投资很大，请爹一定帮帮儿子，等赚了大钱，我把爹妈搬到城里住别墅。"

两个电话接过，刘二贵再也无心睡觉了。他走下凉亭跑到黄河边，对着滔滔的河水发了一阵呆。

数天后的一个中午，刘二贵突然甩下果园不管走向乡政府大院。他敲开乡长办公室的门，呆呆地望着乡长，想说什么又没说，不好意思地低下了头。

乡长把他让到沙发上坐下，还亲手为他倒了杯水，问他跑到乡上有啥事，喝着水慢慢谈。

刘二贵吭哧了半晌，才从口中吐出一句话："乡长，我那片土地不出让了，我舍不得毁了我果园。"乡长听他说这话，不禁有点火。"刘二贵，你别是开玩笑吧——在这么大的事情上，你别像娃娃垒锅灶一样想垒就垒想拆就拆，合同定了，字都签了，人家方总把开发资金都打过来了，你这一反悔，不是向我这个乡长还有尤县长脸上打巴掌吗？你是不是嫌钱赔得太少了？"

"不不不，乡长你听我说，我不是嫌钱太少，我想，我要那么多的钱干什么，钱再多也有花空的时候。我，我就是舍不得我的果园，舍不得我的那些苹果树，那些树我千辛万苦把它们栽活了，又要把他们毁掉，我……我实在是不忍心。那天，我走进园子，我都听到果树嘤嘤嘤的哭声了，哭得撕心裂肺的，从那一刻起，我就后悔了，我不该答应你们，不该签那个合同。"

乡长听得直发笑。"刘二贵你快别在这给我编故事了，你的故事编得还挺动听，都能听到树的哭声了，你都成神仙了。你要是嫌钱少你就直说，我们还可以和方总商量，不要拐弯抹角讲故事。"

刘二贵说："乡长，我不是嫌钱少，你就是再多给我一百万我也不干了。我就是心疼我那些树，我与那些树感情深着呢，真要把它们毁了，我怕是也活不成了。"

乡长说："我不管你是嫌钱少还是心疼树，但事情是绝对不能反悔的。要知道，单方撕毁合同是要负法律责任的，你明白不明白？"

刘二贵说："你不要拿大话吓唬人，你这里说不通，我就找尤县长。"

乡长把眼睛一瞪，样子十分可怕。"你不要去找县长，我这里过不去，你找县长也不顶用。"

刘二贵真的后悔了。他在乡长面前说的也不是假话。他跟黄驼梁的许多人都说，他每每钻进果园，就听到果树嘤嘤嘤的哭声。他听到树哭也抱着树哭。他说他咋就一时糊涂答应了尤县长呢？咋就心血来潮不计后果跟那个油腔滑调的方总签了合同呢？他说他还有几十年的活头呢，毁了果园他干啥去呢？总不能呆在家里吃闲饭吧，那样会把人活活憋死。他还对她女人黄月英说，树长在地里是个实实在在的东西，你不伤害它，它永远立在那里。可钱就不一样了，钱会飞，今天飞到这个人手里，明天又飞到那个人手里，攥又攥不住，你攥着，有人会算计着让你松手，甚至会从你手中抢走。人活着离不开钱，可钱又是靠不住的货色。我们都觉得他说得在理。我们都期盼他能说动乡长，让那合同成为一纸空文。

听说刘二贵又去找乡长了，乡长先是避而不见，后来让刘二贵钻空子堵在了王家洼村村主任家里。事情是这样的：刘二贵跑到乡上找乡长，乡长说他下村有急事，叫他在乡上等，他处理完事情就回来。

刘二贵等了一天没等到乡长，天黑时径直去了王家洼村村主任家，那阵子乡长正坐在村主任家的炕头与村主任举杯对饮。刘二贵进门便说："知道乡长在这里喝酒，我就赶来了；我知道乡长爱喝纯粮北京二锅头，就拎了两瓶赶来凑热闹，请乡长一定给个面子。"乡长过去曾多次在刘二贵家喝酒，不好驳他颜面，只好让他坐在炕上来陪他喝。

刘二贵大咧咧坐下喝了两杯酒，冲乡长笑笑，开口说道："乡长，我前天晚上看电视，见有个人在电视里讲故事，讲得很精彩，我就认真地听，听完后全记下了。乡长要是不嫌弃我就讲给你听。"接着，他讲了故事。他说从前有个猎人，靠一杆漂亮的猎枪和一手好枪法，打得一手好猎。一天，他把一只鹿逼在悬崖边，就要开枪，却见鹿双腿一屈跪下了，还向他频频叩首。他觉得奇怪，但还是把枪放响了。他把鹿背回家剥皮剖腹时，方才发现鹿肚子里怀着一只小鹿。猎人这才知道鹿为何向他下跪叩首。他后悔得连连跺脚。之后他砸断了心爱的猎枪，从此，不再打猎，远走他乡。

乡长听了，挺纳闷，笑着说:“刘二贵你大老远跑来，就是给我讲这则故事？你怕是还有别的意图吧！”

刘二贵端起酒杯喝口酒，大咧咧说：“乡长你是个聪明人，还听不出我讲这故事啥意思？你看我那满园的果树，现今枝头都挂满毛茸茸的果子，再有几十天就都成熟了。人畜一理，人树也是一理，树护崽怕是护得比人的命还当紧呢，谁能说满枝头的果子不是树的娃呢？我忍心毁树但也不忍心毁了树的娃呀，烦请乡长给尤县长和那个姓方的老总说一下，别再干像那猎人一样的蠢事，后悔都来不及呢。即使要干，也该等到把果子收了，不然我的那些树就把罪过记在我的头上了。”

乡长听了，差点没把嘴里嚼着的一块肉笑喷出来，说：“哎呀呀，我说你个刘二贵，你啥时学会讲故事了？过去我和尤县长在你家喝酒，你咋一个故事也不讲？尤县长出资给你建果窖，你咋一个故事也不讲？如今，却讲开故事了。你怕是又要贼心算计一季果子，一季果子也值好几万呢，这不明摆着就是想多拿钱嘛！”

刘二贵也不客气，直嚷嚷说：“孙子才想多拿钱呢！我舍不得我的果园，我有个果园我活得踏实！”

但他不论说破天道破地，乡长就是不答应。乡长说，这事就根本没有商量的余地;这事要是能商量,他这个当乡长的说话就等于放屁,尤县长说话也等于放屁。

此后，刘二贵还越级找到尤县长。尤县长话说得更难听：你要是能把你拉下的屎再吃一回，我就把我说的话全收回。

刘二贵的地不想转让也只能转让了。时隔不久，那位姓方的老总，十分大气地把那一百六十万元的现金转账支票交到了刘二贵手中。刘二贵捏着支票，不知是把它揣在兜里好还是随手扔掉好。

刘二贵的两个儿子听说父亲已经拿到了钱，竟然在同一天的两个时间内先后跑回家来。大儿子中午到，小儿子下午到，中间只隔了两个时辰。刘二贵自然明白儿子们回家的目的。他大骂儿子，骂儿子只认钱不认亲，闻到钱的味儿像猫闻到鱼就往里跑。儿子则怪怨父亲不懂生意经，不晓得钱也能下崽子。刘二贵见儿子怨他，骂得更狠，还说明天他就把钱捐到地震灾区，免得他们日夜惦记。

我们黄驼梁人都晓得刘二贵是个不轻易骂人的人，也很少骂儿子，儿子小时候逃学他都没怎么骂过，现在却不知哪来的火气，把两个大腾腾顶天立地的儿子骂得狗血喷头。

刘二贵的果园说毁就毁了。一天清晨，几辆铲车轰隆隆开进果园，片刻之间树便哗啦哗啦成片往下倒。水浒好汉鲁智深倒拔垂杨柳的场面我们没见过，铲车铲树的场面可是让我们开了眼界，那隆隆鸣响的家伙把硕大的铲子戳进树根下的土里，只轻轻往前一推，树便被连根铲起噗啦倒下了。树在倒下的刹那，枝上没成熟的果子，骨碌碌滚得满地都是。

铲车在铲树的时候，我们见二贵从家中向果园的方向慌慌跑来了，边跑边呼喊着什么，及至果园，一跟头栽倒在地，搂抱着洒落在地上的果子大哭起来。

铁拐李娶妻

大家不要误会，我说的这个铁拐李，可不是八仙中的铁拐李，八仙中的铁拐李得道成仙娶没娶妻谁也说不清楚，我要说的这个铁拐李，是我们黄驼梁的一个人，因为他走路一拐一拐的姿势酷似铁拐李，加上又姓李，人们就叫他铁拐李。

铁拐李的真名叫李小全，只有他妈冯翠英唤他做活时，才小全小全地唤。

人到这世上走一遭，千万别落下什么残疾，如若落下了那就是一生的苦难。有些残疾是娘胎里带来的，那是没办法改变的事。有些残疾是后天落下的，后天的残疾大多是重病后遗症，也有意外发生的。

铁拐李的残疾就纯属意外。“意外”是在他九岁那年发生的。说起来有点怪。

出事那天早晨他从被窝里爬起来，意外地听到窗外老鸹的叫声。老鸹叫意味着有凶兆，可他偏就冲着老鸹的叫声去了。后来听铁拐李说那天他听到老鸹叫，猛然想起要做一件事。他说："妈，我想吃肉了，我半年都没有吃到一丝丝肉，想肉想死了。"冯翠英听到儿子喊着要吃肉，心里也难受得不行。家里穷，没钱给儿子买肉吃，养的几只鸡巴望着下蛋，又舍不得杀，家里的吃食天天是粗米粗面加野菜。儿子说："妈，我昨天跑到村外沙梁上玩，听到沙梁上那棵老榆树上的老鸹窝里有小老鸹的叫声，我今天去掏老鸹窝抓几只小老鸹回来，你炖了给我吃，小老鸹的肉肯定很香。"母亲说："你可别去掏，小心从树上栽下来。"冯翠英以为儿子说说而已，就没再管就下地干活去了，谁知儿子没听她的话，跑去掏鸟窝，结果从树上摔下来，摔折了一条腿。儿子腿摔折了，家里又没钱医治，找了个乡村医生给捏了捏，说是接好了。哪想腿好下地走路，却是歪斜了，走路一拐一拐，成了拐子。

一个拐子，生活能自理，但干活却使不上劲，形象也受到了影响，结果熬到三十多岁了还娶不上媳妇。

铁拐李娶不上媳妇还有一个原因——落下了很坏很坏的名声。

他在庄田地里干活不得劲，只好赶一群羊到滩地里放牧。放羊是他妈冯翠英给谋的活路。冯翠英在儿子摔断腿的第二年就守了寡，为了儿子，誓死不改嫁，守定儿子过日子。他家养了七八只羊，又动员村里所有有羊的人家把羊交给他儿子合伙放牧，每只羊一年也能挣得几十元钱，这样下来，每年也有几千元的收入。

这是一桩不错的生路，铁拐李每次迎着朝阳赶着羊下滩，披着晚霞吆喝着羊回村，一放就是八九年，这也成了我们黄驼梁一道好看的风景。

可事情坏就坏在郭三毛家的一只绵羊下的一只怪胎上。那年秋天，郭三毛家一只入群的绵羊把羔下在了滩里，铁拐李十分负责地把羊羔抱回来交给郭三毛。郭三毛心下欢喜，把羊羔抱在怀里仔细瞧，这一瞧就瞧出了麻达——羊羔的上唇像兔子唇样是豁着的，眼睛也不像羊的眼睛那样温顺和善而是射着两道凶凶的光，而尾巴又像龟的尾巴又短又尖。这羊简直就是个怪物。郭三毛吓得手一松，怪物掉在地上，发出吱哇一声喊叫。羊下怪物不是好兆，郭三毛当晚就把怪物拎到村外活埋了。这事一传十十传百三天之内传遍黄驼梁，听说还有人偷偷掘出那个怪物验证是真是假，结果又一种传说产生了，说是那羊的蹄爪不像羊的蹄爪而像人的手脚，是五个瓣儿，像五指。这样一来种种猜测像迷雾一样在黄驼梁的上空萦绕开来。其中一种猜测是：那羊与人交配了，交配的人自然是铁拐李。因为羊是他放牧的，哪只羊发情他最清楚，而他又是个三十多岁没婚娶的光棍，熬耐不住，可能就做下那事了。

铁拐李听到传言，一夜之间就气疯了。他操了把铁锨就跑进了羊圈，一口气铲倒了几十只羊，冯翠英跑进羊圈哭喊连天死死抱住儿子的腰，其余的羊才免遭劫难。

铁拐李从此再也不放羊了。不放也罢，但名声却弄糟了。一个与牲畜交配的人，那人也就是牲畜了。本来就残疾，加上十分糟糕的名声，谁家有女还会嫁给他？

也有人同情铁拐李，站出替他说话，说不论羊生怪胎还是狗生怪胎都是常事，猪羊狗不分老少也不分辈分近亲交配，不生怪胎才怪呢，人近亲结婚也生怪胎，人怀胎时吃错了药或者吃错了东西也生怪胎，那羊说不定是误食了什么药物才生了怪胎，与铁拐李不沾一点边，生生把人给错怪了。

可这话谁听呢？人们都是信其有不信其无，都盼村里多出些怪事排除寂寞呢。

这可就苦了冯翠英，眼见着儿子三十多岁了还未成家，愁得半夜半夜睡不着。

冯翠英也算是个能干的女人，除了种好承包的几亩熟地，还在河滩垦出一片生地栽种树苗。母子俩苦打苦熬，盖起了几间砖瓦房，还攒了一点钱，就盼着给儿子娶个女人成个家。

正经女子娶不上，那就歪瓜配裂枣，找个同样有残疾的。瞌睡总能遇到枕头。

三年前，冯翠英请人做媒，总算给儿子说下一门亲事。是邻村的一个聋哑女子。虽聋哑着，但五官身材无可挑剔，若不说话站在人堆中，你定会认为那是个美人。李翠英拿出所有的积蓄，又借了不少钱，把儿子的婚事办得同别人家一样热闹喜庆。可那哑女婚后死活不愿和铁拐李钻一个被窝。铁拐李强行钻入，她便又抓又咬，弄得铁拐李浑身是伤痕。后来验证，哑女原来还是个石女。这可把个铁拐李害苦了。咬咬牙，跺跺脚，只好离婚把哑女送回娘家。

铁拐李时来运转是跟哑女离婚后的第三年春上。那年春天杏花开得很旺，草木似乎也比往年绿得早。铁拐李家的树苗也出人意料地卖了好价钱。就在草木泛绿杏花盛开的一天上午，他的一个远方表舅突然来家。听说这个远方表舅在县城做买卖，后来去了南方，不知啥原因，数年后又从南方跑回来，过了一段时间又走了。他南一头北一头地折腾，不知道究竟在干啥，知情人说是做中介倒腾大生意，不知是真是假。表舅这次来家，说是专门给铁拐李做媒。冯翠英见他的表兄弟来给儿子做媒，专门做了好饭菜招待，还把几位乡邻请来陪表兄弟喝酒。酒后等乡邻散去，表兄弟便向冯翠英母子道出原委。他说，大外甥成不了家一直让他牵怀挂肚，这次可是遇到了一个大好机缘。他说他要给铁拐李介绍的是一个乡下女子。那女子只身跑到城里打工，分不清好人坏人被人贩子拐到一个贫困山村卖给了一户人家，买她做老婆的男人因她不从对她百般凌辱。后来她寻机跑了出来，但没脸再回家乡了。她被拐卖的事只有她父母知道。铁拐李的表舅说，因买卖上的事，他和她的父母交往成了朋友，她父母便托他给女儿找户善良的人家，哪怕那善良人家的儿子有缺陷都行，只要对他们的女儿好。因此，他便想到了铁拐李。表舅说那姑娘身材相貌都不错，人又年轻，只怕人家看不上铁拐李。

冯翠英听后，思谋半天，问儿子，你表舅都把话说清楚了，你说你愿不愿找？

铁拐李半天不出声，末了，嘟囔一句：“怕是人家嫌弃我呢。”

铁拐李这一嘟囔，冯翠英便再明白不过：儿子想要。她让表舅多费费心思把事情办成。

不出三天，表舅就把姑娘领到铁拐李家来了。那天我们黄驼梁的不少人都去看了，那姑娘确实长得不错，虽说个头矮了点，但皮肤白白嫩嫩十分惹眼，相貌也挑不出啥毛病，尤其是一对眼睛，圆圆的亮亮的，眨动时长睫毛呼扇呼扇，十分迷人。俗话说，好汉无好妻，赖汉娶花枝。铁拐李能把这姑娘娶上，便是花枝到手了。

我们都担心那姑娘看不上铁拐李。

铁拐李倒是不错，善良，本分，但毕竟是个拐子，又上了年岁，一朵鲜花很难插到牛粪上。

可事情出乎我们的意料，那姑娘十分爽快地答应了，还说要跟定铁拐李好好过日子，一辈子都不变心。

不过，有个相当刻薄的条件让铁拐李头疼。表舅说，姑娘的爹妈早把话向他说明了，人家就生了一个女儿，家里又穷，如果聘礼低于五万元，是绝对不嫁女儿的。

这就把个铁拐李母子难住了。哪里去弄五万元的聘礼呢？那年，娶哑巴媳妇早把家里的积蓄花光了。好在那姑娘没有提出建新房装修新房的要求。铁拐李母子只好跑东家串西家向亲戚邻居借钱。我们黄驼梁人都同情铁拐李，只要他求到门下，都成百上千给借了。众人拾柴火焰高，听说五万元很快就凑齐了。

事情说难也难，说易也易，不下两个月，铁拐李便把花枝招展的姑娘娶回家了。婚礼上宣读结婚证书时，我们方知那姑娘名叫钱小莲。

但凡谁家嫁女儿娶媳妇，我们黄驼梁人都会无一例外地出一份礼吃一回婚宴。我们坐在婚宴桌前喝新娘新郎捧给我们的喜酒时，都觉心里美滋滋的，都禁不住多看新娘一眼，都在心里说：三十年等个闰腊月，铁拐李真真地是把个闰腊月等来了。

婚后的铁拐李，像是换了个人似的，脸上多年淤积的愁苦像是被乍起的一股风吹散了，始终洋溢着灿若阳光的笑，我们常常看到，他和钱小莲手拉手肩并肩走在村外蜿蜒的小路上，路旁野花绽放，身前彩蝶飞舞。铁拐李似是拐得不那么厉害了，远看，一点一点还极有节奏。

我们在村边或村头看见他时，免不了跟他谈笑几句。

“铁拐李，有婆姨的日子跟打光棍的日子不一样吧？”

“是不一样，有婆姨就是好。”

“咋个好法？”

“小莲夜夜搂着我的脖子不撒手，身子绵得酥倒人。”

“那可把你美死了。”

“可不是，有婆姨陪着过日子，给个县长也不当。”

“你都当过县长了，还想再当？”

“胡屎说呢，我啥时当过县长？”

“没听人说，放上三年羊，强似当县长，羊县长你都当了还想当人县长？”

“走开走开，少给我提放羊，再提我就要骂你了。”

铁拐李怕戳伤疤，一戳他就怒。

我们都还以为铁拐李的好日子会如此这般地过下去。

可是，半月后的一天，钱小莲突然跑掉了。

据铁拐李讲，那天是个集日，他母亲冯翠英上镇赶集去了，钱小莲说她肚子疼不舒服想在家缓一缓，让铁拐李下地把昨天没锄完的半块玉米地锄了。等他锄完地回到家，钱小莲不见了。他以为她上村卫生所看病去了，就到村卫生所去找，哪想卫生所也不见人影儿。直到天黑，还不见她回家，这才知道事情不妙。

铁拐李慌了，冯翠英也慌了，没头的苍蝇样四处找，找了几天，始终没找到。接下来他们又去找那个说媒的表舅，可表舅不在县城，不知道跑哪去了。

我们黄驼梁人也都替铁拐李着急。大家觉得事情来得离奇，坐下来分析。见多识广的刘巧凤突然一拍大腿，失声叫道："这别是骗婚吧？外边这种事发生的多了，有些不要脸的女人走一个地方骗一家人，骗来骗去漏了马脚，就让公安局给逮了。她跟铁拐李结婚那天我看她娘家没有来人就怀疑，可我又不敢说。刘巧凤的话我们都不信。我们说一个姑娘家，今天嫁这个，明天又嫁那个，嫁来嫁去的不怕失身份？也不嫌丢人？刘巧凤说现在这年代，啥怪事丑事都出，为了捞钱，脸皮都成尻墩子了。

我们这才有些信了。我们都想到了铁拐李的表舅的突然出现又突然失踪，想到了那高达五万元的聘礼。

我们把骗婚的事讲给铁拐李听。

可铁拐李死活不信，铁了心要外出寻找。寻找的理由也很充分，说钱小莲八成是想她爹妈了，想回去看看又怕他阻拦，就偷着跑了。又说可能村里哪个不省事的家伙故意坏他的事，把当年羊下怪胎的事告诉了钱小莲，钱小莲忍受不了，就偷着跑了。他说他找到她，一定向她申辩清楚，把她带回来。

铁拐李真的外出寻找去了，谁都拦不住。我们认定他想钱小莲想疯了。

他一走半年没回来，冯翠英见儿半年不归，天天在家哭，眼睛都快哭瞎了。

唉，可怜的铁拐李，大路条条人海茫茫，你一拐一拐的，究竟走在哪条道上呢？

（选自《鹿鸣》2011年第6期）

郑 正

郑正（1939—2022），原名郑衍顺，笔名郑正、关山等，安徽萧县人。中国作家协会会员，石嘴山市作家协会主席。为宁夏作协第二、四、六届理事，宁夏文联第六届委员。曾任《石嘴山文艺》《煤炭文学》《贺兰山》等刊物副主编，副编审。著有长篇小说《中国西部最后一个匪王——郭拴子覆灭记》（合著），中短篇小说集《郑正小说选》，散文集《风景这边独好》《天高地厚是亲情》等，出版文学作品集23部。长、中、短篇小说在自治区文学评奖中连续五次获奖，有作品获冰心杯文学奖、宁夏论文奖。

风送暗香来

天黑不大会儿，梅凌雪就关上了院门，收拾完家务，给病恹恹的婆婆打来洗脸水，服侍吃了药睡下；又帮做完作业的小姑子、小叔子洗刷好，打发上床，掖好被头被脚，拉灭电灯，一切都利手利脚了，她才回到自己空荡荡冷清清的卧室来。

要说她的卧室空荡荡、冷清清，其实不然。这房间里摆有双人床、写字台、高低柜、沙发之类，把一间房子挤得满满的。这些家具都是新购置不久的，油漆得闪闪发光，能照出人影子来。水泥地面，平展展的，一尘不染。房间里透露出整洁、美观。只因为梁伟泉离开了她，长眠在红石山煤矿后面的那个小山坡上了。心空，房间不充实；意冷，房间难温暖。

她手托下巴，胳膊肘支撑在写字台上，两眼直愣愣的，一动也不动，好似木雕泥塑的一样。在没有人的时候，她经常不知不觉地摆出这么个架势，能坐上两个小时不改变姿势。每当这个时候，她就觉得身子像陷进深不可测的大水潭里。潭水旋转着上下翻滚，身子随着潭水忽上忽下，像一团无依无傍随风飘荡的柳絮，世界之大，不知何处是安身之所。她头脑空空的，什么也不想，泪水顺着两腮汩汩地流，既不擦，也不抹，任凭它流落前襟，洒在裤子上。她感到，只有这样，憋闷的胸部才能略略透点儿气来，心上流血的伤口受到泪水的滋润，才能减轻疼痛的强度。可是，今天实在怪。她还是那种姿势坐着，心中却像塞着一团乱草，理不出个头绪来。闪着泪光的眼睛四处扫扫，最后，目光落在墙上那个镶着黑纱的大镜框上。镜框里是英俊、魁梧的梁伟泉的遗照。她看着看着，梁伟泉走下了镜框，来到面前。他那厚厚的嘴唇咧开了，一脸憨厚的笑容。她多么希望他伸开强壮有力的臂膀，紧紧抱住自己啊。在他那温暖、宽阔的怀抱里，听着他那重重的喘息声，闻着他那有股甜味的汗腥气。她忘情地伸出双臂，去搂抱他那健壮的身躯……

只听一声响亮，她碰倒了立在身边的镀镍衣架，梁伟泉的幻影消失了。她孤苦伶仃地站在屋子当中。她再也支持不住了，一头撞到床上，把头埋在被子里，咬着被角悲切切地抽泣起来。她很年轻，才二十四岁，正是青春妙龄，希望有一个男人来陪伴自己呀！现在她身上正装着毛金锁给她的一个纸卷儿。

那还是下班前，发放矿灯的高峰期过去了，只有零零落落的矿工来交矿灯。工作松闲了，梅凌雪紧张的神经松弛下来了，她手上戴着防酸的橡皮手套，不好向下脱，只得用衣袖抹抹前额上、鼻尖上一层细米粒似的汗珠，长出一口气，依在长长的、钉着厚厚的防酸胶皮的工作台旁，歇歇脚。这时，收发矿灯的窗口，会传来圆润而富有感情的嗓音：“喂！交灯！”

梅凌雪不用转脸看，就心头猛然一紧，怦怦地乱跳，赶忙低下头，恐怕同班的姐妹们看到自己的窘相。因为交矿灯的人叫毛金锁。梅凌雪来到矿上第一天上班，碰到矿工拿她取笑的难堪场面，就是毛金锁帮助解围的。虽然时隔一年多了，每当见到他时，她心中升起一阵难以用语言表达的复杂而微妙的感情……煤矿男工多，女工少，“小妇女儿们”又多干轻松活计，很少和第一线的男矿工打交道，只有矿灯房的女工，每天和采掘工人碰脸子。物以稀为贵。矿灯房的女工成了采煤工人心目中的特殊人物。每当上下班收交领取矿灯时，不管有事没事，总搭讪着接女工的话茬子，聊会儿天，开几句玩笑。有个别不自觉的，还要时不时再来几句不堪入耳的荤话，招来女工们的一顿好骂。他们不但不觉得难堪，反而感到精神振奋，开心地大笑一场，心满意足地走了。这是矿工的特殊的乐趣吧。矿灯房的女工知道矿工是“臭嘴”心净，对一些粗野的话听得多了，也不以为然。如果哪天不听他们说几句，反而觉得生活好似炒菜忘记放盐一样，没滋没味的。

梅凌雪第一天来矿灯房上班，一方面因刚从农村来，对各条各款都不熟悉，更主要的是梁伟泉牺牲了，没心没绪，总是怯生生的，很不自如地低着头干活，恐怕出岔子。怕鬼偏来鬼。有几个愣头青，一看梅凌雪眼生，一声口哨，收发灯窗口前一下围满了人，争看漂亮的“小妇女儿”。他们不光看，手脚都不闲着，有的摔安全帽，有的敲打手中的铁器工具，有的用胶靴后跟踢墙，难听的话好似唱小曲，这个说完那个接，一个比一个新鲜。梅凌雪哪经过这种阵势，只气得脸变了色，泪珠儿在眼眶子里转，话说不出口，骂也喊不出嘴，无计可施。正在她难堪的当口，听到一个圆润而富有感情的嗓音：“别闹啦！下井啦！就是你这个‘猫头儿’，光会嚼那种烂脏话，再不文明，看我把你的耳朵揪下来！”

接着，传来一个小伙子噢噢叫喊“耳朵要揪掉了，我不敢了”的告饶声，矿工们一阵开怀大笑。

窗口前的人群散开了，梅凌雪松了一口气。她十分感激那个圆润而富有感情嗓音的人，想扒着窗口认认人，可又怕再招来令人不寒而栗的难堪，只得作罢。

从这以后，在发、收矿灯时，她总是十分留意从面前经过的矿工，想从说话的声调中找出那个给自己解围的人，可是，三天过去了，仍无踪影。她叹了口气，有点灰心。世事纷纭，难以逆料。峰回路转，别有天地。在第五天，那人到底叫她认出来了。他，二十六七岁的年纪，高高的身材，宽宽的肩膀，很有股男人气，嘴角分明，眼睛明亮刚毅，像梁伟泉那样魁梧、英俊。她红着脸向那人道谢。那人只是咧嘴一笑，露出一口整齐雪白的牙齿，连句话都没说，转身走了。她看着他的背影心中不觉一动。后来，她从矿大门口的光荣榜的照片上，知道那人叫毛金锁，是采煤二队的队长，矿劳动模范。以后，两人邂逅时，都是相对一笑，代替问候，谁也不吐一个字。然而，她总觉得自己的心和毛金锁贴得那么近，他那么富有吸引力，有几次她想主动地去找他，转而一想到自己的身份，又却步不前了。事有凑巧，一次家中的煤烧完了，梁大妈让梅凌雪找个人拉，她说自己在农村干惯活了，还是省几个钱吧，找来架子车，自己到矿上拉煤。当她实在拉不动的时候，毛金锁从后面赶上来，接过车替她把煤拉到家。热心肠的梁大妈一眼就喜欢上了毛金锁，硬留在家中吃饭，梅凌雪虽然和毛金锁接上了头，但毛金锁却规规矩矩不多看梅凌雪一眼，他越是这样，她心中越放不下毛金锁。她多么需要这样一个人作为靠山哪。

梅凌雪想也没想到，今天下午，毛金锁下班交矿灯时，顺手递给她个小纸卷儿，当她把纸卷接到手时，心怦怦直跳，像做贼似的。而毛金锁却像没有事的一样，接过矿灯牌，哼着《李彦贵卖水》的秦腔曲子走了。

现在，婆婆睡了，小姑子、小叔子安静了，梅凌雪把手伸进衣袋里，像掏一团火一样，把那个她躲在厕所里偷偷看过的小纸卷儿，又掏出来，展开细看。她看着看着，突然恨起毛金锁来，既然递纸卷儿，为什么不多写几个字呢？真是粗心的男人！她那久旱的干涸心田，多么需要男人感情雨露的滋润啊！她虽然和梁伟泉是恩爱夫妻，但是，两人在一起生活的时间太短了。不过，在记忆的白纸上，还是留下了不可磨灭的痕迹啊！

还是两年前的春天，梅凌雪正在田里点种大豆。这大豆是新品种，颗粒大，成熟早，特别是那蓝绿色的表皮，晶莹润泽，像颗颗明珠。她种了一窝又一窝，是那样认真、仔细，把少女的感情和理想，伴着豆种，种进了沃土，盼着未来的收获，她正种得入神，妈来了，夺下她手中的工具，说："别种了，快回家，收拾收拾到你二姨家去。""大忙的天，走哪门子亲戚，我不去！"她那含笑的杏子眼眨巴着。

妈假装生气地在她前额上轻轻地戳了一指头，嗔怪地说："看把你惯成啥样啦！二十多岁，还小！我像你这么大，都领家过日子了。你二姨捎信说，梁伟泉从红石山回来了，人家是专为你来的……"梅凌雪含羞带笑地来到二姨家，见到了梁伟泉，她没想到，他那一米七四的大男子汉，比个黄花姑娘还腼腆，不但脸涨成大红布，连手脚都好似不长在他身上了，不知放在哪里好。二姨借故走了。房间里只剩下他们两个人了。她偷眼看着他，他只会把大手搓了又搓，豆粒大的汗珠顺着脸滚，也不知擦一擦。她觉得他十分可笑，心中暗暗说："真没有出息，我又不是老虎，紧张啥？我还能把你吃了？"她深深地爱上了这个憨厚纯朴的小伙子。她看着他局促不安的难受样子，不觉心疼起来，把自己印着"月里嫦娥"的花手绢递过去，说："擦擦汗吧。"

他不敢抬头看她，好似像怕烫了手，小心翼翼地接过花手绢，来回抹着脸上、脖子上的汗水。他要把花手绢还给她。她微微一笑，柔声说："你拿着用吧。以后出门，可别忘记带手绢。"就这样，两人定了亲，结了婚。在新婚之夜，她逗他说："你咋能看上我这个农村丫头呢？"

他像小学生回答老师的提问一样，严肃而认真回答："我心里知道，嘴里说不清楚，反正一见到你的照片心里就放不下你啦。"

小夫妻俩恩恩爱爱，在一起住了十二天。她送他乘火车回红石山，上路那天，她觉得眼眶子特别浅，总想流泪。当火车在那个只停两分钟的小站上开动时，她再也控制不住自己了，当着妈的面，顾不得害羞，双手捂着脸失声痛哭起来。

梁伟泉把她的心带走了。一天到晚，总觉得心里空荡荡的。白天还好，夜晚，睡不着觉，大睁着两眼望着窗外，想透过万重关山，看到梁伟泉的身影。每当收到梁伟泉的来信，她更是不得安稳，把信看了一遍又一遍，几乎能一字不差地背下来。她盼望他回来探亲，或者他来信让她到红石山去。

梅凌雪日思夜想地过了十个月零三天，红石山来了电报，要她马上去。她压抑住内心的喜悦，收拾行装。农村里没有什么好东西，无非是花生、核桃、红枣、柿饼之类,她装了整整两大旅行包。妈说她变成了跑买卖的小商贩。她说:“妈呀!你咋就不想想，到了红石山他有多少朋友、同志呀，如果这伙人重新闹起房来，那可咋办哩！不多带点好吃的，堵堵他们的嘴，不好过关哩。”

梁伟泉按照她的嘱托，收拾好了房间，买来一套全新的家具。然而，他却在一次冒顶事故中，为了抢救国家财产，不幸牺牲了。

这个消息，好似五雷击顶，头轰的一响，她连个“啊”字都没有喊出来，腿一软，就什么也不知道了。当她醒来时，看到自己睡在床上，旁边坐着一个五十多岁的老太太。老太太身体是那么虚弱,枯瘦如柴,那脸盘、那眉眼,多像梁伟泉。她知道这是自己的婆婆，刚想起身，却被婆婆按住。当梅凌雪知道这个疾病缠身的婆婆，压住她失去爱子的悲痛，在床边守了自己一天一夜时，内心受了极大的震动，她不哭不喊不流泪，咬住嘴唇，铁青着脸照顾婆婆和弟妹，协助矿上料理梁伟泉的后事。矿上让她接了梁伟泉的班，承担起赡养婆婆和抚养弟妹的义务。

她认识毛金锁以后，心里经常把毛金锁和梁伟泉做比较，人品、长相、待人、行事，两人不相上下。可是，每当她看到病恹恹的婆婆和未成年的小姑子、小叔子时，火热的心顿时凉了。她暗暗告诫自己:千万不能扔下这老的老、小的小……

今天,梅凌雪收到毛金锁的小纸卷儿,心中的矛盾更加剧烈。这可怎么办呢?

“凌雪，你怎么还不睡呢？”

一声问话，把梅凌雪吓了一跳。她抬头一看，病恹恹的梁大妈不知道什么时候起了床披着上衣，颤颤巍巍地站在面前。梅凌雪把小纸卷紧紧攥在手里，赶忙站起身来，迎上前去，扶梁大妈坐在床沿上，轻声细语地问：“妈，你咋又起来了？”“孩子，我不能让你跟着我再这么苦煎苦熬了，你找个知心的人走吧！妈不是撵你！妈知道你的难处，说不出口，只能憋闷在心里。这不行啊！孩子，听话，找个对象快走吧！”梁大妈心地善良，她深知女人失去丈夫的苦处，再说梅凌雪也没有生男育女，哪能留在家里，耽误人家青春！梅凌雪上班没几天，梁大妈就劝她改嫁。而梅凌雪是通情达理的人，看到家中实在离不开自己，流着泪，头摇得像拨浪鼓，说千道万不同意。

这难不住有心计的梁大妈。从此，她不给梅凌雪一点好脸色，整天在梅凌雪面前摔碟子打碗，编派不是。梅凌雪看到梁大妈这样对待自己，心有些寒了，想跺跺脚离开梁家。一天，梁大妈嫌菜里没盐，居然当着梅凌雪的面，摔了一只碗，生气地走了。梅凌雪这次真气了，决定离开梁家，另找住处。可十七岁的小姑子给她漏了底，说梁大妈忍着悲痛，有意这样干的，想逼着梅凌雪改嫁，免得在梁家受苦。梅凌雪听到这话，更加敬重梁大妈，跪在梁大妈面前发誓，认梁大妈为妈，养老送终！

婆媳俩抱头大哭一场！

如今，梁大妈又态度坚决地劝梅凌雪改嫁。梅凌雪心里虽然有了毛金锁，但强忍住感情，说啥也不同意。后来，她实在被梁大妈逼急了，才说：“妈！我也说句掏心的话，你让我再找一个可以，必领那人到咱梁家来，认你做亲妈，养你的老。”

“你这不是说憨话吗？”梁大妈为难地说，“现在的小青年，都讲究个自由自在，谁愿意到咱们家来呀，老的老，小的小，受拖累。”梅凌雪一口咬定：“妈，你这一辈子受的苦，伟泉都对我说了，我不能看着你老人家再作难。”

梁大妈一看话说到绝处了，又叹口气，说：“好吧，就是千难万难，钻窟窿打洞，我也托人给你找个对象！”

夜深了。

梅凌雪扶婆婆离开自己的房间，安排睡好，返回来时，吓了一跳。后窗开了，毛金锁露出半截身子站在窗前。她本能地刚想喊，毛金锁用食指竖在嘴上，做了个禁止的手势。她也怕惊动梁大妈弄出不便，来到窗前，声音虽轻，但语气严厉地问：“半夜三更，你干啥？”

原来，毛金锁把小纸卷儿交给梅凌雪后，心中很不安，他睡不着觉，冒冒失失来找梅凌雪。来到前院，没敢敲门，他又转到后窗，正赶上梁大妈和梅凌雪说话，站着听起来。虽然听得不太真切，但也明白个大概。此时，他表白心迹地说：“凌雪，刚才的话我都听到了，我家中没有父母，愿意到你们梁家来，认梁大妈为亲妈，养老送终，你同意吧？”

听到这话，梅凌雪心中一喜，自己把他看作知己，没有看错。但想说同意，突然间，又说不出口，不觉脸一红，头一低，缠绵亲切地说：“我做不了主，你自己给妈说去。我听妈的就是了。”

听到这话毛金锁心中高兴极了，刚刚探身过来抓梅凌雪的手，她却早退后一步，轻轻地躲到旁边去了，顺手啪地关上窗户，拉上窗帘……

（选自《郑正小说选》，内蒙古少年儿童出版社，1982 年）

散文类

卜寸丹

卜寸丹（1971—），女，湖南益阳人。著有散文诗集《物事》《镜像中的我》等。中国作家协会会员，散文诗杂志社总编辑。

贺兰抒怀

一

我骑一轮野月来，乘风直上贺兰。

大漠寂然。把时间，远远甩在背后。挡风沙，阻寒流——贺兰:天赐的神骏。桀骜的嘶鸣。孤峭的雄魂。那年那月，在漫卷的西风里，谁紧笼辔头，刀锋闪过之后，十万铁骑纵横驰骋如洪流。俱往矣。沙漠与草原，如此泾渭分明。

还没启程之前，我就被两个地名深深吸引。

大武口：当兵戈止，杀声歇，一片风烟俱净里，染透金秋的，不是英雄泪、壮士血，而是一簇簇飘香的丹桂。

归德：山水本无主，守定内心的恒静，德者便可以居之。让征伐解甲归田，让颂辞一弹即碎，在一种玉质的神性光辉中，万象归一，我仰首眺望，心灵开始破晓。

或慨以当歌。也可乘物游心。

——以舍我其谁的担当！

二

行者无疆。

都是爱之生态场域。挖掘深埋时光深处的机缘，我们，终将在一首诗里恰如其分地相晤。邀清风听泉，与落日同饮。

因为散文诗。因为大视野。

沿一次行旅，背负秋色无边，以心抵达。“发展和建设”，这座新兴城市的变化进程，竟与我内心笃爱的诗学梦想如此契合，我知道，这是一次完整的御风而驰。我懂得，这是一次有别于往昔已成积习的书写。

“很多东西都在沉睡，等待你来唤醒。”

三

风轻易地吹过来了。

风轻易地卸下了所有的面具。

裸露的山石的屏障，像一面巨大的、空无一物的镜子。

我从我的出生地来到贺兰脚下。

——母亲呵，她走了！

她却又像是仍然远远地站在原地。

在她的眼里，黄金的老虎坐化在旷野。

四

此身为正，不负辽阔之名。我喜爱的秋日盛大。

铁黑色山麓。烟火的气息。

古烽燧。旧军营——莫道血与火的故事已经残缺、寂灭，蜿蜒的古长城残垣上，仍旧栖落的，是雄鹰不知疲倦的翅影。风声一夜骀荡，扫净满地枯萎的岁月。连天的山势，宛若一种神迹，已是层林尽染，满目芳菲。霞彩环绕高耸的石碑，在那边，一朵红花颤颤地绽开，还是当初的模样。

每一口石炭井，都在展示命运的深度。八眼泉，依然清澈见底，仿佛慧者之眸。不是人去楼空，而是在迎接重生。

山川宁，则天下安！

五

我曾在一首诗中写下密语：

我抖动翅膀。

我将放弃一朵流云。

放弃那些银饰般幽暗的诱惑。

放弃命途中缄默的秘密、心中的羊群。

我将留下阴影，界限，清晰的轮廓，我将返回被驱驰的事物的内部，孑然而独立。

六

山形天然如嘴：不嘈嘈切切。只朗吟大风。不说沧桑。只道变化。

在美的发祥地，不可轻名薄世，要像这座塞上新城一样，重新塑造自我。有山的胆魄，有树的尊严，有水的仁心。

谁把当年那一支创业之歌一唱三叹？曾经人声鼎沸，机器轰鸣，炭车络绎，今天，我们仍将以青春谱写、热血酬和。体内若没有铁骨铮铮，何以与之共鸣？光的演奏。电的舞蹈。火的歌唱。俯瞰火树银花的塞上江南不夜城，不再是孤烟落日，千里无人烟，而是人影络绎不绝，满城马兰花开遍。

在贺兰，那一块块沉默的煤，都是火种的前生。

我们，终将身沐光明。我们，终于逐日远行。

灌区外，黄河的水边，马蹄正疾。兀立苍苍莽莽。星空由远而近，辽阔，深邃，皎洁，像你的传奇。

七

通过一杯葡萄酒，我认识到了火焰另一种委婉而湿润的红。独具匠心的创造者，日日新。爱，正在发酵；美，等待开启。以“东方”命名的塞上红，我无比钟爱的美的使者，在风俗与礼仪之间巧笑嫣然，顾盼生辉。带来西部豪侠的狂放。带来古代诗仙的情趣。更彰显东方文明之邦的雅意和盛情。

我以朝觐之心走向果园。

秋阳正好。庭院敞亮。在垂枝的果实下，我仿佛看见从一首新写的诗中分蘖的意象正在返青。一滴，足以消除红尘万丈愁。地下酒窖藏有多少陈酿的秘密？绕过一排排橡木桶。好酒滋润诗胆——斟三千年光阴置于一盏，我，倾听灵魂的澎湃。

天地有大美。诗，是最好的容器。

因此，在文旅小镇，我轻轻地摩挲自己被东道主特意镌刻在瓷板上的诗句，不禁倍感欣慰。找到合适的栖身之地，对于它们来说，是最好的蒙恩。

“欢笑晏晏，我们还将迎来散文诗人自己的节日！”

八

一面好湖。

沙丘起伏，驼队远去。一枝芦苇钓起晃晃悠悠的斜阳。

在湖底，洁白的云朵被嬉戏的鱼群越追越远。涛声轻轻推。任凭日月递嬗、风云变幻，好水，从不空自生出褶皱。将雄浑与浩渺合为一体。

在这片能把松散的沙子雕塑出缤纷万象的土地上，我惊讶于步步有奇迹。我来自八百里洞庭湖乡。我一直把此行视作重建和开拓的肇始之程，悠扬的驼铃一声声传过来，我登临沙丘的最高处，目光投向浩瀚的天际，一任纱巾在风中飞舞，思绪飘远。

大漠尽头是绿洲。许多绝处逢生，往往来自荒芜之地、险要之处。当每一粒沙子在黄昏中仰起干净的脸——我将磨水为镜。

“真正的美，涵养着尊严，令人心生感动。”

我想起娘说过的这句话。

九

一步，一景。我流连在奇石馆。

一首诗，有着怎样的造化之功？出尘的妙境，至乐的幽情。

从四面八方采集而来，荟萃一室，它们的隐忍，它们的平静，把一个“宁”字诠释得真真切切。

天然去雕饰。各以形态为上。它们从不趋众，都明白这样一个道理：纵使把孤独模仿出以假乱真的精髓，也是一处败笔。

俯身近观，一眼窥破物我之间的成见，这种心气相通的获得，非身处汲汲营营的尘世所能比拟。从美抵达真。我深信，循着这些石头的纹理、图案，定能够找到心中的贺兰密码。

仿佛诗眼。

人如石？石如人？不妨安居一隅。

放眼望去，在人间，有很多人穿梭不息，久而久之，找不到的反而是自己。

十

面向这块土地，我剪辑一缕黄河的浪花，作答谢词。

——它与心灵同样澄澈。

归去，我将再次在南方奋楫扬帆。经天纬地，我心独大。

回家后，收到朋友短信：“石嘴山下雪了！”

一切，都恰逢其时。缘于天地的仁惠。呈现诗歌的性灵。

光明是她的前身。洁白是她的质地。

漫天的雪花，仿佛赠言，更像是箴言，我看见十万朵诗句一一落地生根。不久，它们将与春光一齐破土而出。

打开诗稿，我开始给思念剪枝。

它知道，应该飞往何处。

王 健

王健（1962—），山东安丘人。宁夏日报报业集团高级记者。2016年荣获长江韬奋奖。享受自治区政府特殊津贴专家，塞上文化名家。

叫声妈妈已没人答应

7月2日，妈妈离开我们已一年了。

在这一年里，天天盼望能在梦里与妈妈相见，再叫一声“妈妈”。然而，一次都没有，妈妈一次都没有进入我的梦中。

叫声妈妈已没人答应……

妈妈出生在山东省一个贫穷的小乡村。1956年老家闹饥荒，妈妈和姨妈姐妹俩，带着借来的30元盘缠前往大西北讨生活。

当年11月，妈妈和姨妈被分配到“石嘴山煤矿筹建处卫生所”工作，从此投身到煤炭卫生工作的创业之中，成了后来“石嘴山矿务局职工医院”的创始人之一。

妈妈一生善良，医者仁心。石嘴山矿务局职工医院所在的103地区，地处偏僻，交通不便，周边没有任何商业设施，来医院看病的病人稍有耽搁就无处就餐休息。他们往往都要自己带上干粮，在医院周边找个角落打发一下肚子。在我小时候记忆中留下最深刻的印象，就是家里隔三岔五就有“老乡”来吃饭，而我每每发现有的“老乡”根本就跟妈妈不是一种乡音。随着年龄的增长，自己和那些“老乡”的孩子成了玩伴，才慢慢地知道，所谓的“老乡”其实都是来医院看病的病人，准备在医院的角落“打发肚子”时被妈妈硬硬拽回家来的。

妈妈从 1961 年 4 月任医院门诊部护士长，一干就是 30 年。每天要处置大量输液、肌肉注射和换药的病人。孩子们病了需要打针换药，都愿意找“桂香姨”，因为那是一种近乎无痛的注射治疗和贴心的换药。后来，妈妈又兼职 103 地区的卫生防疫工作。谁家的孩子何时该吃糖丸了、谁家的孩子该打百白破疫苗了，妈妈的心里都有一本账。时间一到，妈妈就会背着冷藏箱挨家挨户地给孩子送糖丸、接种疫苗。妈妈的文化程度不高，但她常教导我：“人为善，福虽不至，祸已远离；人为恶，祸虽未至，福已远离。”她的善良潜移默化地流淌在我的血液中，并影响着我世界观的形成。

妈妈一生辛劳，栉风沐雨。1960 年，矿务局周边，特别是 308 居住区家属，因食用苍耳嫩苗大面积中毒。妈妈随医院的急救队伍冲到了居住区，因中毒的人太多，救护车不够用。见状，妈妈从居民家里抱起中毒的小孩就往集中救治点儿跑。来来回回妈妈不知跑了多少趟，也不知抱出了多少孩子，直到自己累得虚脱倒地。

妈妈的身体先天不足，一直疾病缠身，但骨子里有着一股子不服输的韧劲。2015 年住院时，医生为妈妈做全面检查，发现妈妈的右腿膝关节畸形肿大，追寻原因，妈妈说，年轻时不知道爱惜身体，干活时逞强累的。这让我想起了当年在矿区流传很广的一个故事。煤矿“放高产”举行劳动竞赛，妈妈每次都是担起百十斤重的油筐一路小跑，把在同一个掌子面挖煤、背煤的男同志甩下一条巷道。

三年困难时期，严重营养不良的妈妈，在极端艰难困苦的境况下给了我生命，于 1962 年 7 月 1 日生下了 7.2 斤的我。后来听姨妈告诉我，整个月子妈妈除吃了一只老母鸡外，就靠一袋土豆撑了下来。

妈妈看似家长里短，平平常常，但平淡的人生中却隐藏着大智慧。我读高中期间，正赶上国家改革开放。我如饥似渴地接触各种新事物，妈妈当时每月只有三十几元的工资，但是给我买起书来总是毫不吝啬、倾囊而出。有一年，电影院上映根据莎士比亚名著《哈姆雷特》改编的电影《王子复仇记》。正读高三的我提出要看《王子复仇记》时，她没有丝毫的疑惑，从兜里掏出 2 元钱放在了我手里。妈妈的睿智和宽容，让我在知识贫乏的时代有了一定的知识储备，为日后的成长打下了基础。

妈妈教我做人、育我成长，给我智慧，添我胆气，使我敢行庙堂之上、敢走江湖之远。2016 年，我获得了中国新闻界最高奖——长江韬奋奖。从北京领奖回来，兴冲冲地向妈妈报喜时，她老人家好像根本没有听见喜讯一样，只是望着我的头，喃喃地说了句："头发怎么白了这么多？"

妈妈一生磨难，坚强不屈。2015 年，妈妈摔倒后就再也没有站起来。一天，妈妈坐在轮椅上一动不动，房间里散发出一股难闻的气味。老人家用一种复杂的眼神看着我，眼神中有一种无奈、无助，又有一种难为情，还带有一点紧张……

我一阵心酸，赶紧把轮椅推到卫生间，打开浴霸为妈妈脱去弄脏了的衣服。在浴霸刺眼的强光下，我第一次真切地看到妈妈那逝去韶华的身躯是那样的干瘪，背已驼成了弓形，橘皮般的皮肤沟壑纵横，身上的皮屑像雪花一样往下掉，整个身子看上去就像是一棵遒劲沧桑的老树。这棵老树支撑了母亲近九十年的人生……泪水止不住从我的眼眶里喷涌而出。我急忙打开花洒，浴室内升腾起的热气和我的泪眼融为一体，咸咸的、热热的……我精心地为妈妈洗头、搓背、涂抹浴液。眼前不断地闪现儿时妈妈用洗衣盆为我洗澡的情景……

晚年的妈妈因小脑萎缩，记忆力下降。2019年7月1日，我对妈妈说：“今天是我的生日，您还记得吗？”妈妈那消瘦的脸庞顿时露出了慈祥的笑容：“你看，差点把这事儿忘了！”说完，她畅快地笑了。中午，我们一起吃了长寿面。那一天，妈妈的精神久违了地好。可我做梦也没有想到，这是妈妈给儿过的最后一个生日。

7月2日，一大早妈妈就不声不响地走了，走得无声无息、走得宁静安详，好像生怕打扰了旁人的正常生活……

古人云：父母在，人生尚有来处，父母去，此生只剩归途。一年前，安葬了母亲，却擦不干泪水。从此世上少了一个嘘寒问暖的妈妈，少了一个抚摸着儿的头发叹息儿子又添白发的妈妈！

敬爱的妈妈，您为公为私操劳了一辈子，积劳成疾，病痛折磨了您一辈子。一年来，儿不断地问，妈妈您在天堂还好吗？

妈妈，儿子想在梦中与您述说衷肠……

（选自《宁夏日报》2020年7月）

王跃英

王跃英（1963—），陕西蓝田人。中国作家协会会员，宁夏散文诗专业委员会主任，《塞上散文诗》主编。著有散文诗集《走向故乡》《人在高原》《贺兰山之恋》等6部。2022中国诗歌春晚“全国十佳散文诗人”，石嘴山市首届“文艺名家”。

生命中的一段历程

辽阔的羌塘草原呵
在你不熟悉它的时候
它是如此那般的荒凉
当你熟悉了它的时候
它就变成了你的家乡
——羌塘古歌

一

1979年10月，经过两天两夜的长途奔波，初谙世事的我从千里之外的陕西蓝田，来到了宁夏石嘴山。

确切点说，我的最终落脚点是黄河那边的小县陶乐。很显然，我对“隔河千里远”的古训理解得太肤浅了。当时，记得在平罗火车站下车时，已是深夜，我浑然不辨东南西北，只隐约地想，兄长在信中说过，平罗就和陶乐相邻着，应该快到了。

然而我错了。同行的张伯很匆忙地拦住了一位好心的接站司机，我们搭着那辆吉普车，向着十多公里外的大武口奔去。来到宁夏的第一个夜晚，我的投宿点就在大武口的一个老乡家中（命运似乎在冥冥之中已经注定我要与这座城市有着割舍不清的情愫一样，几年后，已在首府银川工作的我，竟鬼使神差般地又折回石嘴山，在大武口一待就是数十年）。

第二天，在匆匆融入这座城市以后，我才知道，与昨晚相比，我们所处的位置与陶乐更远了，随后的联系更加深了我的这种感觉。

那时打长途电话只有邮电局一家。记得当我踌躇满志地要通了陶乐方面的电话后，没想到对方好像在另一个星球上一样，电话里一片丝啦啦的声音，随后是我兄长单位没有人接。当时我想，我的哥哥在县委工作，不可能没有人值班吧？就这样，县委办、组织部、宣传部……能想到的单位都打了，就是联系不上，连接线员都烦了。最后，不知把哪个单位接通了，我忙报上了我哥的名字。还好，只有一万多人的小县陶乐，县上的人几乎都认识。我忙不迭地说明了事由，才诚惶诚恐地挂上了电话，这时，一个上午已经过去了。

我也不知道，距离近在咫尺的陶乐，竟然一等就是三天。第四天，兄长风尘仆仆地从陶乐赶到了大武口。相见时的喜悦刚刚浮上脸庞，兄长忙忙地对老乡说：“河不好过，今天要回到陶乐，还得赶快走呢。”而大武口的老乡也似乎非常理解去陶乐的不易，忙说：“对，早走一袋烟，少赶三十三。”

汽车在简易公路上颠簸了约一个小时后，我们在平罗汽车站下了车。兄长说，只要等到从银川方面驶来的到陶乐的班车，今天就能回去了。有了这个念头，我的心情开始急迫起来，开始眼巴巴地瞩望从银川方面开来的每一辆公共汽车。在等了约两个小时后，终于来了一辆从银川方面驶来的去陶乐的班车。

上车的人很多，但大家彼此几乎都认识。他们一边拥挤着，一边热情地相互打着招呼，我在这种完全陌生的气氛中，融入其中。

超负荷的汽车向着黄河那边的陶乐缓缓驶去。

二

对陶乐那种刻骨铭心的感觉，还是在我上完四年大学，又回到它的身旁的时候。

1984年，我从宁夏大学中文系毕业。说句真心话，我是怀着真诚的报恩之心回到这块常常被人遗忘的“角落”的。

当时的陶乐，县城最多有两千多人。县小、人少不说，北面与内蒙古相连，东面是茫茫的毛乌素沙漠，南面无情的沙丘阻隔了与灵武相连的路。唯一与外界相通的，是从西面渡过黄河出县。到了冬天，一旦黄河封冻不上，渡船又不通，县内县外隔上十天半月，那是常有的事。

我在县里，偏偏是待在赶急活的单位——县委宣传部。加上我又是个不省油的灯，什么事都想干个好，在陶乐这个特殊地方，麻缠事之多就不言而喻了。

说陶乐是个被人遗忘的“角落”吗？我不信那个邪，硬是鼓动着县委领导，办起了宁夏的第一份县委机关报。铅字印刷，一月一期，除在本县发行外，还向宁夏各市县发送。当时报纸先在贺兰县后在银川市印刷。不管在哪里印刷，都要渡过黄河。夏秋之季还好说，到了冬天，那种遭罪的事，让我至今难以忘却。记得1985年冬天，为了出版当年最后一期报纸，我想尽一切办法到了贺兰，谁承想报纸出来后，回不了陶乐。当时在贺兰一待就是半个多月，直到山穷水尽。最后不得已，将两千份报纸用绳一捆，一前一后，搭在肩上，踏上了漫漫的回家路。

我清楚地记得，当时从贺兰县城乘车到马家寨下车，又乘上到石嘴山的车，当天中午，随着人流从封冻的黄河冰上小心翼翼地走过黄河，进入内蒙古境内，在岸边步行了几公里，搭上一辆从公乌素开往伊克昭盟方向的私人运输车。说是运输车，实际是一辆破旧的囚车改制而成。窄小的车厢最多也就能载十来个人吧，但当我爬上车的时候，至少有三十人！没有办法，我只好护着两捆报纸，在透不过气的人堆里拼命地喘着气。行了约一个小时，在内蒙古与宁夏交界的一个叫“新坝”的地方,“滚”下了车。那辆破旧不堪的运输车吼叫着向伊克昭盟方向驰去了，只扔下我一个人孤零零地待在那个陌生的地方。

幸好是在下午两点左右，尽管是在隆冬季节，但天色还不算那么黑，我瞅着周围陌生的人和房子，想着万一当天回不了陶乐该怎么办？兜里的钱已所剩不多，周遭哪有旅店？当时我为了赶路，想着回家，连饿肚子也忘了个一干二净。正在胡思乱想着，猛然间听到一阵拖拉机响的声音，果不其然，就像救星一样，一辆标有陶乐县红崖子乡字样的中型拖拉机从远方驶来。我急忙伸出双手，挡住了这辆拖拉机。拖拉机司机用一种非常惊奇的眼光望着我，他大概看出了我一副干部的模样，但满身的疲惫和两捆包得严严实实的报纸与我的身份很不协调。当我一说是县上的，他显然是很高兴地喊了声：“那快上么，一会儿天黑就赶不到了。”

啊，从那以后的十几年里，许许多多稳便舒适的车我都坐过，但没有一次能像1985年隆冬在宁蒙交界上乘坐的那个红崖子乡青年农民开的拖拉机让我觉得是那样的惬意、舒展！

三

1987年，我告别了刚刚工作半年多的首府银川，只身来到石嘴山。这在别人看来是很不可思议的事儿。

告别了繁华的闹市，像一只孤雁悄然落至空寂的大武口。记得当时在我的脑海里对这座城市印象最深的，就是街两旁密密麻麻的格桑花，无忧无虑、无遮无挡地开放着。

说街头空寂，是一点都不夸张的语言。当时的大武口区，最多也就是七八万人口吧。刚来那阵，听到过一句“银川的衣裳固原的油，石嘴山的街道吴忠的楼”的顺口溜，其中是说大武口区的街道宽宽畅畅外，可能还与人口稀少有关。记得当时，我们一帮筹办报纸的小年轻，几乎都是单身，那时不兴喝酒摆场子，一到晚上，没事干了，就跑到街上转转，可转来转去，除了我们，就是大马路，空荡荡的，没几个人影。这也难怪，1975 年，石嘴山市政府才从近百华里外的石嘴山区迁至大武口，此前这里仅仅是一个小镇，周围又无农村依托。短短十多年工夫，能有多大变化？直到 1988 年，市委、市政府针对石嘴山“市不像市”的实际，提出“重点发展大武口”的城市发展目标后，大武口区的建设速度才快了起来。

从银川到石嘴山，我的使命是筹办市委机关报。在当时创办一张新闻性报纸，难度有多大，今天的人们是难以想象的。令我最刻骨铭心的事有三件：一是专业人员难以调配，二是报纸印刷无法解决，三是办公地点没有着落。

先说人。当时哪有现成办报纸的？只有从各区县表现得比较突出的通讯员中选调。记得我刚来时，是 1987 年 3 月，出版第一期试刊报纸时，已到了 5 月，但人员还是光杆司令一个。到了 6 月份，才勉强从矿区调来一位搞摄影的同志。到了 7 月，借毕业生分配的光，我们终于挖来了一个大学生。当时要这位女记者，还有一段有趣的插曲。听到市人事局说有一位从宁夏大学新闻专业毕业的大学生来报到，家是石嘴山矿务局的。我们喜出望外，连忙跑到市人事局，人事局同志说那女孩刚刚离开。我们忙跑到楼下。看到一位学生模样的女孩，估计是吧？但当时我和那位搞摄影的同事硬是不敢上前询问，怕弄出笑话。我们只是跟着那女孩上了开往近百华里外的石嘴山区的班车，直到她下了车，走回她在矿务局的家。我们证实确实是那个大学生，这才说明来意。这事都过了十几年了，今天想来，仍为当时的懵懂怅然。

人有了，报纸印刷却是难事。当时报纸印刷说起来，恐怕人们都不相信。作为一份新闻性报纸，当时的印刷地点却在五六十公里外的银川。刚试刊那阵，人手少，大多数人又不太懂得印刷程序，这可苦了我，只得拿起几年前在县上办报的底子，往返于银川与大武口之间。有一次，一天跑了两个来回，当与同事一起从班车上抬下近万份报纸时，浑身像散了架似的，坐在路边连动都不想动一下。就这样的状况，一直延续了五六年。

报社最早只有一间房子。1988 年 9 月，人马基本上齐了，一下子有了十来个人。一间房子显然不能办公。在市委领导的关心下，先把市委的门房借给了报社，这样总算有了安身之地。虽然简陋，冬天还要烧一个大铁炉，弄不好第二天就得挨冻。但简陋也有简陋的好处，一是在市委门房，通讯员来送稿很方便，不用进市委大楼就到，因此报社常常是欢声笑语，其乐融融。再就是一到盛夏的傍晚，我们一群年轻人吃完晚饭，一抬眼，就能看到街道两旁蓬蓬勃勃盛开着的格桑花。劳作之余，有一片醉人的格桑花映入眼帘，想想，那是多么令人惬意的事儿啊。

时过境迁，一晃十几年过去了，当年创业的那一帮年轻人多已风流云散。作为一家市委机关报，石嘴山报也经过十几年的发展，以日报的形式成为石嘴山七十多万人民不可或缺的精神食粮。大武口区也今非昔比，街道两旁曾惹人心醉的格桑花也早已被栽植的油松、刺槐所替代。但是我想，无论是谁，只要曾给这世界留下美的影子，留下过令人回味的事物，那么，他也就无悔无愧了。

——一如那虽然轻贱却美丽过空寂的煤城街衢的格桑花！

（选自《黄河文学》2004 年第 4 期）

庄电一

庄电一（1956—），辽宁新民人。光明日报高级记者。出版有《这方水土这方人》《我心依旧》《记者的天空》《记者的感悟》《记者的眼力》等13部著作。

华夏奇石山记

塞上煤城城东、星海湖之畔，华夏奇石山横空出世。此山虽无名山之盛名，亦无大川之景致，但其化腐朽为神奇之神功、变废物为财富之奇妙、移顽石生文化之巧思，又非名山大川可比，请容我记其奇、道其妙、述其巧。

奇石山之“奇”在石之奇：临沂奇石，灵璧奇石，泰山奇石，各地奇石相约来聚；贺兰山奇石、黄河奇石，到此摆擂斗奇。奇石数量之多、个体之大、造型之奇，令人叹为观止。

石之“奇”，更在石文化。奇石成阵，布列成区，相映成趣，尽得风流：石林区、雕塑园、文化园、景观亭、景观桥、擎天柱，错落有致，异彩纷呈；世界名人园、民族之花园、民族团结园、文化精神园、楷模园、教育家园，雕刻艺术，美轮美奂；200多块巨石方阵，凸显古今中外英豪风采。徜徉其间，似在检阅各界名人；

留心观察，尽可学到各类优秀文化。在观赏游览之际，经历精神洗礼，堪称意外收获。

奇石山之美，不限于石。石与树、花、草巧妙搭配，方成奇景。灌木迎客细心点缀，松柏多情盛装吐翠，绿草起舞摇动腰肢，鲜花盛开频闪笑脸。林中有石，石在林中，湖光映山色，倒影绘新景，三季有花，四季常绿，怪石争奇，鲜花斗艳，韵味十足。春季登临，绿草如茵，花团锦簇；夏季到此，芳香四溢，浓荫庇护；秋季观景，蓝天映奇石，白云衬绿影；冬季踏访，依旧松青柏翠，照样透出绿意。

奇石山，本无石、无山，亦无树、无花、无草，更无奇可言。说破它的前世今生，令人有沧海桑田之叹、有拍案叫绝之举。昔日，千余万立方米粉煤灰，累累覆压，望而生畏；13 米高人造山，层层堆积，脏不堪言。风起，粉尘弥漫；雨落，污水四溢。污染顽症，徒唤奈何。“一切为了人民”，执政理念催生奇迹。2006 年 3 月，煤灰场寿终正寝，奇石山应运而生。富有创造力的宁夏石嘴山人，以重整河山的气魄，开始化腐朽为神奇之壮举，积几年之神力写下神来之笔。150 万方黄土覆盖粉煤灰场，制污恶魔顿时丢了往日威风。20 余年污染源从此由黑转黄，又由黄转绿，摇身一变，变出新天地：由最脏变为最净，由最丑变为最美。人们由避之唯恐不及，变为欣然前往流连忘返。如今，人们但知奇石山，难寻煤灰场踪影。各地游客纷至沓来，山水园林新城扬名。

华夏奇石山如有神助，正展露千种神奇、彰显万般魅力。,

（选自《光明日报》2009 年 5 月）

刘业勇

刘业勇（1959—），祖籍山东，生于安徽巢湖。中国作家协会会员。毕业于解放军艺术学院文学系。历任战士、班长、排长、指导员、二炮干部部任免处干事、解放军报社总编室编辑，以及解放军报社文化部主任编辑、高级编辑、“长征”文艺副刊组组长等。第十四届韬奋奖获得者。

怎不忆朔方

“宁夏寻绿”，写下这个标题我就有些后悔——在地处荒凉大西北的宁夏，真能找到期待中的绿色？

宁夏，平均海拔 1100 米，北部是腾格里、乌兰布和、毛乌素三大沙漠（地）；南部是沟壑纵横的黄土高原；虽然境内有一片宁卫平原，但年均降水量也在 200 毫米以下，而蒸发量则高达 1800 毫米，风大、沙多，冬春季节，酷寒难耐。

我心目中的宁夏，仍停留在边塞诗杰王维“大漠孤烟直，长河落日圆”的苍凉中，停留在范仲淹“长烟落日孤城闭”、岳飞“驾长车，踏破贺兰山缺”的烟尘里。

飞机临近银川已是半夜，舷窗下呈现的是璀璨的灯火和漆黑的山峦，这使得心中的落差更大。然而，一下飞机进入银川河东机场，我疲惫的双眼突然被一簇簇翠绿激活。 这是一座与南方省会城市机场相比也毫不逊色的现代化机场。洁净如洗的廊柱间和地面上，一盆盆巨大的绿植被恰到好处放置其中，散发出无法抵挡的活力和清新，就连洗手间里也精心放置了一盆盆长了根的绿萝和贵妃竹，令人赏心悦目。

出机场刚好经历了一场中雨，一路上，皆是树木，虽是半夜难辨色彩，但那些树木散发出负氧离子的惬意是可以感受到的。这种只有在南方才能有的感觉，随着汽车沿着林荫长路的疾驶，持续到目的地。

也许是身为军人的缘故，见到绿色就有一种天然的亲近感。第二天早晨，我急不可耐地早早起床走上街道，来到小区和公园。其实，一走出酒店，就进了花园，马路边、人行道、商店门口、小区空地，凡是有空闲的地方，都被树木和花盆填补，几乎找不到一块裸露的土地。绿树掩映的空地上是晨练的群众，路旁的河沟清澈的水在流淌，一缕清风送来一股油炸果子的香气，在树木的缝隙中穿梭游动，营造出一种和谐和安详。

银川是自治区的首府，绿化工作做得好似乎在情理之中。那么，出了银川情况会怎样？我们的第一个目标选了干旱少雨的工业城市石嘴山。

京藏高速上车不多。从车窗望去，除了觉得视野开阔，没觉得这是西北高原。目光所及，布满河湖港汊，北方罕见的芦苇和一些不知名的植物、花木临水生长，水中鹅鸭频现，一幅江南景色。而更多的，则是大西北慷慨阳光下的茁壮树木，一排排的杨树、槐树笔直地站立在辽阔的原野上，任由一片片即将成熟的小麦映衬着，显出一种从翠绿到墨绿的层次感。远处，参加第二届中国国际房车旅游大会的各种房车在芦苇中穿梭，如同一幢幢移动的白色城堡。草原上能见到游动的羊群和牧人，与蓝天、白云、绿草一同嵌入一幅巨大的画框。这久违了的牧野风光又一次再现。一直延展了近 80 公里，直到汽车进入石嘴山市区。

石嘴山，因贺兰山与黄河交汇处“山石突出如嘴”而得名，东、北、西与内

蒙古毗邻，南与银川接壤，东临黄河，西依贺兰山。石嘴山，是个我这个走南闯北近 40 年的人听也没听说过的城市，等待我的将是什么呢？

汽车临近石嘴山时，首先看到的是一大片横卧着的深绿色，一栋栋高楼从这片绿色中钻出来，如同森林中矗立的山峰。汽车进入市区，方知这里才是树木的天下。石嘴山市区的主要街道与其他城市大同小异，所不同的是街心花园和林荫大道。仅以朝阳东路为例：主路的两边一律是宽阔的绿地，有多宽？均并列种着三排高大的树木，绿地的外侧是自行车道，自行车道的外侧依然并列种着三排大树。我目测了一下，主路两边的绿地宽度已远远超过主路的宽度了。这些树以槐树为主，也有榆树、楝树、梧桐、杨树、核桃树等。主干直径大都在 30 厘米以上。从树龄上看少则也有几十年，遒劲的树干令人想到北京天坛的松柏和潭柘寺的银杏。

这些大树也印证了这里的人民忠实而坚定地接力着既定的理念和共识。试想，如果朝三暮四，遍挖树坑，更换树种，我们看到的则永远是树苗和千疮百孔的道路。

巨大的树冠占据着每一块空间，枝叶笼罩着主路和自行车道，形成了一个绿色的隧道，任行人、自行车和各种车辆惬意穿行。据说，当年城市规划的决策者承诺，要让市民夏天在城市街道上不受日晒，这个承诺无疑是兑现了。

我在市区踽踽独行，偶尔也能看到卫生死角，如没有来得及清除的垃圾、没有流走的污水，但这一切一定是被草坪和花木包围着。我在感叹，在寸土寸金的市区，拿出这么多的土地种草种树，要损失多少利税？

如果说，我面对街道的绿荫发出的是一阵感叹，那么，当我来到大武口区汇泽公园时，则不由阵阵赞叹了。汇泽公园占地 201.3 亩，地处市中心，周边配套设施十分齐全。一批又一批的开发商找到政府欲高价买下开发，但几经博弈，最后，还是变成了人民群众渴盼已久的现代化公园，为此，政府放弃了 4 亿余元的收入，并投入 4000 多万元。

一片绿荫，一座公园，也许不会马上带来地区生产总值的增长和收入的增加，但它隐形的回报是无穷的。在石嘴山市停留的一天多时间，我没有见到有人随地吐痰，没有见到有人购物插队，没有看到有人闯红灯，车让行人已成常态。

该市庙庙湖靠挖煤起家的企业家王恒兴，在煤炭资源濒临枯竭时，毅然卖掉包括公司全部股权在内的所有家产，决意反哺大地。70 岁高龄的他率全家治沙 7 年多，使万亩荒漠变绿洲，故事令人动容。大自然的绿色多了，心灵上的沙漠就少了。市民们把树木当成自己生命的一部分：小学生上学途中如发现干涸缺水的树木，会毫不犹豫地拿出自己的饮用水浇灌；许多结婚的新人，把植树当成婚礼的一项重要程序；一些群众举行葬礼时，也以植树寄托哀思。

在告别石嘴山时，我竟有点难舍难分。我虽然没有经历过这座昔日尘土飞扬的煤城成为今日绿洲的变迁，但石嘴山身后静卧的贺兰山见证了这一切。正因为这朝气蓬勃的绿色，石嘴山市成为当之无愧的“国家森林城市”和“国家园林城市”。

其实，何止是银川、石嘴山、中卫，整个宁夏，这个西北面积最小的省区，最好的土地往往不是搞房地产，而是让给了树木。绿色，护佑着人们的健康，也滋养着人们的心灵。善良的人民知恩图报，当他们一旦确认一个政党和一个政府确实是全心全意在为他们服务时，即使这种服务尚未产生效果，他们也会毫不犹豫地把党和政府当作亲人和靠山并加倍回报。况且，这种服务在这里已经成果辉煌。于是，这里有了和谐的社区、和睦的家庭、各民族兄弟姐妹亲如一家的温馨。城市乡村改建和土地征用十分顺利。云天中卫、中国“凤凰城”、国家级军民融合产业园等悉数落户。

这种理念在我亲历了一系列扎扎实实卓有成效的绿色扶贫项目之后，变得更加无法动摇了。在平罗县红崖子乡，我见到了一片片绿：枸杞和辣椒、甜瓜、西红柿杂交的新品种；在大武口区龙泉村，我看到了绿树藤萝野花瓜果交织的绿色山庄；在贺兰山东麓葡萄园，我见到了树龄200年的葡萄树结满硕果；在盐池惠安堡，一望无际的耐旱新品种黄花菜在龟裂的旱地里长势喜人。西吉返乡青年绿色养殖创业园，闽宁镇绿色光伏农业示范园……宁夏也顺理成章地成为全国第二个全域旅游示范（省）区创建单位。在西部大开发这硕大的棋盘上，宁夏走了一步举足轻重的好棋……

飞机从河东机场一跃而起，我又一次从空中俯瞰宁夏大地，除了贺兰山裸露着的灰褐色山体，果真是满眼葱绿。这绿色随着飞机的爬升渐渐变深，与蓝色的天空融为一体。

也许是嫉妒这大西北厚重的绿色，朵朵白云挡住了我的视线，却更丰富了景致，使舷窗下的宁夏变得更美了。贺兰山下林涛啸啸、六盘山上绿浪滚滚，“一年一场风，从春刮到冬”的谚语无人再提。今天的绿水青山，就是明天的金山银山。也许有一天，沙漠在宁夏将成为奢侈品，宁夏的沙漠只剩下中卫沙坡头那座供游人滑沙的沙丘。宁夏，这个宁静的初夏，一次相见恨晚的造访，一次难舍难分的邂逅，那一汪汪青翠欲滴的绿色已经在我心灵的沃野扎根，染绿我的思想和梦想，滋润着我去寻真、行善、赞美。

（选自散文《宁夏寻绿》，原文刊于《解放军报》）

闫宏伟

闫宏伟（1971—），祖籍甘肃古浪。现为宁夏作家协会副主席、秘书长。中国作家协会会员，中国文艺志愿者协会会员，中国电影文学学会理事。作品见于《人民日报》《文艺报》《共产党人》《朔方》《宁夏党校报》《黄河文学》《六盘山》等报刊。

游走于山水之间

山是贺兰山，水是黄河水。石嘴山，紧紧依偎在这片山水之间。

我曾经私下问过自己：石嘴山是一座什么样的山？石嘴山是不是山？石嘴山是什么？

来到宁夏的外乡人，或许也会有过这样的疑惑。

20 世纪 90 年代初，我在部队工作，和地方交流少，虽然到宁夏近 5 年了，除了银川，其他地方依然不甚了解。经常听到石嘴山，更多是去过沙湖，知道沙湖是石嘴山的一个景点而已。

2002 年，我已经转业到地方，在作协开始一项全新的工作和经历。记得是那年的夏天，我跟随余光慧老师去石嘴山市平罗县参加古越老师的长篇小说《金羊毛》研讨会，我这个外乡人，才算是真正开始了对石嘴山的了解和认知。通过读《金羊毛》，知道了石嘴子、黄河船运、古码头，历史上的石嘴山对我来讲，如天方夜谭般的传奇，陌生感始终充斥我的脑海。后来，又有多次到访，对这座城市，我始终保持着这种陌生感，既是心理上的，也是生理上的。无论何时踏上这块土地，一直会有一种警惕，也或许是一种敬畏。

说起来，对这座城市的了解，更多是在2020年石嘴山建市60周年，和一群人走马观花般地探访了沉寂多年的石炭井矿区、大武口洗煤厂，还读了《石嘴山故事》丛书，我知道自己看到的也只是这座城市的一些皮毛罢了。

60周年，刚刚才一个甲子，对于一个活生生的人来说，是一段漫长的时间了，开始步入老年的生活，而对于一座城市，则是刚刚起步不久。在这60年里，有创建时的艰辛，有取得成功的辉煌，也有事业转型的酸楚，还有再次创业的期待。这些，也许是一个旁观者的揣测吧。

我想，要了解一座城市，是要与他保持零距离的接触，是要在一起生活，才能够有一些感觉，哪怕是一种表面上的感觉。我想我们不敢有深刻体会的奢望，因为我们所有的人就是个过客。

做了多年文学组织工作，逐渐知晓了一些这座城市的文学名家，郑正、陈勇、李万成、牛学智、王跃英，也先后得以谋面；当然也有几位知其名而未见其人的，如刘岳华、张记，一直觉得是个遗憾；后来有一些基层的作家、年轻的诗人，让我增加了更多的期许。

一次和诗人敕勒川在石嘴山聊天，他逛了一圈早市，跟我说，这座城市人不多，绿化好，物价和房价也不高。我说，这里讲的就是五湖四海，你适合在这里。

也许是工作的原因，对石嘴山的一些地方出现调整、变化，比如陶乐、惠农、石嘴山区的撤并，会有一些关注，与己没有太多的牵挂，也就只是停留在关注这个程度。有一次，让自己内心无法淡然的，还是与陶乐县的撤县相关，更准确地说，与一个名字叫志宁的兄台有关。

每个人身边，都会有一些各种各样、形形色色的朋友、关系，也会反过来映衬出一个人的特点和性格。我对自己是一个什么样的人，还是有着清醒认识的，对我身边会有什么样的朋友，也是心知肚明的。我觉得我和身边大多数人一样，都是一种平凡而普通的生活，如果有人说这是一个碌碌无为的男人的说辞，也是有道理的。这样的一种人，难免会有一帮朋友、兄弟，当然自己经常也会扮演这样的角色。老婆认为，这些朋友更多的是一些酒肉朋友，儿子说就是臭味相投、人以群分，而我自嘲他们都是狐朋狗友。

志宁兄就是我身边的一位朋友，他当时在陶乐县某执法单位工作，还有一个小的职务。有时在银川，有时在陶乐，我们都会以酒会友，捎带相互贬损几句，增进一下感情。

陶乐要撤县，摆在志宁兄的面前，有利有弊。高兴的是可以到银川市工作，对孩子上学有好处。有所担忧的是职务不能保证，还有陶乐的房子严重贬值，而在银川买房却是天价。每个人在这时的选择，都是艰难的，也是身不由己的。

不久，志宁兄来到了银川，在兴庆区的一个部门，成了一名普通职员，又先后经历租房、买房，夫人、孩子和他开始了银川人的生活。虽然地理上的距离近了，刚开始也会有一些家庭和朋友间的聚会，但随着各自工作和生活的繁忙，相互见面的次数逐渐在减少，慢慢地，偶尔有个电话问候，以往的那种牵挂，已经不知遗落在哪里了。

在一位老领导的邀约下，有幸在七月的一个周末，大清早一帮文友坐着绿皮小火车，抵达一个名为大磴沟的车站，来到石炭井矿区采风。

矗立在贺兰山腹地的“贺兰雄鹰”纪念碑，解放军某师部遗址，石炭井矿区空旷的厂房、住宅，都在向我们无声地诉说着，在上个世纪这里曾经有过的辉煌。曾经的三线重镇，随着行业转型，十万人离开了这里。随便进入一家，或者楼房或者平房，生活的气息已经悄然不见了，从屋里散落的一些旧家具和生活用品，可以猜测主人离去时的那份无奈。在每一条柏油路上，现在留下的只有炎热、寂寞，连在其他地方四处游走的流浪猫和流浪狗，在这里都很难见到。偶尔有一两只喜鹊飞过，也都是纤瘦的，声音也不够清脆，与我们小区里叽叽喳喳的胖喜鹊相比，截然是两个世界。

我在努力说服自己，曾经去过的百公里外，在黄河东岸，一座现代化的能源基地，矿工帽和工作服已经换了颜色，来来往往的车辆，让戈壁滩逐渐展现欣欣向荣的模样。

在回去的路上，能看到一些车辆，在给一些裸露的矿山、矿坑覆盖一层又一层黄土，也还有一撮一撮的穿着迷彩服的工人，在山口处种树、浇水。

这种景象，在一些离去的人的眼里，是一段难忘的人生，在一些富有冒险精神的人的眼里，又是一种财富，一个新的故事的开始。在我们这些闲人眼里，更多的是一种震撼。

我就在想，在志宁兄当初离开陶乐时，貌似还有一些选择，而这里的每一个人，在他们离开时，一定是没有一丝选择的余地。离开，是一种转变，发展，同样是一种转变。

离山远了，离水近了；贺兰山在我的背后，黄河水在我的面前。我在思索，如何走进这座城市，如何自由地游走于这神奇的山水之间。

（选自《贺兰山》2022 年第 6 期）

张进海

张进海（1959—），陕西耀县人。1976 年 12 月入伍，1987 年转业。教授。著有《思考的印记》《春泥集》和《家谱编撰概论》（合著），主编《“不到长城非好汉”精神概论》等。

《我的家乡宁夏石嘴山》歌词创作经过

我在石嘴山市工作的几年中，曾和同事们一起创作了几首歌曲，有的已被人遗忘；有的连我自己也没了印象。但《我的家乡宁夏石嘴山》，至今还在石嘴山城乡的大街小巷被人传唱。我自己听到或唱起这首歌，总会心潮澎湃，激动不已。

这就是人们常说的文学艺术的魅力。

著名词作家乔羽先生说过，他创作电影《上甘岭》主题曲《我的祖国》时，以“一条大河波浪宽”唤起人们对祖国、对家乡的情感，就是文学通感现象的典型。即文学艺术可以让处于不同时空，不同年龄，不同性别，不同种族的人们产生感应和共鸣。他没有说黄河、没有说长江，也没有说某地的哪一条具体的河流，而是说一条大河，这一条大河可以是祖国各地的任何一条河，甚至是一条小溪，因为每一个人心中，都有一条河，每一个人的家乡都有一条河，一条母亲河，一条大河，就可以换起每一个人对家乡、对祖国的联想和思念，从而引起情感的共鸣。

我 1999 年 6 月到石嘴山市任市委专职常委，分管宣传文化工作。

当时正值世纪之交，宁夏全区与全国的改革开放的大好形势一样如火如荼，中国特色社会主义事业欣欣向荣。

石嘴山市的经济社会发展和各项事业都取得了巨大成就，同时也面临前所未有的挑战和困难。

石嘴山是典型的因煤而建，依煤而兴的煤炭资源型城市。从 20 世纪 60 年代开始，经济发展主要依靠探煤、建煤、挖煤、烧煤、运煤，围绕煤炭，形成了以煤为中心的煤炭加工产业链、煤化工业链，以此形成了石嘴山的工业基础和面貌，一批大型国有企业如煤炭基建公司、国有煤矿、煤炭机械厂、洗煤厂、火力发电厂、炼钢厂、焦炭厂等在石嘴山先后建成，使石嘴山逐步成为宁夏工业的发祥地和摇篮，国民生产总值占据全区的半壁河山。

石嘴山从那个年代开始，一直引领宁夏工业风骚，声名鹊起，盛极一时，辉煌了几十年，“塞上煤城”“煤城石嘴山”成了石嘴山的鲜明特征、形象标识和特殊符号，成了石嘴山的别名，享誉祖国大江南北。

石嘴山 1960 年建市，到 2000 年已经走过了 40 年辉煌发展历程，40 年里，一批又一批来自祖国五湖四海的建设者，汇聚在这块热土上，战天斗地，开天辟地，艰苦创业，砥砺前行，献了青春献终身，献了终身献子孙，创造了一个又一个人间奇迹，逐步把一个边陲小镇建设成为宁夏的工业重镇。

然而，辉煌只能说明过去。辉煌也会渐渐成为历史。如何延续和继续创造辉煌，是所有因煤而建、依煤而兴的资源型城市面临的共同问题。

当时在全国类似石嘴山这样的煤炭资源型城市和产业基础的还有东北的鹤岗，河南的焦作、平顶山，陕西的铜川等。世纪之交，这些地方都面临或煤炭资

源枯竭，寻找和布局新的产业发展方向，或收缩煤炭开采，改变粗放经营难以为继、环境承载压力大问题，面临提高煤炭深加工能力，延长产业链，提高产品附加值的问题。这些城市和地方有的已经在上世纪八九十年代陆续提出了产业转型、城市转型、经济转型的课题，寻找新的发展出路和方向。

当时在石嘴山，一些有识之士开始意识到这个问题，也在积极探索城市发展的出路。但从地方政府整体工作安排上，还没有把城市和经济、产业转型的问题提到重要的议事日程。当然，关于城市转型、产业转型、经济转型的问题，对于一个地方来说，不仅是一个思想认识问题，还是一个重大理论问题，更是一个复杂而艰苦的实践问题，需要经过长期的努力才能实现。

当时的石嘴山，不说平罗、惠农、陶乐三县和石炭井、石嘴山区，就是大武口区，沿 110 国道一线、汝箕沟沟口、大武口周边，到处是大大小小的煤炭市场，尤其是大武口东边，固体废物长期堆积形成的粉煤灰山、煤矸石山，不仅严重影响了石嘴山的环境和外在形象，而且影响了石嘴山招商引资、对外开放和经济社会发展。煤城给人们带来的负面的外在视觉感受和心里感觉比比皆是。煤城从某种意义上已经和环境的脏乱差联系在一起，甚至还意味着“傻大黑粗”。

我因为在市委班子中分管宣传文化工作，也在自己分管工作的领域，开始思考城市转型、经济转型的问题。当时我想的最多的是，城市和经济转型是一个重大问题，需要在统一思想、统一认识的基础上，形成比较成熟的思路和方案，需要进入市委、市政府决策，需要得到自治区党委、政府的支持，在全市进行统一部署和行动。但要达到这个目标，需要一定时间，并不能一蹴而就，一下子付诸实施。

为此，我与宣传文化部门和一线的同志们一道讨论商量，决定先从新闻宣传领域开始转型，即在市、县（区）新闻舆论宣传中，从淡化煤城色彩开始，为城市和经济转型奠定思想基础，形成了关于在新闻舆论宣传中淡化煤城色彩的意见，要求在市、县（区）两级新闻媒体新闻宣传中，在对外宣传中，逐步淡化“煤城色彩”，首先禁止使用“煤城”“塞上煤城”“煤城石嘴山”的概念和词语。

我在2000年初召开的石嘴山市宣传思想工作会议上宣布以上理念后，引起强烈反响。有完全认同的，有表示惊讶的，更有反对的，当然反对声音最强烈的是来自石嘴山矿务局、石炭井矿务局、宁夏煤炭基本建设公司等涉煤企业。两大矿务局的同志认为，我们就是煤城，我们几十年都是以“煤城自居”，以“煤城为荣”，以“煤城自豪”。怎么一下子要淡化煤城色彩，不让说煤城，不让用煤城一词，还要否定煤城的存在？

对于这些几十年在煤炭中从无到有、从小到大、从弱到强的企业，几代人为宁夏的煤城和煤炭工业的兴起奉献了青春和终身的一线干部职工们的情感和处境，我深感同情。但是，残酷的现实和改革开放的需要摆在面前不能绕过。

我决定从抓深入细致的政治思想和宣传教育工作入手解决问题。

我带工作组专程到石炭井矿务局蹲点跑面，做转型的宣传解释工作。从石嘴山的历史到现实，从煤城的兴盛到煤炭工业的贡献，从煤城的优势到煤城的负面影响，以及未来煤城的发展，讲解在新闻宣传中淡化煤城色彩的重要性、必要性和紧迫性。通过不断地宣传解释，说服了很多人，逐步统一了思想认识。使淡化煤城色彩在石嘴山形成了共识，大家逐步从以煤城为荣到以煤城为忧、到以煤为虑。最后，达到了这样一种程度，不仅在石嘴山新闻媒体，就是在自治区新闻媒体，哪里要是出现了煤城石嘴山、塞上煤城，或者石嘴山煤城的词语或概念，包括类似的内容，石嘴山的普通老百姓都会感到不和谐。可见宣传思想工作的潜移默化作用，舆论的渗透魅力，意识的反作用力量。

有破才有立，有立才能破。既然要破煤城色彩，破煤城形象和标识，破旧的城市定位，那么就要有立石嘴山新的形象和标识，确立石嘴山新的城市定位，确立石嘴山新的特色、新的面貌和新的气象。这个“新”，就是山水，就是绿色，就是园林，就是科技。为此我亲笔写了《石嘴山的经济发展和城市形象》《重塑石嘴山新形象》等文章，探讨石嘴山城市和经济转型，以及树立石嘴山新形象问题。

后来，经过两届市委班子的共同努力，逐步全方位改变了石嘴山煤城的城市形象，把石嘴山的城市形象定位为“绿色之城”“园林之城”“山水之城”和“新型工业之城”。

为树立城市的新形象，首先是在经济领域转型，改变煤炭粗放加工经济模式，延长煤炭深加工产业链，做强做精做优煤化工产业，发展新材料产业和高科技产业等，除此之外，还要全方位地进行城市转型，树立石嘴山的全新形象。于是，才有了真正意义的石嘴山对外宣传；有了石嘴山机关企事业单位的拆墙透绿；有了第一块大型户外城市形象宣传牌；有了大武口森林公园、热带植物园；有了大武口北武当庙沿贺兰山南侧一线的绿化带；有了石嘴山市和各县区的城市中心文化广场，以及遍布石嘴山城乡大大小小的文化广场；有了市容市貌的整治和道路、街区的拓展与绿化美化；有了文明家庭、文明单位、文明乡镇、文明城市的创建；有了煤矸石山、粉煤灰山治理下的奇石山景区；有了星海湖的开挖和建设；有了大武口和平罗县的相向发展；有了显山、露水、透绿、通畅；有了天蓝、地绿、水清；有了新型山水园林工业城市石嘴山。

这一切的一切都必然要反映在文化形态之中，反映在人们的精神观念之中，反映在人们的思想意识之中。

为隆重庆祝石嘴山建市40周年，1999年底，市委、市政府开始筹备建市40周年活动，成立了庆祝建市40周年活动筹备领导小组，我因是市委专职常委，承担了领导小组办公室主任的角色。

筹备建市40周年庆祝活动，最重要的设想是，通过一系列庆祝活动，总结经验，凝聚人心，鼓舞斗志，激发干劲。为实现这个目标，我们把筹备庆祝活动时间定为一年，并非单纯开个庆祝大会，搞一场文化演出，热闹热闹了事。当时定的庆祝活动方针是把40年的发展成就、历史文化集中在一年内展示，把一年的庆祝活动集中在一天展示，把一天的活动集中在庆祝大会一个小时展示。

整个庆祝活动从1999年底拉开序幕，月有小活动，季度和半年有大活动，从小到大，从分散到集中，从局部小高潮到整体形成高潮，精彩不断，异彩纷呈。建市40周年庆祝日的当天，从上午9点开始，两小时一个活动，一直到晚上的文艺晚会、焰火晚会，最后达到庆祝活动的最高潮。

为集中展示建市40年来石嘴山的发展历史和建设成就，展示石嘴山城市精神和价值追求，在宣传文化方面，组织编辑出版了《石嘴山文学作品集》，分小说、散文、诗歌三卷，出版了《石嘴山美术书法篆刻集》《石嘴山歌曲选》，出版了外宣图书《走进石嘴山》等。同时号召大家特别是文艺工作者创作反映时代特点的文艺作品。

其中，为适应全市如火如荼的广场文化活动需要，广大文艺工作者深入改革开放一线，深入经济社会生活和群众，创作了一大批贴近实际、反映人民群众心声的歌词歌曲，通过文化广场的舞台，大唱特唱，唱响了石嘴山自己的歌曲，一时间，石嘴山歌曲响彻石嘴山的大街小巷。当年全市共整理和创作歌曲至少二百多首，经常在各种文化活动中演唱的有五六十首，人们耳熟能详的歌曲也有二十几首，如《英雄的石嘴山人》《腾飞吧，石嘴山》《我的家乡宁夏石嘴山》《天南地北石嘴山人》《拥抱明天》《山水相依的地方》《我爱你，石嘴山》《星海湖，岁月中的旗帜》等。

同时每年都组织举办石嘴山歌曲合唱比赛，全市大中专院校、党政机关、企事业单位，从县区初赛到全市比赛、决赛、会演，举行石嘴山歌曲专题演唱会，规模盛大，每年参赛人数在几十万人次以上，加上每周的市、县（区）广场文艺演出等，观众达到数百万人次。

现在，二十几年过去了，一些歌曲仍然在传唱。

为什么能传唱，能流传，最重要的是这些歌曲反映了石嘴山人民对历史的记忆，对文化的传承，对生活的热爱，对生命的讴歌，对未来美好的向往、追求和期许。

我入伍来到石嘴山，服役在石嘴山，多年后又有幸到石嘴山工作，能为石嘴山的建设和发展尽自己的一点力量，这是我的荣幸。在这种文化氛围的感染下，我创作了《我的家乡宁夏石嘴山》歌词。

《我的家乡宁夏石嘴山》歌词的内容倾注了对石嘴山这片土地的热爱和感情。歌词分上下阕。上阕反映的是石嘴山古老而辉煌的历史，反映了石嘴山人民战天斗地、艰苦创业的精神。主要元素是驼铃、黄河古渡、玉皇阁、北武当庙、矿藏煤田、岳飞的满江红。下阕反映的是石嘴山人对未来的期许和希望，反映山水园林工业城市美好的明天。主要元素是山清水秀、沙湖沙水、枸杞牛羊、科技崛起等。

这首歌曲之所以受到大家的喜爱，歌词创作只是一个方面，作曲也很关键。

这首歌曲的曲作者是宁夏著名的作曲艺术家、时任石嘴山市音乐家协会常务副主席马永山，歌曲曲调采用了花儿的风格，悠扬温婉，充满深情。歌曲的迷笛作者是石嘴山著名的自由音乐人李丹平，他自己出钱制作迷笛，倾注了极大的热情。

2000年，石嘴山电视台专门制作了音乐视频，歌曲由神华宁煤歌舞团独唱演员马兰演唱，曾荣获石嘴山民族歌曲创作一等奖和演唱一等奖，这首歌曲被选入《石嘴山市乡土教材》，作为地方初中、高中学生使用和普及，还被勒石雕刻在石嘴山奇石山景区。为这首歌词谱曲的还有石嘴山音乐家协会的祁建军、李丹平等。演唱这首歌曲的包括自治区、石嘴山市和石炭井矿务局在内的专业歌唱家就更多了。他们的作用和贡献是巨大的，是不可磨灭的，是应当永远被记住的。所以说这首歌曲的产生、传唱是集体劳动的结果，是集体智慧的结晶，从某种意义上说，这首歌曲的作者应该是石嘴山人，石嘴山人才是歌曲的真正作者。

我作为一名宣传思想工作者，热爱和倾注文化事业，是分内之事，不足以道。但作为领导，不论在哪个岗位上工作，重视和热爱文化事业，应当是领导内在素质和要求。哪个地方主要领导重视文化，热爱文化，那个地方的文化就活跃，就兴旺，也必然会带动和影响经济社会的繁荣和发展。石嘴山的文化实践，就是一个例证。当年市委、市政府主要领导都拿起笔，亲自创作文艺作品，创作歌曲，著书立说，而且带头演唱石嘴山歌曲，推广石嘴山歌曲，这对于石嘴山文化事业的发展，起到重大推动作用。

创作一首歌曲，本是一件很平常的事情，但一首歌曲能够在一个地方传唱，被人们在各个公共场合演唱，充分说明了只有反映大家心声和愿望的文艺作品，才能受到群众的喜爱，才能有长久生命力。这也充分说明，艺术源于生活，艺术源于群众，艺术源于火热的社会实践。丰富的社会生活和人民群众生动的社会实践永远是文学艺术取之不尽、用之不竭的源泉。

附：《我的家乡宁夏石嘴山》歌词

我的家乡宁夏石嘴山
东连着母亲黄河　西靠着贺兰山
蜿蜒的长城绕山间哟
黄河古渡　驼铃越千年
玉皇阁神秀　武当庙几百年
塞上的石嘴山人人来称赞
这是我古老的家园

我的家乡宁夏石嘴山
无边的煤田矿藏　崛起的科技园
中间是一片米粮川哟
北达内蒙古　南出秦关
沙枣花儿香　枸杞红满园
沙湖的沙水美名天下传哟
这是我希望的家园

我的家乡宁夏石嘴山
东连着母亲黄河　西靠着贺兰山
中间是一片米粮川
青山绿水赛呀江南

张宇强

张宇强（1975—），宁夏中宁人。中国电视艺术家协会会员。现就职于石嘴山市新闻传媒中心。2020年荣获第三批自治区“塞上文化名家”称号。

诗情山水

中国是一个诗的国度，她的漫天诗雨扬扬洒洒，浸润着每一片充满诗意的华夏大地，身处西北边陲的石嘴山也不例外。在栉风沐雨的岁月中或短歌，或长吟，流露出另一种风韵。虽然市境内往来的多是荷戈之士，诗作的数量也不是很多，但这些诗歌就如同他们不畏艰难登临此地的脚步一样，尽管略显稀疏，却一样咚咚作响，震人心魂。

从石嘴山市的历史沿革和辖区变迁来看，市境自秦汉时起就长期属于边塞要冲，随后在与少数民族的战争中几经易手，在《史记》《汉书》等史书的记载中也留下了不少华章伟句，但唯独没有留下相关诗句。从目前历史资料上看，市境真正可考证的入诗时期不是在我们期待更早的秦汉时期，而是在我国诗歌的盛世——唐朝。也就是说，石嘴山的诗歌缘起是伴着盛唐之音大步而来的，那么，为什么描写石嘴山的诗歌没有和史书中的记载同步，为什么市境最早入诗不是在秦汉时期呢？这不能不说是萦绕在笔者心头的一个未解之谜。而这个疑问也只能在今后的探索研究中加以考证了。

带着这个疑问，我们迎来了第一个远足贺兰山赋诗长吟的大诗人——王维，或许是盛唐之音的四方远播，又或是诗人自己经历的机缘巧合。737 年，善于描摹吟唱山水的王维，却首先留下了他边塞之行的诗歌佳作《老将行》：

贺兰山下阵如云，羽檄交驰日夕闻。

节使三河募年少，诏书五道出将军。

据考证，这首王维早期的诗作中描写的战争场面，应是在贺兰山最北部（今惠农区）与突厥等北方游牧民族之间拉锯战的真实写照。从地理位置上讲，石嘴山市境正是贺兰山的北起之地。贺兰山尽管多次入诗，而且所入诗作大多是不俗之作，但第一次写到贺兰山石嘴山段的，还是这首诗。因此，《老将行》为我们石嘴山市一入诗便营造了一种烽火兵戎的激烈场面。自此之后，描摹石嘴山市的诗作便与战争紧紧地联系起来。著名边塞诗人李益的《五城道中》一诗，便记述了五城之一的定远城的边城景象：

金铙随玉节，落日河边路。

沙鸣后骑来，雁起前军度。

五城鸣斥堠，三秦新召募。

天寒白登道，塞浊阴山雾。

仍闻旧兵老，尚在乌兰戍。

笳箫汉思繁，旌旗边色故。

寝兴倦弓甲，勤役伤风露。

来远赏不行，锋交勋乃茂。

未知朔方道，何年罢兵赋。

因此，不论是“大漠孤烟直，长河落日圆”（唐·王维）的伟岸豪迈，还是“贺兰山下果园成，塞北江南旧有名”（唐·韦蟾）的安宁乐业，都或多或少地带有一丝战争后短暂的闲适之情。因为，烽火边塞才是石嘴山在古代很长时期的真实写照。

岁月无声，一个地区的历史轨迹往往和她所属的这个国家的命运息息相关。随着唐帝国的衰落，晚唐时期，市境内与当时大部分地区一样，战火连连，此起彼伏，市境内多种军事势力也此消彼长，反映在诗作中，以卢汝弼的《和李秀才边庭四时怨》（其四）最为生动、传神，也最为有名：

朔风吹雪透刀瘢，饮马长城窟更寒。

半夜火来知有敌，一时齐保贺兰山。

全诗格调急促高亢，在纷飞的战火中，我们不难体会到其时其地其人的艰难困苦，但同时我们也能感受到当地军民齐心御敌、积极乐观的英雄主义精神。从这个意义上讲，石嘴山市境内的军民在古时就历尽战火洗礼而不坠其志的优良传统，这无疑也是我中华民族精神的一个小小写照。

历史是一首首真实鲜活的诗，而诗又是一段段凝固在书页上的历史。自唐之后，五代十国、宋元以来，由于北方少数民族的强大，汉族政权的南移，市境基本上处于少有人烟聚居常驻的游牧之地。因此，记录有关市境的诗作基本在这一时期了无生气，暗淡了许多，只留下后人对岳飞《满江红》中“驾长车，踏破贺兰山缺”中“贺兰山”的地点归属争论了，倒是元朝礼部尚书贡师泰的《杨德章监宪贺兰山图》是这一时期少见的诗作：

太阴为峰雪为瀑，万里西来一方玉。

使君坐对兰山图，不数江南众山绿。

但这样的写景之作似乎不能代表一方民众之声，因而在写实主义浓烈的诗作面前显得和者甚寡，石嘴山在等待着一个诗意迸发的时期到来。

经过近500年的等待，随着元朝的没落和随后边境的不断南移内撤，到了明朝，石嘴山一线成了真正意义上的边境。因此，描写市境内战事、生活、风情民俗的各类诗作才大量地涌现出来，一时让人应接不暇，如朱秩玲的《黄河咏》《长城吟》、朱凝真的《贺兰大雪歌》、冯清的《贺兰山》等。这些诗歌的涌现又是以更大规模的战争为背景展开的。

从入诗的时间上看，明朝时期市境内平罗入诗最早。客观地说，石嘴山的历史在建市之前，在很大程度上是平罗的历史。加之平罗在石嘴山这一地区重要的军事、政治、经济地位，因此，这一时期的诗作中描绘平罗山水风物的也就多了起来。伴着苍凉的边塞风光首先向我们走来的是明朝边关主事胡琏，他低吟着《过田州城》一路而来：

漠漠寒沙雨浥平，青山淡淡野云轻。

孤城尽日鸣笳鼓，流水长年起稻粳。

春暖灏风消冻路，夜深磷火照荒营。

题诗欲吊英雄骨，把笔无言恨转生。

诗中的田州，正是唐代的定远城，俗称田州，故址在今平罗姚伏附近。从诗境看，那时的田州尽管依旧沿袭着市境内历代的边塞之气，但已经难以掩盖其稻花飘香、物产丰饶的塞上江南意韵了。这样的景象同样可以在后来驻守平罗的宁夏参将萧如薰的《秋征》一诗中得到印证：

新秋呈雾色，塞草正丰茸。

杞树珊瑚果，兰山翡翠峰。

不单如此，萧诗中还写到了当时枸杞在市境内的生长情况，但当时是否像今天一样大面积栽种就不得而知了。诗中祥和平静的田园风光刚刚让人准备回味欣赏一番，但紧接着，诗的后两句则又回到了戍边御敌的主旋律中来了：

出郊分虎旅，乘障息狼烽。

坐乏纾筹策，天下威九重。

时过境迁，萧如薰离开平罗20年后重游故地时，写下《登南门楼》以抒怀，诗中的景象和意蕴还是流露出对烽火未熄的点点惆怅：

再过危难地，风尘二十年。

闾阎曾不改，斥候至今传。

对雪岚光近，瞻云树影连。

主恩何以报，登眺意茫然。

从史书上我们知道，现在的平罗在明朝时叫作平虏，“虏”在这儿的意思是汉族政权对敌方鞑靼等少数民族的蔑称。那么，平虏的意思就显而易见了，连地名上都透着征战平乱的意味。明朝右副都御史扬守礼的《晚入平虏城》更是这一景象的佐证：

黄风吹远塞，暝色下荒城。

门掩钟初度，人喧鸡乱鸣。

胡笳如在耳，军饷倍关情。

惆怅浑无寐，隔帘山明月。

诗中描写了“远塞”“荒城”“胡笳”“鸡乱鸣”等一系列北方边塞特有的荒凉萧杀图景，让人读来不得不和诗人一样惆怅，一样的只有把这种心绪寄情于窗外的明月了。

作为如今石嘴山市政府所在地的大武口，在明朝也有诗作呈现。大武口，在明嘉靖《宁夏新志》中称为“打硙口”，也是当时市境内的一个重要关隘。因此，镇守此地的文武官员也多有题吊。明朝右副都御史杨守礼，于嘉靖十九年（1540年）冬巡抚宁夏视察边关时，在《入打硙口》一诗中写道：

打硙古寨黄尘合，匹马登临亦壮哉。

云逗旌旗春草淡，风清鼓吹野烟开。

山川设险何年废，文武提兵今日来。

收拾边疆归一统，惭无韩范济世才。

这表现了诗人对打硙口等三关废弃的感慨和收拾旧河山的决心。比杨守礼稍早一些，明嘉靖十六年（1537年），以兵部尚书总制宁夏军务的浙江兰溪人唐龙，则记述了嘉靖十三年、十五年、十六年的三次大捷，地点就在打硙口，诗名为《打硙口之捷》：

月明胡骑遁沙场，诸路交驰羽檄忙。

共有肤功腾幕府，喜将三捷献明光。

帐前鹤唳榆阴碧，鞲上鹰飞草色黄。

闻道虏中饥食马，人人惊说汉兵强。

可以说，打硙口和市境内的其他边塞隘口一样，都是历史长河中一道独特的风景。而围绕着这些边塞生活为主题所产生的诗歌作品，则为这道风景注入了更深层次的人文精神，增添了一抹抹灵动的亮色。

我们说了平罗，也说了大武口，那么，惠农入诗又是在何时呢？从史料上看，惠农以及原来的陶乐两地，在明朝时期都分属在几个地区辖治，且没有独立的地区建制。因此，诗作不多。这两地，连同大武口、平罗等市境辖区在诗作中的全部登台亮相，则要到了清朝才悉数见诸笔端。

清朝时期，市境内最先入诗的要数陶乐了。陶乐一带在清朝时叫作“横城”。横城古渡口则是陶乐一个非常有名的古迹所在了。值得一提的是，陶乐不入诗则已，一入诗就迎来了一位重要人物——康熙皇帝。康熙三十六年（1697 年）三月，康熙皇帝亲征噶尔丹驻扎于横城堡，望着绵延的金沙和万顷的绿洲被一条长河南北分开，景色壮观奇特，欣喜之余，康熙皇帝即兴在一面墙上写下了《横城堡渡黄河》：

历尽边山再渡河，沙平岸阔水无波。

汤汤南北劳疏筑，唯此分渠利赖多。

康熙皇帝从山西到陕西已经渡了一次黄河，这次在横城堡渡河可就是“再渡”了。当他看到沙漠尽头的黄河边上竟然冒出大片绿色的田野。前后一对比，康熙自然会对宁夏引黄灌区的千里沃野更多了一份兴趣，因此，不但在横城渡口举行了祭祀黄河的仪式，而且在沿途的尧甫堡（今平罗姚伏）、哨马营（今惠农境内）、石嘴子（今惠农区）等处各宿一夜，留下了如康熙饮马湖等不少动人的传说。

雍正四年（1726 年），惠农也终于走进了诗人的视野。她的入诗和别处不同，是伴随着兴修水利工程——惠农渠、昌润渠而为世人所之知的。时任大理寺卿的通智受朝廷委派，实地勘察、率民开渠，历时三年，于雍正七年（1729 年）建成两渠，一时君民上下欢悦，通智也挥毫写下了《昌润渠工竣恭纪七律》一诗：

黄河别派六羊通，石闸巍然跨彩虹。

激起众流增浪力，引开曲水灌田功。

川辉原润千村聚，野绿禾青一望同。

从此遐荒欢鼓腹，群歌大有慰宸衷。

参与工程的其他官员及宁夏地方人士也纷纷唱和。其中法海的七绝言辞清丽，颇值一提：

长提一带柳毵毵，通字题桥闸有三。

见说田园无限好，风光谁亚小江南。

一派沃野千里、谷稼殷实的繁荣景气溢于言表，而今天平罗、惠农的许多乡镇村落也正是出现在此时。平虏城也在雍正二年（1724年）改名设为平罗县，从此之后，经过几代的大量移民垦荒，在这之后的乾隆年间，仅平罗县人口就达到15.8万人。耕地在道光年间也达到76万多亩，成为“宁夏巨县”。难怪道光年间任平罗县知事的徐保字，在其诗《通润桥散步》中生动地描写了今黄渠桥一带的自然风光：

公暇揽幽胜，渠水跨土梁。

水田飞白鸟，野庙矗青杨。

小市不声散，空街夜色凉。

萧然尘外意，一曲在沧浪。

徐保字，浙江归安（今浙江湖州市）人，于道光四至五年和道光八年先后两次出任平罗县知事。史书中说他“以名孝廉”,“善诗文”,“修撰《平罗记略》”等，为当地实实在在地做了一些好事。他的诗自然和当地现实的生活见闻、民情疾苦、山川景物紧紧地联系起来。其诗《初冬石嘴了作》中讲到：

西风残照马蹄风，客子天涯类转蓬。

十月苦寒边地早，一樽清话故人同。

碱滩霜落晴沙白，煤洞云开野火红。

报最自维惭抚字，乐携田叟祝年丰。

上诗抒发了诗人为官一任造福一方的情怀。徐保字反映石嘴山境内人民生产生活的诗作共有八题十一首。如《由灵沙村到庙台堡》《沿河闸》《昌润渠梢晚行》等均体现了上述的诗境特色。《沿河闸》一诗中这样写道：

万绿翳无际，沿堤客跨鞍。
平沙千顷阔，野水一渠宽。
老树拦危彴，孤禽没远滩。
耕氓方待泽，何以抚躬安。

在随后的诗作中，在市境为官和游历的文人也把更多笔墨和目光聚集到了对壮美河山的吟唱上。如王德荣的《河带晴光》《山屏晚翠》，以及蒋延禄、王以晋、张梯等人的《平罗八景》组诗，更是生动细致全景式地描绘了诗境内的壮美山河，读罢掩卷仍觉着眼前风光飘忽，似有意犹未尽之感。如王德荣的《河带晴光》写道：

一曲河如带，晴光淡连天。
长虹占霁色，晓日散青烟。
古塞风云净，春山草树鲜。
郊原浮润气，极望更苍然。

而在《平罗八景》组诗中，更是勾画出“北寺清泉”“边墙晚照”“马营远树”“虎洞归云”“磴口春帆”“贺兰夏雪”“官桥烟柳”“杰阁层阴”等市境内的八处经典美景。其中蒋延禄的《马营远树》纯粹白描式的写法颇为传神：

深林掩映北山崖，一面河流一面沙。
绝好荆关图卷在，绿云天外白云家。

同是写《马营远树》，王以晋却付以哨马营更现实的深意：

难辨唐家与宋家，就是壁垒委黄沙。
不知多少英雄血，散向长林化晚霞。

诗中让昔日的兵营仿佛又回到了过去，回到了锋镝争先的年代。凭吊历史，让人们对今天的“长林晚霞”多少还心存些珍惜之意。这一点和张梯的《边墙晚照》中“而今西夏屋边患，只对斜阳作景看”有着异曲同工之妙。烽烟散尽，河山一新。这一时期描写市境内的诗作尽管依然续写了一些古边塞雄浑悲壮的强音，但强度似乎正在接近尾声，我们看到的或者说期待看到的和平景象正成为市境内人民安居乐业的主旋律。因此，郭鸿熙诗中的“村人倦奈倚垣坐，闲话桑麻夕照中”，以及张梯诗中的“绿杨苒苒水盈盈，都在山城画里行”等诗句也正印证了这一点。毕竟此时清朝国土的边境又北移外扩了不少，市境一下子从边塞退居为内陆。这一变化大大地促进了市境内农耕文明和运输流通乃至煤炭开掘的起步与繁荣，为今天石嘴山市的发展谱写了积极响亮的乐章，奠定了重要的基础。

诗海钩沉，时间就像诗人心里突然迸发的灵感一样，一闪就消逝在历史的浩海中，而留给后人的，却不单单是对历史的追思和对前人诗作的赏析。历史如诗，诗如历史。留存至今的有关石嘴山市境内山水风物的古人诗作，更像是吟唱石嘴山的一幕大曲中不断跳动的音符，即使有的散落了，也一样奏出过美妙动听的乐曲。因此，这些诗作作为市境内的古代文化遗产，不仅是石嘴山文化的有机组成部分，为近现代乃至当代石嘴山的文化传承和发展积淀了一笔厚重的财富，也为石嘴山市过去的兵戈岁月，增添了强烈的文化色彩。

漫卷诗书，古人的件件诗作虽然成为历史，却依然散发着诱人的诗香，历久弥新，熠熠生辉。

（选自《我们的家园（地名卷）》，阳光出版社，2020年）

杨春光

杨春光（1954—），山东苍山人。中国作家协会会员。

石嘴山赋

石嘴山，古称石嘴子，因“黄河岸边有一巨石凸出如嘴”而得名。南接首府银川，北连内蒙古高原，历为河套地区兵家必争之地，素有“咽喉”“锁钥”之称。公元一九六〇年建市，现为宁夏新型工业重地。石嘴山因山得名，因石而兴。

我之石嘴，天运灵通，浸滔滔黄河之清流，沐鄂尔多斯台地之劲风，映长河落日之倩影，抒苍茫大漠之豪情。中华瑰宝之地，秦皇帝年始成，汉曾设有廉县，唐宋谓之定远，西夏称为定州，明代边塞平虏。秦汉唐之渠系，惠昌滂之水涌。康熙御驾西巡，清代边贸颇丰，珍品漂洋过海，开放之门打通，南来北渡石嘴，“水旱码头”气盛。塞上景致无限，民风淳厚有情，阡陌良田如画，山之物产纯正，红果历经千年，皮毛饮誉中东，陶瓷曾传中亚，煤质内外轰动，万亩水稻飘香，瓜甜果美进京。荷塘夜色绝佳，浩渺湿地仙境。马兰花开骨傲，黄沙漫漫成景，玉皇武当寺庙，西北赫然有名。贺兰长城蜿蜒，千姿岩画天成，烽台依稀犹在，彰显为国衷情。

我之石嘴，人杰地灵，得绵延黄河之灵气，挟巍巍贺兰之雄风，润千载集腋之瑰宝，集万年英雄之大成。沃野万里通衢，英才演绎精诚。秦汉战火频仍，金戈北地涌动，蒙恬河套戍边，立下赫赫战功。卫青剑指朔方，匈奴溃逃似风。浑怀坟茔为证，雄姿恰似哨兵。碧血尽染沃土，忠心可昭月明。昭君万里远嫁，回首泪若泉涌。王维驻足塞上，盛赞漠烟日升。岳飞梦在贺兰，壮志震荡苍穹。萧公一夫当关，力保千户所城，尽歼虎狼之师，赐字“抗逆孤忠”。清官翰林、保字，体恤百姓有功，廉洁勤勉为政，浩瀚史实留名。倭寇辱我江山，延安一木兼程，冲和、启霖诚助;塞上风起潮涌，双双、天才赴死，石嘴大地雷鸣。鲜血唤得礼花，迎来建国炮声。谁为先辈讴歌？谁为先辈传承？天地正气永在，丹心永照汗青。

我之石嘴，山呼河拥，扬战争年代之激情，承大干快上之东风，展前赴后继之精神，争共产党人之英名。历史锁定一九六〇，红旗猎猎塞上，廿万大军雷动，齐聚亘古石嘴，建市创业留名。高节、孙昶称勇，正喜、铁轮奋争，历史展露笑颜，新的一页升腾。五湖四海集聚，艰难困苦忠诚。天地当作铺盖，沙暴掀翻窝棚，热血驱散严寒，汗水融开河冰，众手劈开顽石，钢花飞舞长空，工业名城心铸，捧出乌金成河。钢缆越江过洋，钽铌世界争光。儿女忠贞泪落，母亲黄河扬波。谁为前辈鼓呼？谁为前辈颂功？英雄业绩惊天，石嘴大地飞歌。

我之石嘴，激情涌动，述刘邓渡河之艰难，炼狭路相遇之利锋，挺三军击鼓之勇者，盼破釜沉舟之新生。新的世纪征程，风险挑战倍增。资源优势不再，产业亟待提升，环境治理艰巨，就业压力势猛。顺应宏观调控，科学发展任重，“不进则退则亡”，背水一战求胜。探索科学之路，竭尽全力冲锋，“产业蓝天民心”，主导“三大工程”。卧薪尝胆奋起，上下一呼百应，昂扬锐气力挺，党的宗旨永恒。

我之石嘴，八面来风，融冲天豪气谋发展，凭心底无私奋力冲，追天地光阴昭日月，求塞上发展春雷动。激扬文化开启，激流勇进飞腾，全力提升精神，奋发向上攀登。结构调整当头，循环经济拉动。放胆对外开放，推进产业转型。科技为先引领，积聚财力递增。努力争创第一，资源环境并重。森林公园拓展，荡起绿荫万顷。军民共筑星海，鱼跃鸟鸣沸腾。奇石大山飞天，鹿儿小岛妙成。恢复湖泊湿地，“四水”产业火红。百战将军感怀，题字“龙腾星海”。星光西环世纪，立体交叉运行。“显山露水透绿”，和谐大道畅通。凸显山水园林，新型工业支撑。矿区职工搬迁，治理塌陷成功。新区匠心独运，城市架构新颖。乡村面貌大变，康居工程成型。小桥流水人家，江南秀色临风。苦战三伏严寒，父老乡亲动容。闯过险滩难关，社会安定风清。构建小康社会，后发优势形成。

我之石嘴，和谐向上，看星海月色之朦胧，听武当林海之涛声，喜百姓安居之欢悦，闻稻花香里之蛙鸣。古人云，“山不在高，有仙则名。水不在深，有龙则灵。”廿七个民族如花，七十三万儿女英雄，石嘴龙腾虎跃，前景无限光明。感慨我之石嘴，喜逢盛世；欣喜我之石嘴，后发无穷；寄予我之石嘴，永攀高峰。

注释：

[惠昌滂之水涌]清兵部侍郎通智等为民所修惠农渠系。

[“水旱码头”气盛]清末至民国初年，石嘴山以羊毛为主出口的生意火爆，为西北重要商贸集散地。

[煤质内外轰动]石嘴山盛产世界闻名的优质煤太西煤。

[金戈北地涌动]秦朝石嘴山属北地郡。

[浑怀坟茔为证]秦汉屯兵之所浑怀障一带的将士坟墓。

[萧公一夫当关]明万历年间平虏城参将萧如薰平定叛乱受到皇帝奖掖。

[清官翰林、保宇]道光年间江宁盐运使俞翰林、清末平罗知县徐保宇。

[延安一木兼程]1937年，共产党员杨一木同志受党的派遣，由延安赴宁成

立宁夏工委并到黄渠桥一带建立党的组织，发动群众开展抗日救亡工作。

［冲和、启霖诚助］李冲和、雷启霖均为银北地区爱国民主人士，曾鼎力相助我党抗日救亡，1958年同时当选为宁夏回族自治区政协副主席。

［双双、天才赴死］李双双、任天才为宁北地区早期共产党员，因带头开展抗日救亡活动，反对内战，先后被国民党反动派残害于黄河岸边。

［高节、孙昶称勇，正喜、铁轮奋争］高节、孙昶均为开辟石嘴山煤炭基地的先驱领导者，杨正喜为石嘴山市首任市委书记，马铁轮为宁夏钢铁厂创始人、石嘴山市第二任市长。

［钢缆越江过洋，钽铌世界争光］石嘴山钢铁厂生产的“宁河牌”多股钢丝缆绳，宁夏东方有色金属集团进入世界三强的钽铌铍产品。

［森林公园拓展］1997年起石嘴山人民在贺兰山下荒滩戈壁中艰难植树造林。至2006年底，森林公园绿化面积近二万亩。

［军民共筑星海］在2003—2005年石嘴山星海湖湿地恢复整治建设中，兰州军区官兵给予大力支持，全市人民积极参与。

［奇石大山飞天，鹿儿小岛妙成］在粉煤灰山改造中创意形成的星海湖中华奇石山和星海湖中建起的养鹿岛。

（选自《朔方》2008年第1期）

杨军民

杨军民（1970—），中国作家协会会员，石嘴山市作家协会主席。在《人民日报》《长江文艺》《读者》《朔方》《天津文学》《安徽文学》《时代文学》《黄河文学》等报刊发表作品，部分被《长江文艺好小说》《传奇传记文学选刊》《微型小说选刊》《青年文摘》《杂文选刊》《文摘报》转载，出版小说集《狗叫了一夜》。

逐梦在小城（外一篇）

那年，我因为偶然的机会来到石嘴山。

当时，我已在故乡的一家企业工作两年了。科长去石嘴山考察回来，对那里一家瓷厂赞不绝口：厂子坐落在黄河边上，汩汩滔滔的河水，井然有序的庞大企业，还有一对夫唱妇随的厂长伉俪……

“如果年轻二十岁，我就去投奔他们，跟着好好干一场。”

说者无心，听者有意。科长不知道，他在我心里埋下了向往的种子。

那是 1993 年，改革正如火如荼，我也怦然心动，给石嘴山瓷厂的负责人写了信。我是专业人员，几乎没费什么周折，就办好了调动手续。

到达的当晚，住在石嘴山的旅社。第二天早晨，我被窗外槐树上啾啾唧唧的鸟鸣惊醒，一骨碌翻起来，简单洗漱后就奔上大街。一位老人走过，她个子不高，穿一身雪白的练功服，花白头发，手里拿着一把剑，剑穗子一甩一甩的。

“老姨，瓷厂怎么走？”

老姨笑眯眯地看着我：“外地人吧？走，顺路！”

这里是宁夏平原的北缘，地势平坦，太阳似乎出来得更早一些，一大早就霞光万道，大地明亮。我与老姨边走边聊，她告诉我，这是一座因煤而立的城市，有三个区。这个区就一条大街，街上除了矿务局、银行、人民商场等单位有一些楼房外，大部分都是错杂的平房。

“那里就是瓷厂。”老人向街道北边一指，“好厂子呀，半条街的人都靠它吃饭。我就是从那里退休的，原来是电焊工。”

老人握紧拳头，把手臂抬了抬，似乎在说：加油，小伙子！我迈进厂门时，看见老人又折了回去。原来她是专门帮我带路的。我心中一片温热。

办完报到手续，继续向北，我终于站在石嘴山黄河大桥上。桥面上车辆穿梭，桥身微微颤动。这里的黄河宽阔而宁静，没有“黄河之水天上来”的奔腾，却多了一些从容。

那一天，我在桥上看了很久。

我在瓷厂成家立业，豪迈奔涌的黄河水更是激发了我的灵感，我开始了自己的文学创作。1997 年，我的第一篇小小说在《宁夏日报》发表。

人生总在颠簸中前行。2003 年，我们的厂子在经历了多次改革尝试后，还是破产了。我下岗了。我内心充满苦闷、彷徨，又想瞒着妻子，怕她担心。于是每天早上，我依旧按上班时间出门，来到黄河边，呆呆地看几位老人钓鱼，看到日头西斜。等到平日的下班时间，才踽踽回到家里。

一天，一位捕鱼老人凑到我跟前：“小伙子，有火吗？”老人瘦瘦的脸庞，花白的头发，接过我手里的火，用眼睛瞟着我：“小伙子，咋不去上班呢？烟少抽点，对身体不好。”老人用脚尖划一划满地的烟头。

老人的关切，让我淤积在心里的委屈一下涌上来。我忽然热泪盈眶，有些窘迫地把头扭向一边："没班了，下岗了。"老人在我旁边坐了下来，目光射向远处隐约可见的煤矿的皮带楼："当年这里啥都没有，我们还不是把矿建起来了。你知道最初的设备咋来的？用肩扛，用驴驮，用羊皮筏子从兰州往回漂。你这，能算个事儿？此地不留爷，自有留爷处。到新区那边的工业园区去看看吧，好多厂子咧！"

老人站在滩头，扭身把渔网高高抛撒起来，渔网和老人花白的头发一起闪着银光。老人的豪迈和爽朗击中了我，渔网打开的时候，我的心结也打开了。真如老人说的，城市几个新区都建了工业园区，好多外地企业在这里落户了。我有管理经验，文笔又不错，抖擞起精神，跨过心里的坎，果然很快就找到了工作。

去新单位要坐厂车，穿过整个城区，在黄河岸边行驶四十多分钟。那段日子，我每天都能看见城市的新变化。原来那些平房被楼房代替了，城市变高、变绿了，有了现代城市的味道。

再就业之后，我把更多精力放在写作上。我没有受过专门的写作训练，底子薄，经常怀疑自己，甚至产生过放弃的想法，是我的岳父给了我莫大鼓励。岳父早年落户石嘴山，是五十年代从东北支宁过来的老矿工。他从不跟我摆道理，但他的经历就是一本书：腰椎间盘突出病退后，二次创业，修自行车、配钥匙、开锁，后来有了自己的开锁店，成了城里小有名气的锁匠。一个瘦小、佝偻着腰的老人，能在退休后成为一个锁匠，我怎么就不能成为一个作家呢？不断地学习、不断地阅读、不断地写，我文学的路子一步步蹚开了。

有一段时间，我觉得我的作品已经走得很远了。但静静坐下来翻阅，才发现我写下的仍然是黄河、沙湖、贺兰山这些宏阔雄浑的自然景色，是森林公园、星海湖、石嘴子公园这些人进沙退的绿色风物，是和岳父一样坚韧的石嘴山人。原来，不管我的稿子发表在哪里的刊物上，我写下的其实还是这座城市。

2019年，应南方同学邀请，我去参加一个聚会。知道了我的故事后，同学不无遗憾地说，如果我当时去南方，一定不是现在这个样子。他也是那几年出去的，现在已经身家千万。他问我后悔不后悔。

也正是在那个晚上，在社区工作的朋友打来了电话。之前我曾嘱咐他，遇到有趣的事一定告诉我，我需要素材。他说有一位煤炭老矿工，住在老房子怎么都不搬。因为煤炭资源枯竭，机构撤离，老人所在的那个区已经搬空了，老人却执意留下，每天扛着铁锹上山种树，还说这座山是他挖空的，现在他要把树种上，让山恢复绿色。

“找到了，终于找到了！”我惊喜地喊出声来。我一直想写一篇能够展现这座城市精神内涵的作品，却没有找到合适的角度和人物。现在，我找到了。我要立即回去，把它写出来。

临行，我给同学微信留言：我不后悔，我已是石嘴山的一部分！

回家的路

车子如一叶扁舟轻快地行驶在宽展的京藏高速上，耳边气流流水般往后涌，车里静悄悄的。以为老父亲睡着了，通过后视镜一瞟，他正趴在车窗上往外看，兴趣盎然的样子，似在看一折子秦腔戏。

父亲刚出院不久，我劝他躺在后排休息，他却答非所问地说：“变化多大呀，多好，跑起来跟飞似的！”

是啊，不光是父亲，我自己也对窗外的这条路，确切地说是对这条线充满了感情，我在这线上已经跑了25年。那是我的亲情热线，一头连着单位，一头连着父母。

1993年，我调到了宁夏石嘴山市工作。老家在甘肃泾川，近600公里距离，每年年节至少跑两趟。

那些年，这段路是多么漫长呀。第一次去石嘴山是搭了朋友的顺车，他去汝箕沟拉煤，正好送我过去。坐在大卡车高高的驾驶楼里，车子在狭窄曲折的省道、国道上左冲右突，每小时最快也就四十多公里的速度，又正赶上沙尘暴，一阵阵狂风过去，前面的能见度也就二三十米，路面上的细沙子鬼魅般飘飘忽忽的。大清早五点出发，到的时候已经是晚上十点多了。后来自己来回跑，更不方便，距离不算远，却跨越了两个省，车子不能直达。从老家上来，必须先坐车到固原，住一宿，再坐第二天的车子，回去的时候还是要住一宿。有一次母亲和父亲上来看我，我到车站去接，看见母亲座位旁的窗口下吐出的污物像一挂小瀑布，母亲瘫成了一摊泥。我心如刀绞，流泪了，知道母亲晕车，不知道她会吐成那样。和父亲把母亲架下车，好几天才缓过劲儿。母亲说以后恐怕再来不了了，晕得跟死过一次一样，有点畏路如虎的意思。

后来有了妻子，回家的阵容扩大了，两个人一起跑。那年大年初一，妻子单位来电话，让火速回去，那时候我们正在老家陪父母过年。妻子单位性质特殊，不走不行，我们赶到车站，没车！不死心，就站在路边拦车，一辆农用车愿意带我们，可不到固原人家就到家了，剩下的路怎么走呢？因为急切，我们稀里糊涂上了车，走一站算一站呗！开农用车的大哥是个菜贩子，脑袋缩在军大衣里，嘴很能溜，他说前面不远处有个收费站，如果能让收费站的人帮着找车，一找一个准。“不过那些家伙都牛得很！”临下车他又用干咧咧的固原腔说。在收费站下了车，我们向一个值班的中年人说了情况。那是个异常寒冷的傍晚，西北风在大地上呼啸着漫步，站在无遮无拦的公路上，家常的衣服根本不管用，跟光着身子没什么两样。很快我们都瑟瑟发抖，牙佾子发起了电报。

“来来来。”中年男人把我们领到一间休息室，屋子正中间有一个大铁炉子，温暖红润的火苗子舔裹着炉膛，火光从炉盖的缝隙里射出来，映在旁边的墙壁上。炉子上坐着的一个铁壶噗噗冒着热气。男人找出两个纸杯，啥也没说就出去了。

到底给找不找车呀？我们满心疑惑。妻子心大，说："管他，收留了，他肯定会想办法！"屋子里太暖和了，各喝了一杯水，靠在椅子上等着，三等两不等就睡着了。"醒醒！有车啦！"男人摇醒了我们。出门,见收费窗口前停着一辆大轿车。上车的时候，我们对他千恩万谢，他说："直达的，保证不误事！"原来他不但在帮我们找车,还找了一辆直达的舒服的车。"标准的西北男人,心好脸冷嘴笨！"妻子说，不知是夸还是贬。那个男人、那炉火让我们的心温暖了好长时间。后来多次途径那个收费站，都想下去感谢一下，一则不知人家姓甚名谁，二则车子也不停靠，都没能去，只能在心里默默感谢和祝福他！

等有了孩子，我们回家的队伍变成了三个人。一次回家途中，车子忽然爬在半山上不动了，前面是车子，后面也是车子。原来是前面一个地方滑坡坍塌，正在抢修。车子在前不着村、后不着店的野外停了十六七个小时，把带的吃的喝的都消化了。还是有人抱怨着，说饿得睡不着。那是个盛夏的雨后初晴的夜晚，繁密的星星扎堆似的的一闪一闪挂在天幕，山野间空气清爽，时不时传来几声蛐蛐的叫鸣。山路上，车子的示廓灯一盏接一盏呈 S 型盘绕着，像一个巨大的游动着的火蛇，蔚为壮观。山塬上昼夜温差大，天快亮的时候气温很低，大家把能穿的衣服都穿上了，还有人把包孩子的花花绿绿的被子披在身上，样子很滑稽。

阳光伴着黎明和露水射进车窗，我的一只手麻木了，好似半边身子都失去了知觉。从一个浅梦中醒来，一边妻子趴在我的腿上，一边孩子钻在我的臂弯里，我的手麻是被妻子压的。不知什么时候，我们一家人紧紧地挤成了一堆。我像一只大鸟般簇拥和呵护着妻儿，身子一动也不敢动，怕惊醒他们！

日子在一天天变好，孩子在一天天长大。忽然有一天车站有了"快客"，走西安的，可以直达老家县城。到底怎么个快法不知道！坐上去才搞清"快客"就是上高速，所有旅客几乎都是直达，除了少数几个大站一般不停车。之所以叫"快客"是跟"普客"相对应的。车子里配有音像设施，轮番播放着电影，车子则顺着高速路的绿栏杆飞也似的跑着。我第一次发现车子跑在高速公路上是那么俊逸、轻巧和灵动，同样的车子放在普通公路上似乎一下要老好几岁。车子走完京藏走福银，那么多高速公路都像计算准确设计精湛的铁环，一环套一环，环环紧相连，600公里居然没有一米是在高速之外。

固原与平凉交界处历来山大沟深，是中原抵御外侮的门户，著名的“三关口”就在那里。老公路有许多盘山路，七绕八绕的，著名的六盘山就是那么得名的。现在好了，一条条隧道像一条条巨龙，闪着银亮穿山越谷，距离缩短了，也安全了。太快了，真是太快了，不到六个小时就到家了。看着那些雨后春笋般快速长出来的宽阔、平坦、绵延的道路，看着那些高大、闪烁、幽深的隧道，忽然就感到了世界的博大和自己的渺小。我们能够感知的其实只是极小的一隅，在更宏阔、更高远的地方，有一只巨臂，指引着我们行动的方向，有一个胸膛宽阔而温热地让我们可以依靠！这个时代，其实已经在上演着一个气壮山河的交响的华章，跌宕起伏，波澜壮阔。致此，不由想起了毛主席的那句诗：“天翻地覆慨而慷”。心中的自豪感不由升腾起来，接着就荡漾出满满的对这盛世的赞歌！

2015年，老家的小县城通火车了。西藏都通火车这么多年了，县城才通，实在没有什么可炫耀的。而事实是县城距离陇海线、中宝线都不远，又是西兰公路的重要镇点，高速公路十分发达。农业地方没什么资源，通不通火车其实意义不大。不过西平铁路的通车还是让县城人欢庆不已，我也很高兴。回家又多了一种选择，坐火车买卧铺，晚上从银川出发，第二天早晨天刚亮就能到县城。火车准时、干净、安全，在车上可以休息、阅读，还可以充分利用晚上的时间，回家瞬间成了一种享受。

而事实上道路发展的变化比我们想象的更快。银川至西安的高铁正在建设中，据说包头至银川的高铁也在建设中，还有银川到周边城市的高铁经济圈也在计划中。全程高铁，回家只需两个小时多一点，不久就会变为现实。临走前给开饭馆的表弟打个电话:“我马上回老家,准备几个硬菜,聚一聚!”然后坐高铁,一进门,酒菜刚刚上桌,真好!酒好,人好,我们的日子真好!

现在回家,还有一种更惬意的走法,那就是自己驾车,六个多小时也就到了。驾车回家与坐车回家相比,要累一些,但能尽情饱览窗外的风景。也许你会说这一路能有啥看的,除了沙子就是黄土,其实不然。这一路有“塞上江南”之称的宁夏平原的风光,有古道黄河的曲折萦回,有封山育林后六盘山区的葳蕤蓬勃的森林草场。驾车还能感受到一种速度的动感,让人为这个时代心跳加速,这是车子的速度,是日子的速度,更是国家日新月异、逐渐强大的速度。

“要是你妈在就好了!”趴在窗口的父亲忽然悠悠地说。

母亲去世九年了,她后来又去过一次石嘴山,是去伺候妻子坐月子的,当时坐的是快客,同样晕得一塌糊涂。是啊,如果母亲还在,我会带她坐卧铺汽车、坐卧铺火车,其实还有一种选择,我可以带她去坐飞机。从银川的河东机场坐到咸阳国际机场,或坐到固原机场,再坐汽车回去。

因为这些距离,因为晕车,在我们快要回去的日子,在思念儿子孙子的日子,母亲都会站在村头大槐树下的石碾子边,望着盼着!如果那些年交通条件像现在这么好,我每次回家都能早几个小时,也许我的母亲就有心力活到现在。我知道母亲那么早地故去,是因为生活的艰辛,更是因为这些年她把太多太多的思念撒在了这条儿子出去又回来的路上了。

(选自《人民日报》2018年6月)

秦克温

秦克温（1936—2014），宁夏平罗人。中国作家协会会员。曾任宁夏诗词学会会长。著有诗集《飘香的黄土》《爬格者的情思》《秦中吟抒情诗选》等及旧体诗集多部。

梅花开了杏花红

根据我的体验，世界上大凡纯真的爱，总是与歌连在一起的，或者它本身就是一曲动人的歌，因而才感人肺腑，令人铭心刻骨。我至今有过一次真正的爱，那便是初恋，也是由一首歌引起的，并且一直、恐怕终生也与这首歌连在一起。因为这首歌唱出了自然界也是人类社会发展的规律，唱出了我也是所有人对光明的憧憬与期盼。每当我在事业、生活或人际关系上受挫，感到孤独寂寞、情绪阴冷晦黯，便情不自禁地唱起它——它不似恋歌又胜似恋歌；唱起它，心灵顿时感到温暖如春，光明似火，热血沸腾，对人生和前途总是充满乐观自信。这首歌是这样：

春天来了刮春风，

梅花开了杏花红。

红红的火焰融冰雪，

红艳艳的太阳照当空。

这首歌是新中国成立前的那些年，一位儿时我上学时高我四级的女同学梅玉，在我家的园子里，根据我爷爷教我们一起唱的一首传统歌谣改编而成的，说是她的创作也未尝不可。

祖父虽然没有念过书，双手写不来八字，斗大的字不识一个，但却是百里闻名的土园艺家。那时我家有十多亩大的花果园，种满了几乎是塞上所有的花木果树。

这个果园是祖父一生惨淡经营、苦心培育的结果，也是我儿时生活的摇篮，爱读的童话。在旧社会穷荒破败的家乡县城，这个果园称得上是一片亮丽的风景。由于它在县城南部公路不远处，不仅南去北往的人过此都要注目流连再三，而且县城里的党政军商各界人等四季也来参观。春天来踏青赏花，夏秋来尝鲜品果，冬来赏雪观鸟，众多的鸟如无家可归的游子，全都飞来寄宿在枝头。

参观的人中，来得最多也最受欢迎的则是梅玉一家。

梅玉的父母原籍是湖南人，抗战胜利后辗转来到我家乡的县城，当了师范学校的教师。梅玉是他们的独生女儿，县师范附小高年级的学生，她的父母常领她到园子里来玩。他们来不像那些党政军头目和地痞流氓，到园子里只是寻欢作乐，果子熟了白吃白拿。他们来是为了吟诗作画，让自然美陶冶情操，因此我们全家都喜欢他们这些文明之客，我尤其喜欢梅玉。

梅玉生得很美丽，真是如花似玉，貌若天仙：白净的脸上泛着青春的红晕，窈窕的身材如杏枝般瘦劲挺拔，不涂脂粉，自然也就不招蜂引蝶；浑身书卷气，似杏花散溢着淡淡幽香。她举止文雅大方，性格温柔活泼，而又不失质朴。她虽比我大几岁，但从不居高临下，以大自居，更无城市知识分子的优越感，还对我充满同情心。因此，我总是亲切地叫她梅玉姐。

春天，梅玉姐和我在园子里一起捉蝴蝶，并帮爷爷摘虫叶，听爷爷唱一首古老的歌：

春天来了刮春风，

梅花开了杏花红。

红得好像一团火，

满园霉气全烧尽。

梅玉姐听了说歌的后两句不好，就改成“红红的火焰融冰雪，红艳艳的太阳照当空”。爷爷说她改得好，我也觉得她改得好，唱起来心里头亮堂、温暖。

梅玉姐的爸爸见我们喜欢这首歌，还亲自挥毫作画书写，送给爷爷贴在我家堂屋神龛上。

不过那时，我不明白梅花是啥，为什么歌中将梅花与杏花连在一起。后来爷爷告诉我，他也没见过梅花，但据传说梅花和杏花原来都是天上王母娘娘生的孪生姐妹，因共同刺伤了风，被告到王母娘娘那里，王母娘娘很生气，后来就将她俩统统贬到凡间，梅花在南方，杏花在北方，共同为人们迎春报春。爷爷还说看见杏花就会知道梅花是什么样子。

啊！杏花，我所熟悉的，枝干挺拔，开得如火似霞，散发淡淡清香，俏丽的杏花，不正是梅的化身？不正是梅玉姐的写照吗？

我爱杏花，也爱梅花，更爱如花似玉的梅玉姐。

梅玉姐也喜欢我。她不光和我一起玩，还教我识字，说我聪明，后来还劝说爷爷和母亲让我上学念书。

我上学了，梅玉姐常以高年级学生的身份，辅导我学习功课，并手把手教我写字画画，写梅花大篆。她那白嫩温柔的手如剥去皮的葱一般，骨节上绽开花纹，握着我的手时总有一种毛茸茸的感觉。城里的学生欺负我，她总是护着我。有时放学早了，她还领我到她家里去看她父母的书画，并听他们吟诗。

他们家的书多得像我家园子里满树的果子。从这里我看到了一个新的文化园林和智慧的世界。她就是这个世界的美神维纳斯。

梅玉姐会念很多的诗，也教我吟诵诗。她吟诗如同唱歌一样好听。她的声音如百灵鸟婉转，如金珠银粒滚动，红杏般甜蜜，如小溪流水，叮咚悠韵令我神往，声声拨动我心灵的情弦。在我的心目中，她就是仙女下凡，我青春的偶像，美丽的诗神——虽然那时我并不知道诗是什么。父亲念完私塾去经商后，留给我的《诗经》是酸涩的果子。但听她的吟诵，总觉得诗是某种美的东西，总与真诚善良连在一起。超越年龄的界限，我真诚地爱上了她，并幻想像牛郎热爱和保护织女一样爱她并保护她。这也许是荒唐的，但却是真实、美好的，我把这个幻想一直藏在心底。

有一次，不知为什么，她在手把手教我弹奏风琴后，轻轻地在我面颊上吻了一下。这一吻在她可能像是大姐姐对小弟弟的爱，但对我却是铭心刻骨的情爱。我顿时如同触电，浑身血热，心里痒痒，一种按捺不住的冲动，使激情横泻，想象也立即上天入地，如天马行空，四处捕捉着美好的诗句，为的是献给她，可惜那时竟一无所获，只留下遗憾和以后悠长的美好向往。这大概就是我以后不满足世俗的一切，而情所独钟于文学，尤其诗歌的深层次原因。

那是 1948 年解放战争深入进行的关头。这时我刚刚考上高小。有一天，随着狂风暴雨袭击，我来到学校，突然不见了梅玉姐，也不见了梅老师夫妇。后来才知道梅老师是地下党员，因特务搜捕，连夜化装带全家逃过封锁线，到了延安，梅玉姐也走了，留给我的是美好的印象，不尽的惆怅，孤独寂寞和绵绵思念。为此，我曾寝食难安，梦中泪湿了枕头，醒来心痛欲裂。

我思念着梅玉姐，思念着这最初的也是纯真的爱，思念她时，我就唱起同她唱过的那首浸透爱的歌，这首歌伴我熬过了风雨如晦如磐寂寞的小学岁月，考上了县城中学。这年 9 月，我在思念中仿佛又见到了梅玉姐，虽然听说她由于肺结核英年早逝，过早地离了人间，但从停候在县城南门的桥头上，指挥正待入城的子弟兵唱《三大纪律八项注意》的女宣传队员的帽徽和肩章上的闪闪红星，我又看到了梅花开了杏花红。莫道此时是秋天，在我的心中，依旧是春天。是的，“红红的火焰融冰雪，红艳艳的太阳照当空”。一曲《解放区的天是明朗的天》和《歌唱祖国》，引我步步走上共和国建设征程，走上梅花迎来的春天，走上梅花预示的境界。就在解放的第二年春天，我在上作文课时，写下了稚嫩的《乡村上空红旗飘》一首小诗，被语文老师贾崇道抄寄给当时的《宁夏日报》副刊“宁夏川”上发表了。由于社会各方面的鼓励，从此我萌发了当作家的念头，并且逐步走上了诗歌创作的道路。

不过，对于这件事，我一直把它深埋心底，成为一种美好的“隐私”和“心灵秘密”，从来也未曾向任何人讲过，包括我现在的妻子。我觉得这不是对她的不信任。其实，我与她的恋爱结婚，正是梅玉姐的穿针引线，冥冥中当的“红娘”；也可以说正是爱梅而“移情”于她的结果，是爱的“嫁接”。事实证明，这种爱的结果是甜蜜的，虽然她没有梅的玉颜，却有着梅的品格和内在气度。她朴素无华，不落世俗，关心我，爱护我。我的追求，就是她的追求；我的事业，就是她的事业；我喜欢的歌，也是她喜欢的。她虽然叫“松”，但在我看来仍是“梅”。“松、竹、梅”岁寒三友，本是孪生姐妹，何况她叫“雪松”，一个“雪”字，不正说明她有着梅的向往？她是塞上的梅，家乡的杏。

“梅花开了杏花红”，这首当年我和梅玉姐共同唱过，以后又和妻子雪松一同唱过的歌，伴我们走过了几十年风雨人生历程，一直给我们信心和力量，鼓舞我们经受了一次次严峻考验，熬过“文革”冬天，终于迎来了改革开放现代化建设新中国第二个春天。

“梅花开了杏花红”。这首歌也是我数十年来写过的数以千计的诗歌贯穿始终的主旋律；梅花（杏花）即是我的诗，也是生命的意象。现将我曾经为它写过的一首“七律”抄录于后，作为这篇文章的结尾，并表明我的心迹。

儿时梅就意中开，火焰般红色未衰。
暴雪盈天添暖气，狂风卷地荡尘埃。
心丹直觉人间美，情激难教脚步歪。
一曲恋歌生命丽，报春又自迎春回。

（选自《朔方》1999年第7期）

曹海英

曹海英（1970—），女，回族，祖籍河北泊头，在宁夏白芨沟度过少年时光。中国作家协会会员。出版有短篇小说集《左右左》《私生活》，散文集《黑色版图》。获宁夏第九届、第十届文艺奖小说三等奖、二等奖，银川市第二届、第三届贺兰山文艺奖小说一等奖。

沟 口

一

有时候，并不是某条必经的路，也不是那一小片没有一丝云蓝得像是假的天空，不是某样东西把你带回到过去，不是，并不是这样有形的物质。恰是某种无形的存在，比如一束恰逢其时的光线，一阵突地刮起的毫无由来的狂风，只那么一现一闪，就把你迅速卷起，轻盈地抛于彼时彼地。你跌落得无声无息，无知无觉。

好像这只是一种软绵绵的失重般的飞翔，只是一种不经意的雷同和重复，恍然间，过去不露痕迹地叠压到了此刻。你又回到了旧时的某一天。

就在这个黎明前的微光里，你又回到了沟口。看到山口打开处的狭窄与平坦，看到年轻的你从小火车上冲下来，仿佛被急雨冲下的砂砾，急切匆忙来不及思索般地涌向沟口平坦处。那里有两辆大巴，它会带着你和像你一样奔跑不息的孩子，驶向某个地方——一个千军万马挤过独木桥的地方。

这个画面躺在记忆里有近三十年。你都以为你忘记了。

你总是如此坚信此刻的生活，每时都正在化作过去的脚踏实地的每一天，以至于你所自以为是坚不可摧的今天，却在另一刻提示你，你的失忆有多长。

正处在成年当口的孩子，一群有些懵懂不知所以的孩子，一起奔向站台坡下平阔的沟口，冲向那里的大巴。你们每个人奔跑的速度，步伐是一致的，慌乱急切，杂乱纷沓。你顾不上看别人，你也忘了自己的腿和脚是怎么跨过铁轨，又是怎么越过铁轨旁的五六米的高台。你只记得，这个足够陡峭的斜坡，让所有人的奔跑变成了难以控制的一泻千里，变成了疲于奔命的一路狂奔。记忆的镜头里，你们就像弱小的蝼蚁，正充满豪情地奔向自己未知的食物和各自看不见的前程。实际上，那两辆大巴一直静止于此，你与它的距离直线不过二百米。两辆车足够塞下奔突而下的每一个孩子，但是，你竟有着强烈的惧怕，必须要以最快的速度靠近和登上那辆车。你真的担心，单单把你落了下来。在刹那间的奔涌和拥挤中，每个人都只顾着清点自己打包自己，生怕搭不上这样一辆车，落下这一步，就永远被甩在这个地方，会被定格在你们早就想离开的这片荒凉之地。

当年的焦急，经由梦的包裹，重又涌上你的心头，以至于你像被魇住了一样，总是以为自己醒来了，在奔跑在飞踏，在奋力冲撞，却怎么也没法醒脱出来。你几乎要喊叫了起来。

这个紧张的画面，在你脑子里，成了一个俯瞰的漫长的长镜头，你永远也跑不出去的镜像。

这一刻，它的涌来仿佛是要向你预告，生命洪水中卷走的某截木头，正等待巨大力量欲将冲向出口。而你回望那个来时的出口，却只能在梦里或者意象中。你再也不可能回到那个最初的位置，不管是时间上，还是空间上。

那奔突的画面和那辆静止的车，仿佛是为今天做着某种关节性的铺垫，它们之间的因果关系，有多明确，就有多荒谬，有多真实，就有多虚弱。

紧张，急迫，慌乱，惊惶，成为你总也无法醒脱的呓语。

焦虑和着急，让你穿过了梦呓，来到这微明的早晨。

你不得不承认，你从来都没有真正遗忘过，也不可能真正忘掉。

你越是想要把它忘得一干二净，它却越加顽固地出现在你身体内在。就像你越是想在记忆中美化它，就越加清晰地闻到了空气中无处不在的煤尘，越发不可抗拒扑面而来满是荒凉的灰黄。它就像打进了你身体深处的刻度一样，它是你命途开始的地方，是你生命中无法摆脱的背景和底色。

甚至，还未醒来，这些就涌在了黑暗的床前。

刻印在你生命之初的经历，一些潜在的连你自己也不知道的，让你想起来却更愿意回避掉，或者当作发生在别人身上的事情，或者你以为忘掉的。此刻，隔着几十年的时光，化作一个个梦境，化作一个个不可抹去的语汇，借着黎明前的黑暗，来到你睡眠的末梢，来到你清醒前的蒙昽和混沌。就像暴雨后的洪水，总是泥沙俱下，浩荡而去，冲走了一些什么，填平了某些部分，又冲击出些新的沟沟壑壑。

二

绿皮小火车沿途的停靠点，我从来没有记全过。我甚至没有意识到，已经由过去 15 个站点，变成了 10 个。

消失的站点马莲滩、陶斯沟、柳树沟等等，这些地方我并不熟悉。虽说我从小生长在贺兰山深处的矿区，经常坐这趟小火车进出贺兰山。

贺兰山深处的煤矿最多时有几十家，每个矿与每个矿之间，虽说直线距离不过几公里，但隔着层层山峦和条条沟壑，之间的往来并不多。每个矿区各自独立自成一体，彼此之间像隔着大海一样隔着煤海。甚至有些煤矿的名字直到关停，我也只是听说过它们的名字。

马莲滩、陶斯沟、柳树沟这样的地名，之所以还能被我从记忆中打捞出来，也是因为，它们曾是这条铁路线上的站名，曾经被叫了30多年，甚至更久。

如今，这些深山中的煤矿多数已经不存在，它们曾经被记住过或者从未被知道的际遇，不管重要或不重要，也就到此为止，彻底终结了。

沿途这些被取消的站点，多是煤矿停产，部队裁撤，人去楼空。因而被丢到了大山深处。

从过去全程5个多小时到现在4个小时，这趟在我记忆里最慢的火车，快了1个小时。站点减少，意味着火车提速，然而这更意味着一些曾经火热的煤矿，正在或者永远消逝了，曾经热闹的矿山一去不再。

小火车沿途要经过75个涵洞、52座桥梁、13座隧道。我是借助于相关资料，才知道的。我只记得，这趟穿行于贺兰山的火车，要过的山洞很多。小时候，每次坐火车都会数山洞，可漫长的行途单调的窗外，让人数着数着就不耐烦起来，怎么这么长时间还走不出去这荒山。

荒芜和刺目，仍是车窗外唯一可见的风景。蓝天下的焦白和灰黄一如从前，让我觉得眼熟。山石如此赤裸，外表如此干渴，车窗外的大山，似乎几十年前是这个样子，几十年后仍是这个样子。这从不为人所知的贺兰山的内里，似乎一直以来就是写满了荒芜和倾颓的不毛之地，在昭告着这片地域的一无所有和枯荒贫乏。似乎亘古以来这里就是如此。时间在这里几近停滞。

这列绿皮小火车行经的地方，仿佛一直就是被时光永远遗弃的洪荒。

不管是过去，还是现在，小火车是开进贺兰山的唯一一趟铁路客运车。这条穿山而过的铁路线是宁夏第一条铁路客车路线。自1971年以来，这趟绿皮小火车一直穿行在贺兰山和银川平原之间，由银川始发，一路向北，终点止于贺兰山汝箕沟，每天往返 286 公里，有一半路程盘旋于贺兰山深处。半个世纪以来，火车在这条线上已经来来回回走了有 500 万公里。这路程是不是够绕地球好几圈了？我没有算过。即使我算得出这确切的公里数，却无法计算出，曾有多少人从这列火车上上下下；也无法计算出，有多少人曾把多少精力和情感留在了这条铁路线的沿途，留在了这大山的条条沟壑之中。

也许就因为这无法计算的生命和情感的牵系，才令我反身再回来。

不得不承认，时间，既是对自然万物的沉积和包容，也是对人的意念的勘察和考验。于我来说，对于一座山的认识，对于苍茫和荒老的认识，本身就是生命的经验和呈示，需要用时间去接受和品鉴。

熟悉的一切从车窗外冲撞进来，从我的眼前一点点游移，撞击着我。只有在这里生活过，只有留有过去记忆的人，才会深切感知它与昨日细枝微节的不同——站台上少了偶尔熙攘的人群，半山腰山根下少了杂乱的碴堆和煤垛——贺兰山深处因此显出一丝少有的清净。而对于从未深入过贺兰山腹地的外人来说，这细微的变化，几乎是难以察觉的。

在地质学家眼里浑身是宝的贺兰山，看上去是这样其貌不扬，甚至粗陋。若在从前，将眼下家徒四壁式的荒野称之为风景，我一定会以为是对风景这个词莫大的讽刺。也许只有到了现如今的年龄，到了对生活有所经历，对人生有所体悟，对时间有所感慨的半百之年，才懂得欣赏眼前如此粗蛮荒芜的景致，才终于学会品知其中的况味——这西北特有的凋寂、苍凉，一直在以独有的方式书写和丰富着风景这个词汇。这风景中缺少花红柳绿，却并不缺少生命的绽放和情感的丰沛。整个贺兰山最为苍凉的北段竟是储藏着丰厚的煤炭矿藏，存量不仅多，而且质量也好，有世界上最好的无烟煤。可见，造化从来都是公平的，不会过于偏爱，或者过于厌弃这大地上任何一种存在，似乎它在给了贺兰山北段其貌不扬的外在时，又特意给它安了一个蕴含丰富的内里。这是上苍的平衡之术，也是造化的神奇所在。

三

就是这条路。

你总是在积雪很深的冬天，在寒冷的风雪夜里，到达这个几乎没有人烟的沟口。像是面临着更大的挑战一样，每一次都要鼓足勇气，翻过这皑皑雪山，走一条在意念中已经要击倒你的，大雪封山后崎岖难行的山路，那寒冷瑟缩、漫长痛苦的似乎永无尽头的山路。

你站在大雪纷飞的山腰上，茫然无措，在等一辆从山上火车站开往山下，能直接通到考场的通勤火车。每次不是半夜就是傍晚，要等漫长的一个夜晚。夜间寒气浸骨，厚重的衣着和背包，简直冻成一块坚硬冰冷的石头。无论如何，你好像都无法在积雪的山上，在寒风和酷冷中苦熬一个晚上。痛苦而无奈中，你不断地给自己鼓着劲，沿着山间并不算窄小的山路往前走，往山下走。

这条路因此更显漫长而难行。

实际上，你并没有在积雪如此深厚的雪夜走过这条路，在冬天时节到过这个地方。

自你考上大学后，你再也没有重走过这条路。

那条路只存在于生命中那特殊的三天。那条路在那之后一下子成了过去，是你所极力想要翻过去的旧的书页。

有什么好记住的呢？难走不说，它从来都是被尘土和煤灰所笼罩的一条充满坡度的山道。进来不容易，出去更难。

仅仅那样一个来回，你已经对它感到疲倦和厌恶。

但奇怪的是，梦里，你总是会一再走在这条路上，并且，它就好像电影里通往西伯利亚高寒地区的路一样，有着比现实中寒冷和艰难数倍的，令人心里生畏的困苦。

隔一段时间，它会不经意地再现。在梦里，它的重现，经过了夸张、变形、再造等等艺术手法，已经不是现实中的那条路，更像是在你的意识深处的放大和重塑。

你在梦中走过这条路的次数，远远多于现实中的真实。深深浅浅的路，像影子一样隐没在夜间的街道和山前。

这条路化作一次次的梦魇，一再地试图反驳你围剿你。

四

车窗外的山和天，空荡晃眼。那些大山里曾有过的履迹和身影，如今在烈日下一片沉寂，重归虚空，令人神生恍惚。

一路所见的空寂，在别人，是可以当作稀罕来看，在你，却总是伴随着一种难以言说的复杂和微妙之痛。

只有在矿山里长大的人，才会知道曾有多少青春年华，多少情感经历，多少岁月风尘，化入这灰黄的山石，被山风刮来又刮走了，刮进了时间深处。

窗外光秃秃的水泥站台，写有站名的白底黑字的站牌像孤零零的影子一晃而过。

从前每一次坐这趟车，都是一路开着窗吹着山风，伴随着煤灰和尘土，开向大山深处。而现在，下拉式的车窗只能打开一条很窄的缝隙，车窗和车身，没有了记忆中总也抹不掉的煤灰。车厢顶上是一排摇头吊扇，最热的午后，吊扇会发挥一点作用。天热时用风扇，天冷时烧锅炉，这也是小火车跟过去没有了断的关联之处，这辆小火车没有空调，它的取暖却仍沿用着过去的方式，以烧煤的锅炉取暖，也许因为它前往的地方，仍有着取之不尽的黑色矿藏——煤。

从一开始，这辆小火车担任着矿区职工家属通勤车的角色，现在，它仍在艰难地维系着这一义务，承担着从银川平原到贺兰山深处的连接和打通。

没有多少乘客。列车长说，周末还多一些，平时就没几个人，绝大多数都在大武口这一站就下车了。

烈日下，车窗外越发深重的空旷和孤寂，仿佛是在回应着列车长的话。

小火车于山中绕来绕去，荒寂的山峦重重伸向远方，景色单调而重复。有那么一刻，似乎令人怀疑，这列火车永远也走不出去，永远也没法停下来似的。

小火车驶向的是贺兰山深处的百里矿山。这一百里内，曾是石炭井矿务局所辖的多家煤矿，如果算上从上世纪八九十年代到新世纪以来，地方、部队发展三产以及私企老板开采的大大小小的煤窑，大概没有一百家煤矿，也有几十家。虽然同为百里矿区的生产单位，但是因为山大沟深，每家煤矿都仿佛一座孤岛一样，各自独立而封闭。而串起它们的就是这条运行了半个世纪的小火车。

在这条铁路线上，像柳树沟这样的煤矿小站，如果不是顺着站台深入腹地，没有人会知道那里有过什么，发生过什么。曾经的人和生活，曾经有过的一切，掩于深山沟壑之中，本来就缺少鲜明的参照和标记。现在，矿撤人走，重归于大山，被大山吸收融化了。

其实，每个站台，都可看作是贺兰山的一条沟口，顺着山口探向贺兰山深处的通道。

贺兰山有许多条沟，也有许多被称作沟口的地方，这种地方因干旱缺水，土地贫瘠。但只要有水一切便能生存，生物与水的关系就是这样简单。一旦有了水，沟口的冲击扇上，石头缝里，会长出一丛丛的毛茸茸的绿草，不管是远观还是近瞧，这时候的沟口仿佛重现了原始牧场的风光，显示出令人欣喜的勃勃生机。

而人与水也一样，只要达到默契，彼此之间就能形成生存的逻辑。这种关系，我们这些从小在矿区生活的人深有体会。那些地矿专家，那些在地下挖煤的人，对此更是有着深入骨髓的认识。水和煤在地下，就仿佛古老的伴生关系。要挖矿，首先要了解水，了解在地下流淌了上亿年的水。在挖开煤井之前，先要做好通风和排水，这是井下采掘技术至关重要的前题。地下没有光，但得有空气；地下四通八达的水系，对采煤来说，却可能是致命的。

每个沟口都是洪水的出口，也是形成山前冲击扇的地方。砂土、种子以及瞬间逝去的生命，都会被洪水卷席冲刷至沟口，最终沉积于此。所以说，贺兰山的每个沟口，都是死亡和再生的交融之地。

五

一切都好像是一个必然的人生断流，一切，又好像是现实和梦境的分界。

像你日常流水般的日子一样，每一次的重复不是加深，反而是一种习惯性的漠然和淡忘。你甚至想不起来，你从小学到初中到高中，那十一年的学生生涯，有什么可以分割得开的特别记号。没有。一如既往可以完全重叠在一起的日子，不同的只是你缓慢地长高，你身体深处无法言说的冲动，你不得不一次次有意漠视压抑的，来自身体内部涌积的青春。

唯独这一次不同，不只是因为换了个地方，连吃住都离家远了许多。

十八岁，你第一次去矿务局，第一次搞明白大磴沟这一站就代表着矿务局。

那是你中学时代唯一一次去矿务局。出了这个沟再绕进那个沟，山路的弯弯绕绕，令行路显得艰难。

七月初的那一天，高考前的一天，应该是大磴沟站台上最热闹的日子。石炭井矿务局下辖的所有煤矿近千名高考生都要集中在石炭井参加考试，特别是白芨沟、汝箕沟、大峰沟的孩子们，都会坐这趟车前来矿务局赶考。这多像过去进京赶考的秀才啊。你们称它为赶考，因为，从矿上到矿务局这一路，并不像在城里，从老城到新城这样的便利和近距离。矿上到矿务局虽然直线距离不过几十公里，但实际的路程仿佛隔着十万八千里。

路还是那个路，一路扬尘，满是煤灰。

你依然记得铁路边的这道坡，坡下灰黑色的路。

只是，眼下的坡路远比你记忆中要低要短，不过三米左右的样子。仿佛这个老站台在岁月中，并没有变得更加残破，而是视觉上缩水了。一切都变小了，这个仿佛空中塔楼般的候车室，比你梦中的样子缩小了近一半。木格玻璃窗上是残留的玻璃，窗下的站台上闪着碎玻璃细碎短促的光。

透过露着尖茬的玻璃残片，看向候车室，一眼望向对面的玻璃窗，视线一览无余。穿过蒙了灰的玻璃窗的那角斜斜的光线，如今，它们才是这候车室里的主人，是守候时光的常驻客。时间既在制造着遗失，也孕生了永恒。

你在换作异地但实际是一种延续的煎熬里，全然不知命运的前方是什么。你唯一的一次去，就是为了永远离开矿区。虽然这只是你当时还并不十分清晰的想法，却是矿区许许多多孩子对以后的期许，更是父辈们的愿望。

时过境迁，就如当初父辈们的到来一样，到了你们这一代，离开，是奔向未来的唯一坦途。

而离开的记忆，便是从这里开始的。

贺兰山深处，大大小小的煤矿有十几个，甚至更多。石炭井下辖七个煤矿，一二三四矿和汝箕沟、白芨沟、大峰矿，这七个矿除了一二三四矿围绕在石炭井附近，矿区之间都有直通马路之外，另外三个矿，每个矿到另一个矿距离都不近。离白芨沟最近的矿是汝箕沟和大峰矿，专程要去的话，至少也得两三个小时。公路在山里绕来绕去，出了沟到了杨树沟口再驶向汝箕沟口，再进沟，一出一进，是诸多的弯弯绕绕，是迂回来去的山路。虽说建矿之初，山路的开掘和铺设几乎是同步的，每个矿区都有公路通向山外，以方便煤炭的运输，但矿区之间的交通并非通途。只要一说起矿上条件艰苦，后面必定要跟上一句——山大沟深。路途并不遥远，沟深才是距离。

所有矿区的孩子只能到矿务局参加高考，因为路途迢迢，高考试卷只能统一分发到矿务局。而于矿区的孩子们来说，三天的高考，却不仅是行路的问题。当然，行路的确是个问题。

当年并没有直通矿务局的班车，矿上的班车，只有两个行驶地，一个是大武口，一个是银川。大武口是离矿区最近的城市，那里有专为矿上农场还有煤矿家属设的居民点，还有煤机厂、洗煤厂，全是和煤生产加工有关的企业，算是煤矿的下游产业。银川则是首府，是去外省的必经之地。坐班车去矿务局的话，必得到这两个地方倒车。几十公里，正常的平地上的行程，一个来小时就到了，但是山路盘绕，上坡下坡，至少得三个小时。

在通班车之前，这辆小火车就是矿区连通矿务局的唯一路径。

它的产生与存在，就是原本没有路，走的人多了便成了的路的现实写照。

六

大磴沟既是石炭井矿务局所在地的铁路站点，也是进入贺兰山矿区的地理标志。

地理学家习惯把贺兰山主脉分作南、中、北三段，“三关口以南为南段，三关口至大武口为中段，大武口以北为北段。卫宁北山与贺兰山相连，桌子山属贺兰山的褶皱带，是贺兰山北部的余脉，贺兰山脉与祁连山脉同属阴山山系。贺兰山连同其余脉南北长约 600 公里，东西宽约 300 公里，面积 15 万多平方公里。”（《宁夏百科全书》，宁夏人民出版社，1991 年）百里矿区全部处于贺兰山北段，这一段贺兰山也是整个山脉中最为干旱、植被最为稀疏的地带。

从大磴沟开始，铁路沿途的站点，名字里几乎都带个沟字，大磴沟、白芨沟、汝箕沟，还有正在消失的陶斯沟、柳树沟，每个沟都是一条矿沟，沿着沟口朝山里走下去，会在山间煤黑色的小路指引下，走向一个掩在深沟中的老煤矿。

如今许多矿沟里已经没有什么人，有的只留下过去开山挖煤留下的井口，煤矿职工和家属们住过的老房子，还有一些弃置的废旧矿山设备，任由风吹日晒，成为曾经有人来过征服过的标志。深山中越来越多过去红火的煤矿重归无人区，留下人们来过却无法带走的痕迹，成为大山深处，被层层山峦遮避的人的步履。

大概没人能搞得清贺兰山深处到底有多少条沟。如果不是借助专业资料，虽然从小在贺兰山里长大，我也一样搞不清楚。

十几年前，当时身为媒体记者的我多次到贺兰山采访贺兰山岩画，才确切知道了贺兰山有127个沟口。也才弄明白，在整个贺兰山，产煤区主要集中在北段。北段贺兰山在整个贺兰山中并不是最高耸的，相比之下，却是最荒凉最干涩的。

“北段由内蒙古乌海市乌达至大武口—哈不梁—马圈一线长约50公里，宽20—50公里，海拔1500—2000米，少数山峰海拔2000米以上，北段最高海拔为2724.8米，坡度为15—30度，山势较缓，局部陡峭，山峰孤立，山脊自南向北曲折而断续，断没于乌兰布和沙漠。”（《宁夏百科全书》，宁夏人民出版社，1991年）

“贺兰山北段东侧主要有26条沟谷，大体从南向北排列，依次为柳条沟、道尔沟、正谊关沟、巴达力瑞、毕立奇沟、敖包沟、赞特沟、二枣子沟、黑水沟、塔塔沟、大磴沟、白胡子、红果子沟、王全沟、水沟、小王家沟、大武口沟、苦水沟、韭菜沟、松树沟、陶思沟、白芨芨沟、归德沟、大风沟、小风沟，汝箕沟。”（《宁夏百科全书》，宁夏人民出版社，1991年）

初看到这些确切的地名和数字，反倒加深了我的陌生感，甚至有如遥远的从不曾熟知的地方。这些沟名，一大半我都从不知晓，更没有去过。如果不是在资料书上看到这些并不熟悉的沟名，这些具体的数字，我根本无从知道自己从小长大的山沟周边还有这么多有名堂的山沟，这么多叫得出名字的沟口。

从初中到高中，我的地理成绩很好，却也只是死啃书本死记硬背得好。地理，似乎从来都没有与我生活的地域发生过关联；地理，从来都是远方的地理。身在其中的贺兰山，和书本上的有关山地的地理知识，似乎是完全不相关联的两种体系，它们并没有在课堂上，更没有在我的生活中，心理上发生过关联和碰撞。错开了眼前的现实和脚下的这片山地，地理书上的常识，成了遥远的白纸黑字。甚至于很多年里，我误以为，位于银川的小口子，有溪水有树林的小口子，与我们煤矿所在的山并不是 个山。眼前这难看的山只是产煤的山，只是为了我们这群人生存的山。这种认知在许多年里，都在人为地割裂着外在世界和生存之地的完整。

少时的感觉重现，某种由来已久的错觉，此时竟令我一时觉得这趟老火车把我带到的并不是某个确切的地方，而是载我回到十八岁，那个一晃而过，美好而懵懂的青春时代。

七

三个短暂的夜晚，三个拼接的夜晚。也许那样的夜晚，对妈妈来说，很长很长吧。

你和姐姐，还有妈妈，挤在两张单人床拼在一起的大床上。在你，并没有失眠或者难以入睡，你专心致志应对考试，让你得以安息在每一个异地的夜晚。第二天一醒来，床照样被搬回原位，看上去就像昨天刚来时一样。床和床是独自的，没有关联的，人，也各自忙着各自的。

妈妈说，朝山媳妇的娘家太脏了，门都进不去，一院子的鸡屎，那些鸡们随时出入，案板是黑色的，看不出原本的木头颜色。屋子里的苍蝇嗡嗡的，赶都赶不迭。下午妈妈出去，傍晚就回来了，决定和你们俩挤一挤。顺便，她连路边的清真饭馆也找好了。

这是 1988 年 7 月 6 日，高考的头一天。

妈妈提前一个月就去了石炭井打前站。打听高考的地方以及行程食宿的安排，等等。

往届的孩子们都是这么过来的。提前一天到矿务局，住在矿务局招待所，矿上包两辆大巴，住和行都由矿上提前安排好。矿上每年的高考成绩，都排在全矿务局前列。每年都有不少孩子考上大学大专。师资好教学好是一个方面，另外还有什么潜在的原因，大约没有人探究过的。

大山的闭塞，除了电影电视，世界的花花绿绿全部被挡在了山外，又全部诱惑着你。此时的你不仅是自己，还集聚着父母的愿景和希望。妈妈总是一针见血地说，谁想在这个破山沟待，你们不能再像我们这样，当一辈子山狼。总有人把山沟里的人叫山狼。这充满野性的定义，实际上在我们听来饱含蔑视和轻侮。

妈妈一再说，你们务必要好好学习，务必要考出去，务必要有个体面的工作，务必不能像你爸爸这样，在矿上当一辈子工人。

不知怎么，时过多年，你心里总是时时翻腾着这几个务必，它既是妈妈的重托，也日日幻化为煤矿工人后代的人生目标。

妈妈的考察意义重大，食宿线路等等，她都心里有了数。她把期待落到邻居傻朝山的老婆秃子身上。秃子娘家在矿务局，离考生考试住的招待所也就五六百米。妈妈打算住在秃子家里，这样比较方便省钱，也不打扰你们的考前复习。

然而妈妈去秃子娘家一看，就改变了主意。妈妈回来说，住不成，大倒是够大的，三间平房，一个大院子，就是太脏了。这边做着饭，那边鸡就上了锅台，屋里院里都是鸡屎。秃子一家说话的声音，都是能架起房梁的大。屋子里，是常年不洗澡的人身上的酸味，连口气都不能往匀里喘。

妈妈再没有细给你们描述秃子娘家的情况。秃子娘家的脏完全超出了妈妈的想像，一贯节俭的妈妈，最终决定和你们一起住招待所。

矿上的孩子们，分别住在学校早就提前包好的两个招待所，位于红光市场后面的矿务局招待所和一矿招待所。一个房间三个人。你和姐姐各睡一边，中间夹着妈妈。屋子里还有另一个同学，中学时代的好友玲。你不知道，是因为房间紧张到根本没有多余的，还是妈妈不愿意为住店再花钱。那样三个晚上，你只记得除了抓紧时间考前复习，为第二天的大考准备；你只记得睡前抬床拼床，起来第一件事是抬床归位。

每天人巴车要把你们准时拉到考场。你很奇怪，你对考场所在的地方一点印象都没有，你甚至都没有记住是哪个学校。也许，学校长得都差不多吧，也许是一心放在考试上，你根本没有在意过。心里的紧张和时间的紧迫之外，大脑只剩下什么都褪去的大片空白。

老师也都跟着一起来了，帮助你们进行最后的考前复习。有些孩子，夜里十点半在老师监督下熄灯后，还要偷偷跑到招待所的路灯下去复习。躺下睡不着，换了地方的不适，考前的焦虑，这些别的孩子有的似乎都没有在你身上出现，你不知道是不是全因为妈妈在身边的缘故。妈妈在，就好像半个家跟着搬来了，你觉得心里是踏实的。早起梳洗完毕，妈妈从外面端来了豆浆油条。午饭也是这样，由妈妈到提前侦察好的清真饭馆里，端一锅连汤带菜的烩肉。你只记得这两样饭，反正其他的都印象不深忘记了。你只是一心一意地想着考试。

你只知道每天按照老师要求的时间，在招待所门前坐大巴，考完在考场前再坐大巴回到招待所，如此重复的三天。沿途里看到的街景，和矿上不太一样，视野要开阔一些，街边的小集市人也熙攘些，除此之外，风尘仆仆简陋单调的色彩是那么一样，杂乱而粗陋也是一样。虽说路边也多了些杨树，只是那些树都散发着煤尘笼罩的灰蒙蒙。

回去的路上，你不记得有初来时那样的奔跑和急促，似乎你在疲于奔命的考试之后，什么都忘记了。记忆被一片空荡彻底抹去了。连续几日每个白天连成的是巨大的空白。

那一年，你如愿考上了大学，姐姐上了技校，同屋的玲考上了中专。这个结果，虽然不是最好的，却也是让妈妈感到有回报，感到脸上有光的。

让妈妈念念不忘的是，只有小学文化的她，以这样的方式，一起亲历了一次高考。

八

如果不是煤，何以有十万计的人口流向这荒凉的深山？如果不是因为沿途二十余万（或者还不止）的煤矿工人，何以有这辆穿行于贺兰山的小火车？

1958年，为满足包头钢铁公司和酒泉钢铁公司对炼焦煤的需求，国家开始投资建设石炭井矿区。“石炭井区开发建设设计工作全面启动。来自全国各地支援宁夏的建设者，先后来到贺兰山腹地的石炭井地区开始了艰苦创业历程。在宁夏煤炭管理局的领导下，建设者土法上马，人拉肩扛，安装了两台240千瓦旧式锅驼机发电，同时修建了简易公路和矿区铁路专用线。1959年1月，在石炭井成立‘代开煤田建井公司’，统管矿区开发事宜。5月，在中央的主持下，宁夏、内蒙古两个自治区进了划界工作，将‘代开地区’（石炭井）划归宁夏平罗县管辖。11月，自治区同意在石炭井建立相当于区一级的县辖区。”（《石炭井志》）

这是地方志上有关石炭井的历史最为简短的记录。

石炭井区因煤设区。可以说，先有了煤矿，有了石炭井矿务局，石嘴山矿务局。有了两个矿务局，才有了石嘴山市。

1971年11月，就在我的妹妹出生那一年，就在我家从汝箕沟搬到白芨沟那一年，平汝铁路建成通车，全长47.5公里，由大磴沟延伸经呼鲁斯太、宗别立、白芨沟、大峰沟至汝箕沟。这条支线主要用于石炭井、汝箕沟等矿区的煤炭运输任务。而为方便沿线煤矿职工家属的交通出行，绿皮小火车，开始了它长达半个世纪的进山出山。

路是矿区的血管和神经，交通是矿区通向城市通向山外世界的动脉。这条通向矿区的客运铁路，这条通向矿山的绿皮火车，作为宁夏省内铁路交通的第一，

源源不断地向山地深处运送着各方资源，成了矿山跃动生命不息的血脉。

九

大小不同相对错落的山体，山间绵延的沟壑，顺着地势一直伸向了前方。山前地势平坦舒缓，山石散落，坡地向四周散开成扇，这里有成片的农田，有错落挺拔的树，有房舍有羊圈。

这是许多年后，一直停在我脑海里的沟口的景致。

沟口，仿佛一把界尺一样，把世界划开了截然不同的两块。一边是山风肆虐四野荒凉，一边是平坦开阔四季不同。沟口，是深山与外界的衔接和过渡。似乎还是某种意义上，山地与平原两个地带的分野和界线。

在我离开矿区之后，我好像自然而然地忘掉了，沟口这个地理名词对我生命最初的全部意义。我好像早就准备着，一出沟口就像抛掉旧物一样地，把过去全部抛掉，一点也不留。把那些旧物旧事，全部关在沟口那一面的大山深处。

这个晨光微明的早上，我把生命中一直存在的关隘与实际空间上的沟口对应起来，生命体验和地理概念接续在一起，逝去和当下突然打通了那条幽暗封闭的通道。

当我意识到，我与沟口，贺兰山深处的某个山沟有着如此强烈、不容忘却的深切关联时，我才第一次感到，它不只是我每次坐老式绿皮火车必经的短暂停留的荒凉小站，还是十八岁那年决定我人生去向的必经之地。它深深烙进我的生命轨迹，虽短暂却深刻，不可分割。

我因此知道，每个硬邦邦的地理概念都是充满着生命质感和情感弹性的。就如同出生的年月一样，它是我们来到这个世界的不可更改终生刻印的标识。一直以来，它隐在而强烈。每当我刻意忘记或者我以为已经完全抹掉时，它就会以梦的形式，强烈敲击我的每一寸神经，作为一种原意识牢牢地潜伏在我的身体深处，不经意间就要带我回返和重温。

当我对这样一个地理存在，完全抹去了本不该有的虚荣和刻意后，我才真正意识到它对我的意义，无可回避不可更改的、宿命的意义。

（选自散文集《黑色版图》，阳光出版社，2021年）

蒋振邦

蒋振邦（1939—），笔名人之初、鱼希水等，宁夏贺兰人。中国作家协会会员。出版故土小说选《情债》《沙湖情缘》。出版文集《说古论今话道德》《塞上情思》及《故园》，长篇纪实《岁月宁大》。出版论文选《编辑论道》，电视剧剧本《喜从何来》等。发表的论文有《走出混饨、开拓新路》等50多篇。

沙枣花香五月天

一

是她，打发儿子到北银来探望他了。这一举动，对一个风烛残年的“五保”老人，无疑是喜从天降。然而，他在兴奋之余，又感到无比的愧疚和深深的不安。那本来已经有些混沌的双眼，也变得湿漉漉的了。当他意识到，面前还有远道而来的“客人”时，他赶忙转过脸去，掏出手绢，擦了一把泪眼。他又抬起头来，目光无意识地扫过对面墙壁，一张陈旧而发了黄的佛像，闪入他的眼帘。就在这一瞬间，他的心，好似被冷水激了一下，一阵痉挛……

正当他心情慌乱之际，她的儿子——那位中年“客人”，又从提包里掏出一个大饭盒，送到了他的手里，说：“根柱叔，我妈说，你最爱吃这，特意给你带来的。”到底是什么好吃的？他用颤抖的手，将饭盒盖打开一看，原来是一盒粽糕，雪白晶亮的米粒，紫红紫红的大枣……一股扑鼻而来的香气。

“这么远的路，多麻烦。”他的眼睛里，又在闪烁莹亮的光。

“如今交通方便，一天便到了。”

“噢，说来就来了。”

粽糕香味浓郁，是一种特殊的沁人肺腑的清香。这时，窗外一阵微风吹过，门前的那棵沙枣树枝叶哗哗响了一阵，好似在提醒主人，别忘记它的存在。他又下意识地向门外扫了一眼，透过竹门帘，依依稀稀看到了挂在沙枣树枝头上的那小小的金钟似的花朵。他一时竟难以分辨出，这扑鼻而来的，到底是粽糕味还是沙枣花香！

二

门前这棵沙枣树，显然已经度过了漫长的岁月。看它那弯曲而粗大的身躯，枝丫四展的冠盖，多像一位生命力极强的老农：皮肤粗糙，衣着古朴；身体扭曲，坚韧苍劲；枝叶稀疏，但仍然春华秋实……这棵沙枣树和根柱老汉，朝夕相伴，作为历史的见证人，它有着特殊的存在价值。

当这沙枣树从幼小长到能孕育果实的时候，每到春夏之交，根柱老汉守着这满树金钟，让它尽情开放，不准任何人折枝采花，直至结出小铜锤般的果实，由银灰到金黄，孩子们休想走近它一步，他俨然像尊黑金刚。他常常对淘气的孩子们说：“你们不懂得，春天糟蹋一粒籽，秋天少收万粒粮……”

而到了秋天，他坐在一边，指指点点，看着孩子们，一个个猴儿一般，精着脚片子，上了树，用长木杆敲打着枣枝。顿时，一阵阵枣雨落下来了。他喜上眉梢，皱脸放光，还不停嘴地说：“小心！脚要踩实，别摔下来了……”脸上透着极为满足的神情。

这棵沙枣树，得到他格外珍爱，原因之一是她亲手栽植的。然而，给他带来的，并不都是欢乐。当秋风吹来，落叶缤纷，那片片沙枣树叶，在不知不觉之中，从枝头脱落下来，有的被人踩进土里，有的又打着旋儿，随风飘向四方。望着这般情景，根柱老汉的心，就好像系着一块秤砣，直往下沉。那隐藏在心灵深处的一些往事，就会冒出来，使他感到心尖阵阵作痛。可 提到自己虔诚的期望：多行善事，修好来世。才又觉得心里有些释然……

多年来，沙枣树花开花落，由于习惯，孩子们已不再随便来采花折枝，不打扰他的安静的生活了，他反而感到生活中少点什么，感到孤寂。时间一长，他甚至可以细心细意、日复一日地观察起沙枣树生命的进程——苏醒、开花、结实、成熟、冬眠。由此，联想到自己的生命的历程，尤其是那些至今萦绕于怀的，值得他怀念的美好时光。这，也算是一种享受。可是，今天，她的儿子的到来，又打破了他平静的心境。此刻，他看着那满含情义的粽糕，不禁思绪万端……

当他熬到十来岁的时候，父亲被马匪抓去充当炮灰，抛尸异乡。他十五六岁，小小年纪，为躲兵灾，只身逃到南银，埋名隐姓，给地主家放羊。这地主家有个长工，人称老秦哥，把他视为自家兄弟，处处关照，才使他幸免不少祸殃。他把老秦哥当亲人。

那年，他放羊回来，路过打谷场，见场边草棚前，躺着一个人。走近一看，才看清是位披头散发满脸污垢的女人。时值初夏，她还穿着棉衣棉裤，破烂不堪，黑乎乎的棉絮露在外面。他叫了几声，那女人很吃力地睁开暗淡无光的眼睛，干裂的嘴唇，只是动了动，没能吐出一个字来。他想帮她翻起身来，可又不知从何处下手。他又叫了两声，那女人反而没任何动静。他吓着了，急忙回庄上找人。可巧老秦哥饮牲口回来，一听这情况，手提一壶水来场上，往那女人嘴里灌了些。一会儿，她醒过来了。问她一些情况，只是流泪不说话。

老秦哥说：“她是饿昏了。咱们背她回去吧。”

“好！我来背。”

将这女人安顿在长工屋，给她弄饭吃了，又找来一位大婶，还有几件旧衣裳。由这位大婶帮助换了衣服，梳洗了一番。他们惊奇地发现，原来她是位姑娘。虽然，她脸膛削瘦，皮肤粗黑，眼睛深陷，双眉不展，然而，一遇到他们的目光，脸颊顿时闪现出湿润的光泽。那是只有姑娘才会有的楚楚动人的眼神，配上她那头油亮的黑发，四楞四正的五官，瓜子型的脸庞，不失为一个美丽而善良的农家少女。

大婶陪伴她过了一夜，她身体稍有恢复。第二天吃过早饭后，在他俩面前磕了个响头：“谢谢大恩人！”说罢就要出门。

看着她那虚弱的身子，怜悯之心油然而生。老秦哥和他同声问道：“你要到哪里去？”

那姑娘热泪盈眶，摇了摇头。“那你的家在哪里？家里还有什么人？”

姑娘终于抑制不住自己的感情，放声痛哭，断断续续地说："老家在甘肃……一家五口人，年前出门来逃荒，可眼下……就剩下我，我一个人了……哪里还有家呀！"

老秦哥和他，不忍心让这姑娘拖着病弱的身子上路，劝她多住几日，养养身子。乡亲们也心存好意，劝道："你留下吧。给这哥俩做个饭，也省得他们趴锅抹灶的……"这姑娘想了想，就在长工屋住下来了。

"小妹妹，你叫啥名字？"根柱觉得这姑娘比他小，可不知道名字，冒答话怪别扭的。

姑娘悲戚地说："俺没大名，爹妈给起了个小名，叫盼水。"

盼水姑娘，不但勤快，心眼又灵活，成天不得消闲。把长工屋收拾得利利索索。他哥俩的破衣烂鞋，都被盼水洗得干干净净，缝补得平平整整。他哥俩心里总是美滋滋的，有了个像样的家了。

转眼间，沙枣花开，五月端阳节到了。这天中午，根柱回到家，惊奇地发现，门楣上挂着一束沙枣花，还有一些艾叶。阵阵清香扑面而来，他心里猛然间涌起一股温暖的感觉：到底有个家，就大不一样了。又一眼瞅见盼水姑娘手扶门框，正含情脉脉地注视着他。他赶快把目光避开了。

"给你——"

没等他回过神来，盼水笑吟吟地将一大老碗粽糕，双手递了过来。他有点困惑不解地问道："你咋知道我爱吃粽糕？"

"俺鼻子底下有嘴，不会打听？！"

"那，老秦哥胃口不好，最讨厌这玩意……"

"还有包子哩！"

也说不清楚是咋回事，从此后，他每天都在渴望能早点收工，早一点看一眼盼水姑娘。可是当他见到了盼水，却又显得格外拘谨起来。这天晚上吃过饭，他哥俩照例到乡亲们家里去安息。老秦哥已经先走一步。他也动身出门，盼水姑娘悄声叫道："根柱哥，先等一等！"

"啥事？"他回过身来，只见盼水双颊绯红，双眸中，跳荡着从来未有过的火星，使他有点魂不附体了。还未等他回过味来，盼水把一件软绵绵的东西，往他手里一塞，并且小声嘱咐他："别叫老秦哥知道了……"

"为啥？"他忘情地抓住了盼水姑娘的手，傻呼呼地反问道。

盼水姑娘并不回答他的问话，把手从他的手里挣脱出来，一把把他推出门外，嗔怪道："快走！叫外人看见多不好……"

来到一个僻静处，他从怀中掏出来一瞅，原来是个荷包袋。这是姑娘们的定情之物。他赶紧藏回怀里。好像有一股甜蜜的泉水，从他心田里流过。他一时陶醉在从未有过的幸福之中。他快二十岁的男子汉，别说接受姑娘的信物，过去连想都不敢想。爱情的突然降临，使他激动不已。他记起来了，有支民歌，就叫《绣荷包》，歌中唱道：

年年常在外，

月月不回家，

家丢下一女绣个荷包袋。

郎要荷包袋，

捎个绸绸来，

捎回个绸绸照着个样样做。

这荷包袋，就是姑娘的一颗跳动的心啊。然而，盼水姑娘那小声的嘱咐，更让他彻夜难眠……可不是，此事过后不久，当他得知，乡亲们要撮合盼水姑娘，让她跟老秦哥成亲时，这只荷包袋竟变成了一团火，使他全身内外火烧火燎，不得安宁。老秦哥已经三十岁出头的人了，可还未讨到媳妇，尽管盼水才十七岁，而乡亲们的美意，他十分清楚。他何尝不是这样想呢？此时，他觉得自己仿佛做了伤天害理的事情。他经受不住良心上的折磨和感情上的熬煎，就编了个谎，对老秦哥说："我妈病了。有人捎信来，叫我回去。"

老秦哥再三嘱咐："你这一路上，得处处小心。叫乡保看见，把你再抓了兵，就麻达了！你要早点回来。"

临分手的那天早上，盼水姑娘那双哭过的眼睛，红肿如泡。老秦哥安慰她说："根柱兄弟还要回来，别哭了，叫人看见笑话，多不吉利！"

这句话反而又勾起盼水姑娘生离死别一般的悲痛，她反而哭得更厉害了。然而，老秦哥无须去猜想其中的奥秘。同时，他也不会知道，在昨天吃饭后，根柱已将那只荷包袋，又塞到盼水姑娘的手里。为了他俩共同的老秦哥，根柱只能这样做。此时，任凭盼水那痛苦的泪水，点点滴滴，敲击在他发颤的心尖上……

三

她的儿子，在继续给根柱老汉陈述她的强烈愿望："根柱叔，我妈让我来搬你去南银，到我们家一块过日子。这里留下你一个人，怪孤单的……"

"不了！我现时有吃有喝，有穿有戴。"根柱老汉摇着手，又打岔道，"你妈身体还好吗？"

"好着哩！只是老惦记着你。你过去救过我们一家……"

"快别、别提了。我有愧，我有罪过……"

面对又一次抉择，他的心在颤抖，老泪充溢了整个眼眶。

过去的一切，好似那么遥远，又似乎近在眼前。就像这棵沙枣树一样，虽然经过二十多年的风风雨雨，岁月留下了不可磨灭的痕迹，但它有过茂密的枝叶，强盛的生命力；他心灵留下的印迹，也缕缕可见。既有感情上的艰难跋涉，又有一派纯朴的真情实意。

那年，他自南银回来后不久，就被马匪抓去当了兵。后来，从母亲口中得知，盼水曾打发老秦哥到家里来过，带来了她做的鞋、袜，还有大枣、糯米……

解放了，他从马匪军队回到家乡来，已经是三十出头的人了。母亲已经病故，举目无亲。那时，像他这样的男子，想找个对象谈何容易。他的脾性又面，找姑娘不可能，找个寡妇，又嫌人家拖家带口，怕生二心……土改前，老秦哥曾经来过一趟，劝他到南银去一块过活。除去他不愿重温过去的那一幕外，加上他在旧军队中混了十来年，尝遍了人间的酸甜苦辣，还养成了一种孤僻的性格。感到寂寞了，他就满滩转悠，打点野味。后来入了社，给队上换稻种，也曾去过两次南银。回来时，总能穿上一件新衣服，或者一双新鞋，在和老秦哥、盼水相处的日子里，他总对盼水以嫂子相称，盼水只是惨然苦笑一下，从不应声。当然，他们也劝他成家立业，可他却摇摇头，说:“一个人吃饱，全家人不饿。光棍也是人当的嘛！”话虽如此说，谁还不想有个温暖的家呀！只是，难啊！

一九六〇年秋，南银那个县大刮“浮夸风”，害苦了老百姓。老秦哥见孩子们饿得怪可怜，掰了队上的十几穗玉米棒子，结果，被当成“坏人坏事”，批斗后送到垦荒队去劳动改造，不久就因饥寒交迫，不幸身亡。

老历年刚过不久，盼水拖儿带女，一行四人，投奔到了他的门上。盼水哭成了泪人儿，一个劲地说自己的命不好。那凄惨相，催人泪下。他心尖痛得滴血。他把盼水母子安置在自己的一间土屋里，尽心尽意地照顾一家老小。他到处扑腾往回捎粮食，有时就用兽皮、兽肉往回倒换。当然，那盼水母子投奔他，想和他拢到一起过日子，这意思也是十分明显的。可是，他一想到老秦哥的惨死，他就于心不安。再说，每当他看到孩子们那几张惊恐的面孔，他的心好似被人揪扯了一把，难受万分。就拿那才两岁的小男孩虎子来说吧，每次见了他，总是急忙避开，瑟缩在妈妈的身后。尽管盼水安慰他说:“虎子胆儿小，慢慢就习惯了。”“到底有什么不习惯的呢？”他终于想起来了，是他那张令人生畏的脸相：除了黑乎乎的胡茬子外，还有不少疤痕，左眼也成了疤瘌眼。原来有一年，本队年过八旬的张大妈有了病，一心想吃点野味，就求到他的门下了。他为乡亲办事从不推诿，况且是快要归天的一位老人的愿望。那天，他刚刚瞄准一只山鸡点燃了火药，却座了火，只见一股青烟，那装填在土枪里的火药，一下倒冲回来，喷射到他的手背上、脸上……虽经及时治疗，取出了钻入皮肉里的铁砂，却留下了抹不掉的疤痕。孩子们惊恐，引起他深深的不安。他想，如若当了后爹，将在孩子们的心灵上留下创伤。俗话还说：朋友的衣穿得，朋友的妻占不得。有一天晚上，在昏暗的油灯下，自盼水来后，他第一次坐在她的对面，郑重其事地说："我去山上，带放羊，再搞点粮食、野味来。"他说着自己的打算，看到盼水的眼睛里，有种难以名状的东西在闪灼、跳跃。"嫂子，你好好守着孩子。就是我不吃，也不能叫你们母子饿着……"

可是，到后来，随着他说话内容的变化，盼水眼睛里的那闪灼的火星，又熄灭了，暗淡下去了。她的嘴角抽搐了几下，过了一会儿，才吐出了几个字："你，就为说这些，才……"

"……"他浑身一阵颤动，一句话也说不出来。他自己也不清楚，是怎样离开那间土屋，而到他现在的住地饲养场去的。

西山脚下，自古以来，就是一个大荒滩。新中国成立后，才辟为军垦农场。时值春三月，农场的打谷场上还堆放有不少稻草，不知是哪个最先想出的窍门，从草里往出抖粮食，他花了十天的时间，总共搞了一百多斤秕稻子。他还想打点野味，一同送回去。于是他把羊只托付给别人，又到深山里去了。他在青羊出没的泉水边，下了兽夹子。傍晚时分，他终于发现几只青羊在泉边喝水，还不时惊恐地向四周张望。他急忙向泉边奔了过去。青羊们惊慌四散逃命。慌乱之中，有一只小青羊被夹住了腿子，不住地哀鸣挣扎。等他到了跟前，小青羊又一阵拼死挣扎之后，失望地卧倒在地，一双惊恐的眼睛，瞪着他，目光中除了惊恐，还有哀伤之情。不知怎的，这目光，使他联想到盼水的孩子们的眼神，还有盼水那天晚上，所流露出的哀怨的神情。陡然，他的心痛苦地紧缩了。在他的耳畔，似乎有一种呼唤声。是这头小青羊的母亲，在呼唤它可怜的孩子？他下意识地转过脸，目光向一边扫去。他发现在夕阳的余晖里，前面的山头上，隐隐约约的，有只大青羊的身影。就在这刹那间，他想到，那只大青羊，它多么希望自己的孩子平安无事，欢欢乐乐地回到自己的身旁。更何况，盼水母子，多么需要他的庇护啊！而大青羊，当它知道自己难以庇护自己的孩子，心里该有多么痛苦呀！正如自己此时此刻的心请……他心情沉重得简直透不过气来了。他不愿再看小青羊的哀怜之相，伏下身去，为小青羊打开夹在腿上的兽夹子，将兽夹子收起，头也不回地快步走开了。他比任何时候，都急切地想见到盼水母子。

当他捎着枇稻子回到家里，只见房门紧闭，而不见盼水母子的影子，只是在原来光秃秃的门前空地上，新栽上了几棵小树苗，其中有一棵是沙枣树。他急忙开门一瞅，屋子收拾得挺干净，炕上整齐地叠放着为他补好的破衣破袜，拆洗过的被褥，棉衣棉裤……

一位女邻居怨道："你呀，真是命不好！好好的一个老伴，叫你给放脱了！那人真好，临走还一再念叨你的大恩大德哩！"

"那，那她是咋走的？"他简直有点懵懵懂懂的了。

"怎么走的？！人家说俺命苦，再不能连累他根柱叔，让他跟俺一同受苦……"

这一切，好似很突然，可难道不正是自己的过错造成的吗？当下，他就瘫倒在炕上了。待到深夜，在昏暗的灯光下，他拉开枕头准备躺会儿，突然，一件花花绿绿的东西，映入他的眼帘，他赶紧拿起来一看，原来是只荷包袋……

四

她的儿子，绝对不会相信他说的那些失悔之言竟会是真实情况。他的目光在屋子里环视了一遍，最后停留在那尊佛像上，那是一尊如来佛的打坐像——大耳垂肩，阔嘴紧闭，单掌在前，闭目养神……

“根柱叔，您老还信奉神仙？”

“哦？那，那是过去……”

他正沉浸在痛苦的回忆中，被一声询问，问得不知所措。他的脸色显得格外难看，怅然若失。那些年，他对这佛像总怀着虔诚的心理，还默默地念几声“阿弥陀佛”，暗暗祈祷神灵保佑。保佑他自己？不，还有那远方的她，以及她的孩子们。有时，他以赎罪的心情，遥望南天，久久不能自拔。那令人揪心的一幕，常常在他眼前重现。可今天，他却怀着异样的心境，双目盯着这尊佛像……

那是一个令人难忘的夜晚。面对那个第二次给他的荷包袋，他深深地失悔了。痛苦地抓着紫铜色的胸脯，像个孩子似的啜泣着。这不只是一个小小的荷包袋，它有着盼水的万般珍爱、眷恋不舍的过去；水晶般透明的友谊，纯朴无邪坚贞不渝的爱情……盼水蘸着心血，把它们用千丝万缕的线，千针万针地绣在了荷包袋上。

他连夜将秕稻子用热炕炕干，第二天碾成了碎米，将米装在褡裢里，搭在肩上，就上路了。他的负荷是很重的，除了粮食的重量，还有颗沉重的心，是无法称出分量的。

经过两天两夜的艰难跋涉，终来到了他曾生活过的南银。算起来盼水母子动身返家已有十来天的时间。可是，三百多里的路程，一个女人家，拖儿带女，其艰难程度，他是知道的。到达了目的地，他像一个负心之人，心里不安，觉得脸上无光。他犹豫了好久，到当长工时结识的一位好友那里，打探点消息再说。

那位好友见了他，先是一喜："你来得正好。盼水正在难处。"接着，就向他诉说起盼水的家境来，"年后，盼水不听我的劝告，把房子门窗用坷垃砌了，带上孩子要出门。临走时，我嘱咐她，要走，那就到北银去找你。干脆找到一起过日子吧！反正孤儿寡妇要有个依靠。可是，前两天她回来了，四口人剩下了三口，虎子得了急症，死在了半路上。我问她，去了你那里没有。她说，没有去。叫我好一阵埋怨……"

根柱没有听完好友的话，就呜呜咽咽地双手抱头哭起来了。要说他的一生，也够坎坷的了，可也没这样痛哭过。撕心裂肺般的哭泣，连那好友也陪着落了泪，又劝道："唉，你也别太伤心过度。是盼水的命苦！"

听了这话，他更有如万箭钻心，一达连声地说："都是我的罪过，把她给害了！"

"你这是哪里的话！盼水一老念叨你，说你心肠好，救过她的命……"

既然盼水不愿说去过他家里的真相。他也就不做解释。他认为虎子的死，他罪责难逃。那小虎子的一双惊恐的眼睛，又在他眼前晃动起来。在盼水母子最困难的时候，他没能留住他们，现在更没脸面见他们。他把带来的粮食托付这位好友，请他随后送去，并说等他经济条件有了好转，就来接盼水母子，现在，他实在怕见故人。说罢就急匆匆地返回来了……

"可能是我和盼水一样，命里注定受苦。要不，我一个单身汉一年苦下来，凑合着混饱自己，连一点节余也没有？"他常常这样扪心自问。至于那简朴的设想：盖两间新房，缝上两床新被，做一对板箱，再去接盼水母子过来一块过日子。看来，也成了泡影。

他上了点年岁，队上让他喂牲口。有一件事，使他的生活发生了转折性的变化。有个愣头小子使牲口犁田不细心，把队上仅有的一头好犍牛的蹄子铲了。他心疼难忍，吼道："败家子！谁像你这样使牲口，明明是在糟蹋牲口！"

可那小伙子长的是屎壳郎嘴，又臭又硬，恶狠狠地回敬道："谁是败家子？！

你想败家，还没有个儿子哩！命里注定是绝户头！积点德吧！免得死了没人给你抬棺材！”

他气得嗷嗷叫。这几句话像几把刀子直插他的胸膛！他病了，一病不起。躺在炕上，那纷乱的往事，一幕幕闪过，一件件映现，最后都化为两个字：命运。

“这一辈逃脱不了受穷的命了！那就修好来世吧！”他心里乱极了，想了今生，想来世。他回想起小时候听过的那些鬼怪故事，尤其是那可怕的阴曹地府，有判官、小鬼，下油锅，上刀山……

这年秋天，在赶庙会的日子里——阴历九月九日，他上了武当山寿佛寺，烧了香，舍了布施，并通过住寺的老和尚，请来了如来佛，供奉在家，逢年过节香火不断。“文革”搞破“四旧”，他想了个办法，在佛像上面又钉了一张宣传画，从而，保住了佛像没被抄去。用时，他将画子掀开，就露出如来佛的真面目……

五

已经吃过了晚饭。他和她的儿子，面对面地坐了下来，爷俩要拉拉呱。

“根柱叔，这是我妈给你亲手缝的衣裤，还有鞋袜。她让你换上现穿……”她的儿子，从大提包里，又往外拿东西了。

“哎，哎，你没看见，我这身衣服还新新的。如今我吃喝穿戴，都由队上包了，和前些年相比，真是一个天上一个地下！”

这倒是实话。可是，她的儿子，却想得更多，继续说：“根柱叔，明天我帮你收拾；过两天，你就和我回南银去，安安稳稳、欢欢乐乐地度晚年。你不要有啥顾虑。老年人的心情，我们晚辈人也能理解。你的信仰，我们不干涉，就是你老回家了，我们照样给你烧纸钱……”

“不！用不着……”

她的孩子是多么通情达理呀！他说不清楚自己回答这话的具体含意是什么。是用不着烧纸呢？还是纸钱早已烧过了？然而，他的心里很是难受，针扎般的痛楚。

那些年，尽管他年年月月烧的是好香，而讨的是反咒。农村历来还有个为死人烧纸钱的习惯，他也越发认真了。他联想到听过的一些鬼怪故事，认为阳间、阴间一个样：有当官的，也有老百姓；有种田的，也有做工的；当然，也开银行……开始，他逢年过节为父母、老秦哥烧纸，为尽孝道，报答恩德。后来，生活的熬煎，梦想的破灭，使他的想法更加怪诞：既然能修来世，也就能为自己烧纸钱，没儿没女，死后不愁没钱花。咋个烧法？他的念头也挺古怪，觉得烧纸只念叨姓名不大可靠，尤其是自己还活着，在阳间。一旦把钱存错了户头，到了阴间取不出来，不就等于白烧了？因此，他想出个办法，每次烧纸时，夹带上一个有姓名、有存款、有银行户头的简单说明（当然，他认为农民嘛，还应存在信用社为好）。找个老诚人写纸条，怕人家觉得难为情，不给写；找个学生，又怕嘴不牢靠，传出去，好说不好听。最后考虑再三，找了个很听话的小女孩，又不大懂事情，给他写了十几个这样的纸条子：

阴间地府信用社：

请收下农民石根柱存款一笔五张纸钱。

这条子不伦不类，可要烧起来，也并非易事。这第一次要为自己烧纸，他的心情是悲凉的，而且也是惶恐的。他手托小木盘，里面盛的祭物有：豆芽凉拌菜、韭菜烩豆腐、香油炒蒜薹、白面小馒头，还有茶水。他腋窝里挟住一卷白纸（上面剪了些钱眼——圆孔等），步履蹒跚，过了村头小石桥，就在桥坡下跪了下来，在地上画了一个圆圈，把纸抖开，放到圈内点燃了，听着纸发出噗的声音，他忙叫开“死鬼”的名字：“爹、妈使钱来，老秦哥使钱来……”

那火苗在跳跃，他心里也在嘀咕。几次想念叨自己的名字，就是堵在嗓子边说不出口来。恰巧，一阵微风吹来，前面不远处，风儿打了个旋儿，转了几圈，又打着旋儿刮走了。他心里不由得一动，不再迟疑，鬼使神差般地念叨起自己的姓名来。此时此刻，他似乎觉得那旋风就是鬼魂儿，在指点自己。从此，他倒认起真来了。逢年过节少不了为自己烧“五张纸钱”，不多也不少。世上没有不透风的墙，有次烧纸，后面有两个娃娃看热闹，把这话听了去，就传开了。当有人问他有无为自己烧纸的事，他既不说有，也不说无。只是那脸色越发阴郁得难看——他有苦难言。他何尝不想把一切期望全部寄托在今生今世？

“根柱叔，自打实行了责任制，倚仗党的好政策，我们家什么也不缺。独家小院，住房六间，还有个小果蔬园子……”

听着她儿子的一番介绍，他感慨万分：谁能料到，不幸的她，也得救了。如今各处都在变，越变越好。他觉得，连他自己也在变。

在过去的岁月里，他怀着愧疚的心情，浇水、修枝、护理，将那棵小沙枣树苗培育成大树，开花结果，成为他们友情的象征，精神上的纽带。逢年过节，他的目光，总是一再深情地注视着它，从上到下，从左到右，仔细地观察一番。有时，他坐在沙枣树下，情不自禁地缅怀起往事来，而多是一些苦不堪言的伤心事。有对过去失误的追悔，对不幸命运的悲叹，还有对未来生活的希望，对来世虚幻的寄托……而最近几年，他坐在沙枣树下，面对农村赏心悦目的变化，他在想：多年来，为了寄托他的期望，崇拜神灵，希望自己的罪过能得到宽恕（什么罪？他自己也未必明白），盼水母子能得到庇护，过上好日子。然而，随着时间的推移，一切希望都变得渺茫了。而如今他早在不知不觉之中，不再给自己烧纸了，也渐渐怠慢了如来佛，香火断断续续，任其灰尘满面……可是自己这里生活越来越好，而她又让儿子来接自己去她那里享清福。这好日子是哪里来的呢？

他的目光再一次注视那尊佛像时，心头涌起一股不可名状的冲动，一种从来未有过的强烈愿望，占有了他整个心胸。应当在有生之年，好好体味一下新生活，才不算枉活了一世！他忍不住眼里滚落下两滴老泪。他也说不清，这是为自己而落，还是为别的什么……

此刻，晚风阵阵掠过小院，沙枣花香又一阵阵飘逸过来，直沁入他的心脾，他似乎又年轻了许多、许多……

（选自《朔方》1983年第11期）

雍进成

雍进成（1957—），宁夏惠农人。中国美术家协会会员，中国书法家协会会员，宁夏美术家协会副主席。国家一级美术师。

夜走星海湖

城里的日子如线团，被一圈一圈的年轮和干不完的工作牵扯得黏糊糊的。总想有个机会从心灵的羁绊中走出来，到自然中走一走，于是就有了放歌湖水的念头。我对湖的认识过于肤浅，从儿时捕鱼摸虾的沟沟岔岔里走出来，知道有个三排水沟和五排水沟。认识洞庭湖、西子湖、鄱阳湖是从书本里摘出来的，洪湖是从电影《洪湖赤卫队》的插曲里听来的，青海湖倒是实实在在地走了一遭，但没有认认真真地品味。唯有星海湖，使我魂牵梦绕地去了三次。

春天的星海湖已开始融化，但最能融化冰的是机器的轰鸣声和劳动的号角声。一夜之间，城市的东侧出现了一抹青色，以及飘响的红旗和整排的机器。远远望去，仿佛一些调皮的顽童随意涂抹在宣纸上的儿童画，简朴而浪漫。大型的装载机和挥汗如雨的人群，在地上留下一道道履带痕。一丝疑虑掠过我的心头，这能成为湖吗？满目的冻土和干涸的土地，还有在春风里瑟瑟发抖的芦苇，把我的梦给扯碎了。这是我第一次看到的星海湖轮廓。

春天与夏天的界限是那么的不好界定。几十天后一个阳光明媚的日子，随市文联采风团第二次来到星海湖，眼前的景色使我真正地找不着北了，整个湖面碧波荡漾，游艇来回穿梭，夏天的阳光洒在波光粼粼的湖面上，烟波浩渺，空气温柔地飘着，水面上燕子在轻轻地追逐着湖里的倒影，湖面上一道道涟漪随风向远方飘去。芦苇已一簇簇地露出水面，岛屿上的树已经枝繁叶茂，闷热的空气被清凉的湖水化解了，一阵阵凉风袭来，就如置身于西子湖畔。贺兰山青翠欲滴，早没了赭红色的颜色，城倒映在湖中，让人耳目一新，一见钟情。春天看到的两个大土堆，已成为绿色成荫的两个湖心岛，谓之“声琴岛”和“鹤翔谷”，它们的取名也别具匠心。

当窗外的向日葵深深地垂下头颅时，秋天来了，心绪牵过了春天扯过了夏天，又叫一个欢蹦乱跳的秋天给网住了。紫色的、白色的牵牛花依旧有开有合，继续吹奏着悠然的乐曲，小麻雀肆无忌惮地在她弯曲披拂的枝蔓上荡着秋千，几片萧叶悄然落下。数棵白蜡和几丛野菊被一场秋雨冲洗得洁净清爽，出落得水葱般鲜亮。秋天的星海湖，波光粼粼里都兜着美丽的喜悦，同时也感染着一颗颗未泯的童心。

在一个晚饭后的傍晚，怀揣着微醉后的清醒，沿着山水大道，我又一次来到星海湖。黄昏的湖边，确实迷人，紫翠的贺兰山云带横腰，宝蓝色的湖水银鳞跃浪，满天霞彩，更是闹得紫舞红翻银团锦簇。活脱脱似丝网抖出一匹匹锦缎。它们不止自己艳装巧扮，还给天边素净的白云也镶上了一圈蔷薇色的花边，又把波心帆影、天边鸟羽，全涂上一抹轻红……这已经够美的了，回头再看看山下的城市，轮廓清晰，红瓦白墙，晚霞在城市上空撒下一道道彩虹。横的线与竖的面交织在一起，形成一个聚焦的点。城在湖中弄姿，湖在城中献媚，使我像一只笼罩在美丽的光轮下的小鸟，把多多少少的烦心事暂且抛在一边，心中填一首词在这美丽的画卷上："山外紫云正聚，山背骄阳沉睡。夜翳徐张，霞光未路，云合微茫里。潮落星海澄不语，孤帆负取余光去，归岛穿烟，肥鱼戏浪，人嚼黄昏媚。"不知合不合意。

夜色渐渐地近了，天边的彩云在互相撕扯着、撕扯着，扯开了一抹黑幕，黑夜悄悄地跟在了我的身后。风给人的感觉是有温度的，上半身火辣辣地扑面掠过，下半身却凉飕飕地如霜雾袭衣。说是夜，但不是很黑，湖边对面的行人可以看到清晰的轮廓，想不到也有如我同样心境的人在湖边漫步。秋的夜空很柔和，簇簇芦苇在夜色下随风摇曳，不由人想起"疏影横斜水清浅，暗香浮动月黄昏"的诗句，虽然是讲梅的，但用在这里也不为过。

夜是最浪漫又最睿智的时段。在这蒙胧的空间里，生命的叶子在露水的浸润之下，思维和激情都被蓦然挑亮的月色激活。遥望星空，如紫砂壶泡醒了碧螺春，呼着清气，升为缕缕轻烟，可化解白天的种种疑窦与无奈。在清清爽爽的夜色中，你所想要明白的，于是明白；你所想要完美的，于是完美；你所想要忧伤的，于是忧伤。在这独自的时空，无谁打扰，无谁勉强，无谁干预。夜来郊游，是为疲倦的羽翼拂尘，是为紧张的灵魂松绑，是为劳累的生命歌唱。而今，高楼大厦难避开酒绿灯红，难躲过喧嚣聒噪，只待月牙儿偏西，尘埃落定。静寂的夜属于的声音外，还能隐隐约约地听到蝉的清唱。蝉鸣也不显得那么没完没了，被蛐蛐的和唱渐渐地取代了。不时有小小的青蛙爬到脚上，使你不忍心挪步，远处的湖面上不时传来噼啪噼啪的声音，那是鱼儿在欢乐地跳跃。微风吹来，使人感到心旷神怡，人生的大境界，莫过于此。把酒临风，对酒当歌者，又能有几人？唯有长风斜过时，握住一缕在手心，不一定最美丽，不一定最温情，却使平平实实的生活中有一份宁静祥和的安谧，那是片刻千金的平常人家的心怀。如果我们能够体会这种平淡之中的幸福，能够在一捧湖水中见世界，在锅碗瓢盆中品味出坦然，那么这就是生命中的大境界了，我们所期待的不正是这样一种德行吗？

不知不觉中，已经是午夜时分，身后的城市仍然华灯耀眼，对面的山水大道依然车水马龙，星海湖二期工程的建设者还在挑灯夜战，不时传来机器的轰鸣声和劳动的号子声。我在想，不久的将来，天上的银河会降落在这座塞上绿城的，湖傍城而造，使城市生出了几分滋润，城依湖而建，使湖有了些许妩媚。漫步星海湖，徜徉在山与水、城与湖之间，使人倍增几分灵气。“智者乐水”，我虽不是智者，却对此有了新的认识，使心灵有了几分润泽，感谢建设者们为我们营造一方洁净的心灵之城，等城市湿润得能挤出水来，我们干涩的双眸也会变得清亮清亮的了。

（选自《朔方》2010 年第 9 期）

路文彬

路文彬（1966—），生于黑龙江依兰。北京大学文学博士，北京语言大学中文系教授，博士生导师。出版有长篇小说《流萤》《天香》《你好，教授》等，随笔《阅读爱情》《是谁伤害了我们的爱》等，论著《历史想像的现实诉求》等，诗集《我曾在你碧空下的火焰里迷失》，儿童文学作品《一月的宠物》，以及译著《迷失的男孩》等。

石嘴山和我

在个人履历表格“籍贯”一栏里，我一开始填写的是黑龙江，后来又改作了安徽，再后来则变成了重庆。黑龙江的松花江畔是我的出生地，安徽的淮河岸边是我长大的地方，至于重庆，其实一度是我迟迟不曾踏足过的祖辈栖息之地。唯独，我没有填写过宁夏石嘴山，却在心里同样把它认作故乡。

石嘴山和我之间的关系源自我的父亲。我的父亲似乎是个想法过多的男人，早早就终结了本该大有前途的学业，孤身一人贸然从安徽跑到黑龙江来寻找发展的良机。而事实上，闯关东早已成了历史，民间开始流行“走千走万，不如淮河两岸”的说法。

在黑龙江，经人介绍，我的父亲认识了我的母亲。没多久，就有了我的姐姐。姐姐出生一年之后，父亲又萌生了新的想法，他要到宁夏石嘴山去，响应政府建设大西北的号召，到祖国最需要的地方去。显然，他是把国家的前途当成了自己的前途。

母亲亦是如此，热情似火的宣传口号同样把她给激动得晕头转向，以至于这个一贯缺乏独立生活能力的女人竟也突然变得坚强起来，牵着咿呀学语的姐姐，挺着高耸的肚子，和心爱的丈夫潇洒告别。此刻，待在那个高耸肚子里的，就是已经被孕育了 7 个月的我。想到石嘴山可能带给他们的未来美好生活，这一切代价不过就是暂时储存起来的本金而已，即将补偿的利息势必会远远超出这笔本金百万倍。

我不想把父亲妆扮成一个崇高的志愿者，也不想把他贬低为一个钻营的投机者。客观点说，他就是那个时代一个普普通通的谋生者，有激情，有理想，但这所有的激情和理想皆只能与国家息息相关。他所要的，正是国家所需的，他尚没有能力在国家之外发现个人的存在价值。所以，即便他有私人的野心，那也必然是以国家的理想形式出现的。

在我出生后不久，母亲把姐姐交给自己的老妈和妹妹，带上我去石嘴山和父亲团圆。这就是我人生中第一次与宁夏这块土地相遇，也是迄今为止我在宁夏石嘴山逗留最长的一段时间。到了一周岁时，我的祖父祖母特意从他们当时工作所在的贵州前来探望我，离开时也顺便带走了我。

等母亲再次出现在我的面前时，她的身边又多了个女孩，那是我的妹妹。但不管是姐姐还是妹妹，对我来说都是陌生人。包括母亲，也让我没有任何的亲切感。母亲这次来的目的并非为了我，而是想投奔祖父祖母，因为我的父亲已因现行反革命罪锒铛入狱了。可祖父祖母不愿承受这么重的负担，明确表示只想收养我一个。失望又无奈的母亲索性带上我，跟她们一道返回了石嘴山。

父亲的消失对我俨然没有什么情感上的影响，他之于我同样是个陌生人。不过，反革命家属的帽子却是不好戴的，这让我们彻底失去了生活的来源。我不知道，父亲出事后，母亲一直是带着姐姐和妹妹靠偷盗一家新建洗煤厂里的金属，然后卖给废品收购站为生的。

现在，5岁的我也被迫要加入她们的队伍。跟姐姐妹妹比起来，我这个生手明显是不能干的，她俩各自装满一人兜子沉沉的铁块后，悄然快步离去。而我，扛着一根铁棍在铁路上一边奔跑，一边哭嚷着扛不动，这使得既害怕又生气的母亲直对我咬牙切齿。考虑到我是第一次干，母亲派给我的活儿实际上是最轻的。

这样的艰难日子眼看着也是难以为继，再加上总难免要遭受周围各色人等的欺凌，母亲很快就觉得在宁夏实在待不下去了，只有回黑龙江投靠亲戚这一条路可走了。临走前，母亲领着我们去狱中见了一次父亲，那是一个叫作平罗机械厂的地方。父亲留给我的唯一印象，便是发生在这里的依稀场景。

这一次离开或许就是永久的离开，我们都对宁夏避而不谈，它是我们心中深深的隐痛。尽管父亲依旧还在那里，但是我想，我们谁都没有勇气再回到那里。更何况，没隔几年，就传来了父亲在狱中自杀的消息。宁夏，那是我们的不祥之地。

直到母亲尝试进京上访为父亲平反，宁夏石嘴山才重又进入我们的话语里。而随着平反政策的不断深入落实，父亲生前所在的单位又给姐姐提供了一个工作机会，促使姐姐再度回到了宁夏石嘴山。此时，我已跟随祖父祖母在安徽生活，正为实现自己的大学梦想摩拳擦掌。

当我重新踏上宁夏大地时，已是个大一的学生。这时我才明白，石嘴山对于我纯粹就是一个地理概念，它没在我的记忆里留下过任何东西。这里的寂静和荒凉震撼着我，也吸引着我。光秃秃的贺兰山使我初次感受到了寂寞的狂欢，那从岩石缝隙挣扎出来的树枝向我炫耀着孤独的强劲。这里比所有我到过的地方都更令我感到新奇，新奇中还带有些许的亲切。正是这亲切赋予了我某种安宁感。我承认，我喜欢这个给我造成了终生忧伤的地方。

在城里骑上自行车不到十分钟，就能遭遇一片沙漠，那巨大的空寂时时召唤着我，诱惑着我。走入沙漠，一阵风儿吹过，轻易就拂去我的脚印，随时都有令我陷入迷失的风险。然而，迷失却并不使我恐惧，仅是提醒我一切都可以重新开始。

到了宁夏，我终于知道，我是喜欢孤独和寂寞的。而在石嘴山，我又是最不觉得孤独和寂寞的。只有在离开宁夏的那一刻，我才真正品尝到了孤独和寂寞的况味。尤其是在食过宁夏的瓜果和牛羊肉之后，再吃别处的瓜果和牛羊肉，味觉里就只剩下孤独和寂寞了。此外，石嘴山凉爽的夏天亦在强烈映衬着安徽湿热气候的孤独和寂寞。此后，我始终用拒绝这里的瓜果和牛羊肉的方式，来保持着我对一个精神故乡的确认。

为了摆脱这种孤独和寂寞的乡愁，我渴望回到孤独和寂寞那里去。所以，大学毕业之际，我向学校提出要去宁夏工作。可是，系领导却以安徽同样需要人才为由，拒绝了我的这一看似具有奉献精神的请求。但工作后的我仍不死心，继续回到学校要求改派。这回系领导倒是同意了，可前提是我得缴纳好几千块的赔偿金。毫无疑问，我根本就没有可能拿得出这笔钱，因而改派的指望注定落空。

但是，每年的夏天我依然可以回宁夏避暑一个月，因为母亲也早回到了石嘴山定居，这给了我每年一次请探亲假的理由。工作四年后，我考上了研究生。研究生毕业后，回宁夏工作便成了顺理成章的事。石嘴山距离宁夏首府银川只有70公里路程，为此，我找到宁夏大学中文系求职。我相信银川是最适合我的一座城市，它羞涩、沉静、秀美，是我所钟爱的气质。

系主任对我的到来表示欢迎，但希望我能转到新闻专业去任教，他们暂不需要我主攻的中国现当代文学专业。系主任的想法让我很是沮丧，专业不是一件衣服，怎能说换就换？返回学校后，我参加了北京大学的博士生招生考试，并被顺利录取，去宁夏工作生活的意向一时就此搁浅。

正当我憧憬着即将开启的更高学术生涯时，又意外收到一封来自宁夏西北第二民族学院，即今天的北方民族大学的公函，邀请我去他们那里的中文系任教。我没有给这所大学写过求职信，估计是宁夏大学的那个系主任把我的信息告知了他们。

我给西北第二民族学院人事处认真回了封信，衷心感激他们对我的厚爱，并表明如有可能，等博士毕业后我再去他们那里教书。但隐隐地，我感觉自己已经无法再对宁夏做出承诺了。果然，真到博士毕业时，我忽然觉得宁夏已经不再需要我，或者说，我已经不再需要宁夏了。冥冥之中，我意识到，这一生，我只能是宁夏的一个过客了。

诗歌类

马萧萧

马萧萧（1970—），湖南隆回人。中国作家协会会员，《西北军事文学》主编。

石嘴山

风吹草低，见牛羊更见石嘴
以石为嘴，做最强硬的发言
太西煤，被它说出了滚滚烈焰
在黄沙的软硬兼施下，一滴
贵如油的水，要有一张石嘴
在普遍的风言风语中，一朵
冷而艳的花，要有一张石嘴
在南来的书生意气里，一匹
为朔方修辞的马，只需一张石嘴
以石为嘴的山，方可称山

方可问雷电之心而无乌云之愧

风吹草低，风吹石不低

（选自《母语，中国县以上地名巡礼》一诗，刊自《朔方》2003年第1期）

万里鹏

万里鹏（1938— ），浙江余杭人。中国作家协会会员。历任银川煤校教师、石嘴山技校教师、石嘴山矿务局第一中学教师和宁夏人民出版社编辑，副编审。1956年开始发表作品。著有诗集《喷泉》、小说集《况味》。

崛起的新楼

一幢新楼
从鳞片似的土窑洞群中崛起
像从鱼群中
腾起一条蛟龙
矿工的住房
和他们的生活
一齐沿着坚实的楼梯
上升到一个新的高度

呵，鸽笼似的窑洞

度过无忧无虑的单身
入过遐想联翩的洞房
迎来年迈多病的老人
欢呼稚嫩的小生命
小木床和家具像摆积木游戏
在这里摆了四分之一个世纪
人生的三分之一历程
终于从室内利用立体化
走向大地的立体化利用

立柜、书桌、电视、台灯
使六十平方米的空间充实了
也充实了三代人的心灵
从六十年代的滞止中

脱颖出八十年代的尖新

大楼展齐的阳台
像伸出的排排手臂
托举着日月星辰
以及盆花的姹紫嫣红
矿工依在栏杆上
看隆隆的推土机
抹去坎坷的历程
此刻，他似乎怀念
那即将逝去的陈迹
眼前却分明浮现出
鳞次栉比的楼群
像巨大的方块字
在贺兰山下的大地上
写着缤纷的憧憬

（选自《朔方》1984年第2期）

王　琪

王琪（1973—），陕西华阴人。中国作家协会会员。著有诗集《远去的罗敷河》《秦地之东》《河岳间》等。2022中国诗歌春晚“全国十佳散文诗人”。

石嘴山之光（五章）

星海湖畔

波浪起伏，群鸟嬉戏。琴弦上流淌的歌音，如此被谁拨弄，撩动魂魄？

听见风声的人，也听得见星子们的密语，集聚一起——

在花海簇拥的地方，在万顷苇影被月亮温柔拂过之时。

带给我的，岂只是静谧与浩瀚，还有那掀起衣袖的，春的节奏和韵律。

我渴望亲近这一湖水，像洞穿一段历史，一段唐诗宋词深处，不能忘怀的某个章节。

江山无限，尘心苍茫。

一湖水用它情深一往的蓝，辽阔着的夙愿；

以万丈豪情与百般柔情，慰藉苍苍众生。

如果说我活不过一湖水，那一定是我的错，这些年，她一直守候在那里，忠实而温良，润泽着万事万物。

即使一句话也不说，也愿敞开胸怀，含情脉脉地，与我久久凝望，而不谈半点过往岁月的峥嵘。

——星海湖！

一座城的颂词

认识一座城，始于一片美如仙境的湖泊？

抑或一座雄奇挺拔的山脉？

北方沧桑的记忆，源于宁北黄河之滨，一个名叫石嘴山的城市。

给她最好诠释的，是神游山水间的一次迷失，是泥土深处，煤海的乌金闪光。

游艺街、文明路、人民路，为这座城平添了几许喧嚣与热闹。

繁华与富庶，一同魅惑人心。

人间的烟火气息，从一栋栋高楼，从平常人家的小院落，向四处散发。

朗朗笑声，自灯火前萦绕不息，幸福洋溢在他们脸上，无需赞美之词……

给我以静，又给我以动之城；给我以沉思，又给我以遐想之城。

并不一定要等到云霞满天，星转斗移。

走过她的每一条街、每一道河、每一座山，即使一个人，无人结伴同行，也不会感到孤单。

她不认生。

她豪爽、热情、质朴，形同自小玩大的兄妹。

沙湖之上

映得天地澄明。能照亮良心的一面镜子。

我尤为钟爱的夏日，烈焰下，去沙湖，令面目与心肺得以洗濯。

即使风尘仆仆——

沙丘上的，沙湖就是人间绿洲，就是大地饱含深情的眼窝。

她用波澜不惊，滋生鱼群、良木与好收成。

即使泛起层层涟漪，一朵细小的水花，也照射出绮丽的幻想。

大漠。孤烟。

千里沃野。流云与星辰俯瞰，能明证一切！

如果是我反复想象和神往的理由，我认定，她的样子，一定最美。

且以多姿多彩，千变万化，占据过多梦的年华。

浩渺中，得以见夏日的繁盛与葳蕤。

诗情迭出，画意浓郁。

一种爱的神秘——无限流露！

黄河边，听秦腔

身体里的千山万水，随黄河一路欢歌，到了石嘴山，依然无法平静。

我钟爱北方，这条如褐色绵帛，平展着广袤地域的母亲之河。

它的上游，只属于秦腔——

激越或缓沉的节奏中，打开我的不只是湖水、劲风，那么多的花草、沙丘、群鸟，撩动心怀。

一腔愁怨，在才子与佳人如婉转的唱腔中离散，又聚合。

踩在浪尖上的鼓乐飞腾着，轰鸣着，跌宕起伏。

古老天地间，绽放了千年的粗犷与豪放，至今未改。

花为媒，情如景，战事化了，恩仇不再。

自古江山里的英雄与美人同在，千古风流。

黄河流向哪里，几辈辈人追随梦想的方向，就朝向哪里；

秦腔唱给谁听，谁的日子就多了几分酸甜苦辣，喜怒哀乐。

黄河，为我们送上名闻天下的塞上煤城；

秦腔，飘扬出古老而纯朴的文明。

闪着亮光，喊着嗓子。

波涛如秦腔不绝于耳，响遏行云，经过石嘴山。

回首相望后，黄河才拥有了奔流而去的勇气和力量……

贺兰山下

点点酬唱间，万事已成昨昔，恍若远古的一片浮云。

但我不会畏惧，毕竟没有什么，能遮双眼。

当我仔细辨认遍地的芨芨草、红柳、酸枣、柠条、灰榆……这些掌握四季轮回的植物，与日月同岁，与星辰同老。

我确信，她们撑起我心中的绿洲，让生命的尊严，在贺兰山下得以重现。

一条路，需要两个人，两个真心相爱的人，朝前走；

一座山，需要一群人，一群志在巅峰的人，往上爬。

可我，一个孤单的人，宁愿在朝霞里，落日下把她一直仰望！

甚至在漫长的雨季，在大雪纷飞的寒冬，把她望成一尊石碑，一处雕像，刻进历史。

而岩画上的人面像，活在心底。

抬头再望，长云万里，千水映月。

一座北方神奇的雄山，自此兀立心间，从未离开过我们。

（选自《星星·散文诗》2020年第10期）

支 禄

支禄(1970—),甘肃定西人。中国作家协会会员,吐鲁番市诗词协会主席。在《诗刊》《西部》《飞天》《星星》《草原》《诗选刊》《诗潮》《诗江南》《西藏文学》《山东文学》《鸭绿江》《延河》等国内外百余种刊物发表诗歌、散文等千余首(篇)。出版著作《点灯,点灯》《风拍大西北》《九朵云》等。

梦搂一座城(五章)

赞 语

从大武口步行街走过,发现一个天大的秘密:

天空瓦蓝,阳光乘着朵朵白云,放心地散步。

牡丹花走在路上不需要戴口罩;糜谷金黄金黄的外套从不淘洗,也不怕被弄脏。树啊!经常让眼睛发亮,让你看见明天奔跑的雪粒。天空的雨水时不时下来,满街道几圈子,依旧干干净净地跟着黄河远走杏林深处的人家。

青山绿水,正是我想要的生活啊!

马路上,一个人左手提一串鸟鸣,右手提几朵白云,说晚上坐在阳台上随随便便摘一颗星星当灯盏,数一数从黄河水中打捞上来的颗颗晶莹的喜悦。

在石嘴山,关于空气质量和蓝天已向十万亩马兰花做了保证!至今,马兰花依旧信心十足地过着！马兰花相信石嘴山的干净整洁就像相信大地上的花香鸟语，遍地翻滚的绿云早已暗示长命一万年。

月亮，从大地上种出来的，让风挂在天上。

一张干净的小圆脸，情情愿愿地颂唱人间。

“多好的一座城市啊！”

在石嘴山，我第一次听到大雁掠过头顶时，对一座城市的赞语。

大雁说这样的话时从不怕闪了舌头。

花　儿

在石嘴山，一大把一大把的日子用来唱花儿。

花儿一唱，风像拿着一把诗歌的镰刀，伸向时光深处割了一茬又一茬。

转眼间，日子葱韭样又蓬勃而上、新鲜如初。

在石嘴山，一个热爱生活的人低着头把手头米粒大小的事干得颗颗饱满，然后，抬起头，伸长脖颈，沿着贺兰山侧掏心窝子掏肺地给蓝莹莹的胡麻花和白花花的土豆吼几句花儿！然后，花儿沿着草尖尖向平原深处不停地飞……

听到花儿，大河里随波逐流的石头回首，然后上岸，让日子脚踏实地，让炊烟变粗；花朵和麦田在季节里交替着飞来飞去；苹果爬上树梢让低处的日子在头顶光芒四射；朵朵白云从晨曦开始抱着肥胖的梦趴在草丛里，到了黄昏丝毫没去天上的意思；闪电龙样在山山峁峁间边走边洒雨粒，庄稼说够了，闪电回过头又多洒一把。

接下来发生的事谁都知道：庄稼越长越欢，在北方，雨是庄稼的口粮。

在石嘴山，谁也不怕贺兰山堵挡花儿要去的路。

唱起花儿时，高高的贺兰山怕堵挡也会弯下腰。

幸 福

登北武当庙，远天云飘来，神的旨意。

有人赶紧上山接住，却匆匆翻山而去。

高挑作响的铜铃，源源不断送来天语？

贺兰山自始至终闭口不言。一炷香烧完了，如果贺兰山不回答，有谁可以破译呢？怅惘之余，想起北武当庙的来历：

康熙年间，石嘴山的戍边士兵夜里听到喊“背上我”，士兵跑过来背上就走，在重得实在走不动的地方放下建起北武当庙……

此刻，四野寂寂，佛高坐香火！佛心已安，不再说：“背上我。”

仰天大笑正想走出庙门。忽然，庙中传来：“背上我！”

“难道佛让我背它？佛还想去哪儿呢？”

正当纳闷时，身子稍稍一弓，像有人爬上了背。

一高一低地往市区繁华地段赶着。等走到九街时天已黄昏：高楼林立、华灯璀璨；车水马龙、人声鼎沸；空气流蜜、瓜果飘香……

可谓走得快了追上幸福，走得慢了让幸福追上。

此刻，人老牛样挣得嘶吼嘶吼只有出的气没有进的气，实在背不动了。

“你是石头人呀！怎么不说话？”

语声未落，背上的人落地。等回过头，看到放下的是幸福!

在石嘴山，有生以来第一次感觉到幸福的重量！还看到幸福有棱有角、有光有韵、有唱有跳……正当喜心于色之时，高高的云端传来哗然大笑，定是西行的众神看见我傻傻的模样。

一时间，站也不是，坐也不是。

玉 米

寥寥几笔，让风搓出太阳的本色。

血样的色泽，吉祥如意的沉淀。

烈风中，一地的玉米齐刷刷地唱起古老的歌谣，像十万吨黄金今夜悄然抵达北方。骨头中的玉米，血液中的玉米。一把一把把我们喂养大的玉米，火一样燃烧，听见日子鞭炮样遍地噼噼啪啪。

北方的风雨沧桑中，玉米很少缓一口气，一路总是没完没了地活过来，又活过去。

在石嘴山，一株玉米种在梦境中，里里外外的日子是站在大月亮的背面唱太阳的歌，然后，在一个人的心尖尖种上微笑像撒下米黄色的种粒。玉米须须准会流苏样迎风招展。热风中，给你一地玉米，就等于送你黄金般的马儿骑上去辽阔的北方。一路上，有说有笑，口袋里还装着唱不完的歌。

一年中，当玉米给大家带来一摊又一摊活蹦乱跳的心情。

石嘴山，从云烟中抬起头。大北方的梦忙了大半年，终于不知不解从秸秆上走下来。在平罗特色小吃店，一盘玉米横着竖着就端了上来。侧耳倾听，高一声，低一声，玉米棒子上全是黄河流水般的呼吸。

有人推门进来，跟着煤的神思；有人闭门而去，钢铁的脚步远去；有人进门洋溢着纺织的气息；有人离去时石油的呼吸……用工业的嘴巴幸福地数完，留下玉米光溜溜的身子。

玉米呵！这正宗的人间味道，不停地把低处的日子领向高处。在石嘴山，一串串悬挂在屋檐下的玉米，横看竖看像好日子顶天立地。

窗外，贺兰山悄然躲在朵朵白云背后，舒坦地，抖着落在肩膀上的点点星辉。

石 头

大风吹过，天空波浪样在头顶涌动，神秘的星光跟着摇来晃去。

贺兰山上的石头，身段放低到3000米，就在城里落个户口。

一块块乖乖地通过石匠审批签发后，摇身变成羊、狮子和老犍牛，被安置在公园、工厂和单位门口。

白天，看大河样流动的笑容，时不时还让阳光灌醉。

石头里带着钢铁，石头里藏着雷电，石头会让生活硬朗起来。晚上，在梦里碰见石头，该坐下来和石头好好谈谈话，以前见了石头绕着走，有点太固执了。

神秘的水声传来古老的呼吸，其实，那是石头在黄河水里豹子样浩浩荡荡地奔跑。在石嘴山，石头不停地奔跑，时间才不会生锈。一场大水，石头们千年回一次头，北方的庄稼就美美地熟上一茬。

石头更多时用沉默

支付花费，看上去年轻，从没衰老过。

石头的响声说麦子就是麦子，说谷子就是谷子。石头不走，就是十万亩香瓜土头土脑地坐在地上，小沙弥样双手一合颂唱时，河流样的甜蜜马上从泥土涌向内心，涨得咯嘣咯嘣响时才松一口气。

在石嘴山，顺着太阳的目光，经常看到一把钢钎蘸着火花，在石头上谱写工业时代的歌。

（荣获由《星星》诗刊杂志社、宁夏散文诗专业委员会等举办的“放歌新时代，诗润石嘴山”全国散文诗大奖赛优秀奖）

王幅明

王幅明（1949—），河南唐河人，现居郑州。编审，国务院特殊津贴专家，中国作家协会会员，中国书法家协会会员，中国文艺评论家协会会员，河南省散文诗学会会长，河南省文艺评论家协会顾问。有散文诗集、评论集、散文集、人物传记等十余种文学著作出版。个人著作获河南省社会科学优秀成果奖、河南省优秀图书奖、河南省五四文学奖金奖，主编著作获团中央“五个一工程”图书奖、河南省“五个一工程”图书奖，2007年获“中国散文诗重大贡献奖”。

一座大山暗恋着一条大河（二章）

贺兰山照出我的前身

走着，走着，一束强光照亮了我。

贺兰山，蒙古语中的骏马。在我的眼中，它是有着体温的铁壁铜墙。

几乎看不到任何植被。一览无余的坦荡。骨骼似的不同颜色的岩石，像在炼狱里浸泡过。

大山阻挡沙漠东侵和寒流南袭，用强健的身躯庇护着这里的一切生灵。草原与荒漠有了分界。

残缺的古长城与烽火台，废弃的军营，书写着血与火的故事。

雄鹰在山顶飞过，紧盯着一切来犯者。雄鹰疲倦了，摔倒在山下，最终成为化石。

耀眼的格桑花，高声诵读写给英雄的颂词。

这座山，照出我的前身。今天，它重新塑造我，为我的灵魂输氧。

一个忘年的老者，在迈向山巅的道路上，健步如飞。

一座大山暗恋着一条大河

亿万斯年地不倦张望。西边的一座山，与东方的一条河。

总是平行着，相互欣赏，相互张望。

大河仰望大山的自强不息。大山敬佩大河的厚德载物。

因而有了秦渠、汉渠，有了大面积的自流灌溉区，有了众多的湖泊、湿地，有了鱼米之乡和“塞上江南”的美誉。

不倦的张望终于感动了上苍。它让大山弯曲，与大河相会。

神迹出现，在它们相交之处，山石突出如嘴。大山再也不用暗恋了，它可以放纵亲吻这条温柔的大河。

跨越时空的山水大爱，成就了石嘴山这座美丽的城市。

（选自《散文诗》2019 年第 12 期）

冯金彦

冯金彦（1962—），辽宁桓仁人，中国作家协会会员。在《人民日报》《人民文学》《诗刊》发表作品。著有诗集《敲门声》《水殇》《泥土之上》，散文集《背向城市》等。

贺兰山辞（组章）

一

谁能坦荡如贺兰山。

谁能豪放如贺兰山。

每天把心掏出来，放在贺兰山的宣纸上，让心听一听岩羊的叫声再回去。一只飞鹰，再高也是一个线条，两只飞鹰，再高也是两个线条。

山坡上的花，开成一个逗号，一个句号，一个叹号。让我们感悟，美就是一个生命从平庸中走出来的过程。

在贺兰山，山岩是堆积的思想。

只要拎一片回去，就够我们使用后半生。

用黄河的绳子，把贺兰山固定一下。

让白云千载也空悠悠。

二

石头没有痛苦，也没有孤独。

石头从没有生过，仿佛也不会死去。在贺兰山，生生死死对于石头，是一件正常的事情，只不过，死与生，对于一块石头不重要，只是换了一个睡眠的姿势。

燃烧的石头也是。

如果没有炉火的拥抱，一块煤依旧是一块石头，从几千年几万年的沉睡中醒来，也依旧是冰冷，没有价值，也没有自己单独的名字。

并不是所有煤，都能够从地下走出来。能不能成为燃烧的石头也需要一个机遇。对于一块煤，最痛苦的是把它喊醒了之后，最后却遗忘了它。

贺兰铁路是一根长长的筷子，把燃烧的石头从山谷里挟出来。

三

古琴台只是一个空信封。

倒出山谷里所有的琴声，我们也翻不出一个准确的地址。

一封永远寄不出的信。

月亮盖了许多章，太阳盖了许多章，却作废不了。

在琴台的山口，一朵朵小花拎着春色找了许久，也没能够把琴的碎片找回来，把琴声找回来。

知音不在，天上也是地狱。

在明长城，有一些东西，总是要我们要面对的。正像夜色，如何阻挡还是渐渐逼近。

石头已经冰冷了，明朝也是。

历史发黄的皱褶里，守护长城的将士们在沉睡，长城山坡下的草丛里，墓碑在沉睡。

在明朝与清朝之间，我找一个角落，静静坐一会，听听风，看看头上的月亮。

让风打扫打扫百年的长城，有些仇恨在长城下面堆了几百年，就让风装起来拎走。

能够把人间的仇恨卖掉，是我在贺兰山最得意的一笔生意。

四

在贺兰山，有许多的事情用文字维修不了，比如江山。这个时候，无论是谁都必须使用一下战争的锤子。

也习惯使用战争的锤子。

这样的锤子能够固定一下房门，固定一下边界。

但是，很难判断能不能固定一下人心。

从公元前 272 年开始，秦军的马蹄践踏，到公元前 127 年，卫青的刀光剑影，战争像雨滴从欲望的云朵上飘落下来。公元 1036 年，李元昊 50 多万兵力，有 5 万驻守贺兰山。明长城更是见证鞑靼和明朝军队 180 多年的军事大剧。

战争是贺兰山的标配。

至于一场战争需要动用多少人作为钉子使用，没有预算。甚至墓碑也不是一个准确的数字。

工程浩大与渺小，在历史上常常取决于帝王的意思。

帝王们喜欢把江山的旧家具，拆掉重新做。城头变幻大王旗，山头也是。

历史更迭，朝代更迭。

贺兰山还是贺兰山，百姓还是百姓。

五

贺兰山是一个展厅。

27处岩画是贺兰山的作品，为了配合这次展出，整个山谷，都成为作者。

瀑布是书法的飘逸，山峰是篆刻的厚重。

花呀草呀，努力长成一幅幅国画和油画。

魏碑是云，宋体是雾。

怕风把这段历史吹走，把它刻在石头上。无论是舞蹈、狩猎、杂技、游牧，都在石头上生动。

石头冰冷，石头永恒。

什么时候需要了，就把这段历史、这个故事从石头里完整地取出来。

沙湖是一个补丁，缝在贺兰山。

在太阳的放大镜下看去，行走在贺兰山下的我们，只是一个细细的针脚。

细细的针脚。

（选自《星星·散文诗》2020年第10期）

冯明德

冯明德（1958—），笔名皇泯，湖南益阳人。中国作家协会会员。著有散文诗集《四重奏》《散文诗日记》《一种过程》和诗集《双臂交叉》。

森林城市，生长绿色的诗意

清晨六点，略显轮廓，不见风景。大武口森林公园再大，也装不下我寻找的眼睛。

晨风中，缩手缩脚的速写，石嘴山的寒冷有点咬人。

咬，却痒痒的。

那是森林城市生长的绿色诗意，那是塞上煤城燃烧的火红热情。

当贺兰山以 3556.1 米最高峰的海拔力挺“山石突出如嘴”的石嘴山，我多想成为——

一棵绿化树，浓郁半干旱的焦渴；

一块燃烧的煤，温暖西部的荒凉。

叶　梦

叶梦（1950—），女，湖南益阳人。中国作家协会会员，湖南作家协会名誉主席。出版散文、小说等文学专著17部。其散文、散文诗作品等被收入三百余种选本。

沉默的贺兰山

我站在一棵枣树下，抬头就看见了贺兰山。

枣树上结满枣子。贺兰山横亘在西天。

满树的枣无奈地跌落，发出轻声的叹息。贺兰山沉默不语，已经亿万年。

我摘下一颗枣子，咬一口，感受甜的抚慰。抬头遥看贺兰山灰白色山体于天地之间绵延，像从北方沙漠深处奔腾而来的马群，沙尘滚滚呼啸而来，万马奔腾的喧嚣穿越千年烟尘。曾经的北方骑兵团队，早已经凝固为巨量山体。黄河挡住了它们南去的脚步，在青铜峡。

我点开屏幕上的卫星云图，贺兰山变成远古岩画上的一只鸟，拙朴的线条，与远古人类的创作如出一辙，鸟的尾翼锲入大漠深处。解读一幅岩画就是与古人握手。拙朴的线条勾起我心灵的应和。

我走入贺兰山腹地，仿佛走入洪荒，仿佛走入神圣的宗教之境，人与自然的对峙突然开启：有一种让人窒息的威严让你缄口！无法撼动！

假若苍天借我一双翅膀，飞翔于贺兰山之上，我将肆意滑翔，细细体察灰白色山体在天地之间绵延的笔触，拉近镜头看绵延不绝的山的脉络。一条一条山的皱褶叠合排列成为山脉，一条又一条的山脉加入了线条旋律大合唱，极富音乐感的线条给中国画的山体皴擦技法以新的启示。贺兰山敞开自己便是画家的摹本。

撩开层层叠叠的皱褶，灰白色的山体肌理之间突然就有了色彩的层次，岩层间偶有一抹无法言说的彩色让我心动，那是一种极其复杂的暖调子，丰富而融和的色彩无法言说。偶尔有纯粹的黑色一掠又一掠出现在山体间，那是亮晶晶的煤层。让人心动的黑，沉着的黑，透着神秘与高贵的黑，聚集着高能量的黑，暗藏着热能与火焰的黑，那是大自然赐予贺兰山的珍宝。贺兰山的太西煤以九层浓墨镶嵌于山体之间，乌金如钻石，在阳光下熠熠发光。

贺兰山是有色彩的山，仿佛多声部的华彩乐章。我突然想起了油画大师赵无极，如果他见到过贺兰山，得到具象的启示，他的抽象油画的想像与表达也许更加宏阔。

我只身潜入贺兰山腹地，一切喧嚣不复存在。再次感觉巨大的山体给渺小的人类一种压迫感。贺兰山无言，不怒自威，站在那里，一站就是亿万年。

沉默是贺兰山的状态。

收敛起贪婪的手吧！人类必须敬畏自然。

追逐财富的人类。曾经疯狂地向贺兰山索取，切割山体，任意攫取乌金宝石。如今，石炭井那些车流人流，那些在此淘金的大鳄已经无迹可寻，喧腾的漫天黑尘从此消散沉落归于山体，贺兰山开始缝合被切割的伤口。开始持续亿万年的沉淀。

静谧的矿区小镇，人流已经消失，那些锈迹斑斑的矿车成为过去，当我看见我的诗句装点在已经是历史陈迹的矿车上，羞愧难当。

世界归于寂静，恢复到原始的静默。

山不语，却让你感觉到自然的威慑力。

任何人都是过客，唯有山是永恒。

深秋的浓烈芳香把我紧紧包裹，我试图寻找发出芳香的植物，极目周遭却无法确认。

在贺兰山的冬天来到之前，几乎所有的植物都在吐出芬芳，传递山的气息，气味架起物种之间的桥梁。灿烂的阳光照在发亮的芭茅上，成为我经过此地的瞬间背景；遍地落红，听见沙棘果任性地坠落的声音。有一种匍匐在地的植物突然点亮了我的眼睛。阳光下植物发出紫红色的光芒，像海底正在蓬勃生长的珊瑚，干涸的沙地上贴地长出一大蓬，密集的分枝饱含汁液的仙草，那就是传说中的翡翠珊瑚？蓬蒿！那不就是民间说的盐蒿子吗？

高贵的蓬蒿，我与她相见的一瞬心里禁不住微微一颤。

沉默的贺兰山，冥冥中派遣那一兜名叫蓬蒿的草来劫持我的衰心，我拥抱了那一从蓬蒿，等于拥抱了整个贺兰山。

（选自中国诗歌网）

白 鸽

白鸽（1979—），原名田玉珍，女，回族，宁夏海原人。中国作家协会会员，海原县作家协会主席。在《人民日报》《作家报》《散文诗》《星星》《诗潮》《朔方》等报刊发表作品。作品入选《中国散文诗100年大系》《宁夏散文诗选》和《微观宁夏》（汉英版）。著有散文诗集《望海原》《震柳》。

给石嘴山（四章）

贺兰山

遇到你，是我生命里最不可思议的事情。

千岩竞秀，云蒸霞蔚。地平线上，一匹驮着夕阳的马，在晚霞与晨曦之间缓缓移动，寻找着一丝不易察觉的平衡。

一只蝴蝶携着无法破译的史话，犹如一封对折着满含古意的短函，从光阴深处翩跹而来，把花朵当作邮局，投递沧桑。

边墙晚照，文明之光折射出神秘的微笑。

亿万斯年的石头敞开胸怀，奔流山野。重峦叠嶂，从阙处看，有倾倒之势，一些攀附在山崖的花朵，比戈壁平川的芳草更显得忧郁。

尘世苍茫，人生无非就是日出日落，过度膨胀期望和计划，以至于你忘记你自己。

看，看看那向你走来的近在咫尺的万物。这样会给你带来一丝轻松，你的心也会变得柔软。

浮云飘过，几粒鸟鸣啼亮黎明，流泉把亲吻从此岸带到彼岸。

山峦托着金色的召唤，犹如千万匹骏马，昂头盘旋，从海拔3000米的蔚蓝里，缓缓升起。

青山依旧在，霞光万丈高。

巍巍贺兰如砥砺，滔滔黄河似玉带，它们用回旋之势渲染着一片江山的颜色。

它们说——

哪怕是面对死亡，也要微笑。

没有哪一个春天，会鞭挞而出。

石炭井，凝固的岁月

日升月落，衰败茫无边际。

亿万年的酝酿，煤海才泛着无限潜能的光波，为人间擦亮崭新的空间。

风雨沧桑数十载，深埋地下的古代植物，用消耗自己毫无理由地照射山河。

历史的目光总是在轮回中穿越。

当站在石炭井、站在飘着煤叶的街道，堆积、沉睡、寂寥……一切都只是一个存在，一个巨大的存在。

昨日的繁华重压着今日的萧条，风从时光的缝隙挤进来，荒凉无处可遁。

在石炭井，只有风在数说传奇。

亿万年最终没能抵过几十载。四季更迭，时间在历史的长河里，沉思默想。

泉水汩汩，忘记了青山碧草的絮叨。

群星闪耀，记忆中的美好无人知晓。

不，来到这里的人们，都是你的亲人，他们正把你积攒的感情视为文物，永世珍藏。

记住这一切，美善相协时，你我联袂而行。

归德神沟

归德，是一种品格，一种传承。

神沟，是一种精神，一种魅力。

在归德神沟旅行，身体无法抵达的地方，就让灵魂去光顾。有形的影子以一只飞鸟的含义，用目光亲吻着大地，内心凝聚一片阳光。

奇石、险峰、断层、地穴。这是大自然一贯的圈套，它们总是出乎人们的预料。

它们一般在人心无法抵达的地方，或者在防不胜防、山势陡险的地方悄悄探出身子，有可能一直埋藏在荆棘丛中，让人一不小心深陷其中。

它们耸立、突兀、峻峭、深远，这一切都取决于人的认识。这种千姿百态充满着造物主的智慧，是一种勇气，更是一种精神和魅力。

神沟，充满了沉醉和沧桑，“功名”在这里无足轻重，“权杖”更无从谈起。

千年的烽火、岩画、沙窑田园以及滩山水泉，如同历史的繁花，光芒一样穿过时光中的山峡。

看归德神沟，从荒凉中发现野性，从宁静中感受真情，从艰辛中寻找自然与艺术的密码。

在归德神沟行走，目光抚过年迈的沙砾，想入非非。

星海湖

朔北平原的明珠，被黄河丢弃在奔向太阳的路上。

之后，它以亘古不变的姿态华丽转身，一面明镜与星辰、蓝天对视。

目光一寸一寸地抚摸，湖如一个跳动的音符，如一位娟秀静女优雅成一幅浩瀚画卷，云朵忍不住欢笑，漠漠塞北到处是它的光波。

丢弃，也难舍贵胄气质。澄澈在母亲的怀抱里，不可比拟的静美和安逸，如同一株炎黄小草。

贺兰山下一道亮丽的风景，静静观望着城市的车水马龙，鸳鸯低语，水鸟沉吟，它们都知道你的坐标在哪里。

什么是仪态万方？

风正、帆悬，波平浪阔。

云朵从你眼睛里漂过时，整个城市都被澄澈在湖心。

（选自《散文诗》2019 年第 12 期）

刘国尧

刘国尧（1947—），江苏南京人。1982年毕业于宁夏大学中文系。中国作家协会会员。著有诗集《山丹又红了》《爱的旋律》《国尧诗选》等。

太阳在他们掌心闪耀（组诗）

太西煤，中国的骄傲

泰晤士河畔白雪飞飘，
壁炉里点燃一束束淡蓝色火焰。
那是中国的太西煤，
送给世界的
一个漂亮的微笑！

传说中太西煤的故乡，
被诗人涂上浪漫的色调——
汝箕沟是一座黑色的宫殿。

一群快乐的黑天鹅，
在这里采掘黑色的玛瑙。

当矿山坦露出风貌，
世界才惊讶地望着
东经 106° 北纬 39° 的焦点上。
这宁夏山沟沟里的一角。
哦！黑乎乎的巷道……
哦！沉甸甸的风镐……
聚多少煤尘，经多少辛劳，
才结晶出这一漂亮的微笑！

于是，一束淡蓝色的火焰，
诞生了世界送给塞上煤城的感叹号：
啊，太西煤，是世界的珍宝！
汝箕沟的矿工，是第一流的
中国的骄傲！

这里，要崛起一座疗养院

奉献和偿还的平衡，
终于正视了矿工付出的艰难。

在这山桃花盛开的地方，
隆起了矿长责任心的灵感，

隆起了十里黑色矿区的梦幻。
久长的愧疚擎起明丽的宣言：
这里，要崛起一座疗养院！
崛起在矽肺魔影游荡的土地，
崛起在煤尘弥漫的空间。

让黑暗中的普罗米修斯的风帆，
驶向洁净的蓝天，鲜花的彼岸。
给阴冷的诗句以亮色，
给单调的旋律以丰满，给艰辛、劳顿与疲乏，
以轻松的棋盘，香甜的茶盘。

挖掘太阳的人，
捧出光明世界的人，理应得到阳光更多的温暖！

渴盼打桩机早日从蓝图中驰出，
我真想为疗养院出点力，
哪怕只是递一片瓦运一块砖。

窗台上，盛开一片月季

走进矿工的新居，
走进现代化装饰的天地。
窗台上绚丽的月季盛开着，
用馥郁的芳香致欢迎词。

好客的主人捧起盛情厚意，
加了糖的香茶，
好似蜜的鸭梨，
还有胜过糖、胜过蜜的话题。
甜甜的！竟使人眼含泪滴。

哪里去了？锥心泣血的矿史里，
“德昌炭厂”那座地狱，
黑窝棚里拉帮套的群居，
煤末子上奄奄一息的残疾。
汝箕沟用高反差的蒙太奇，
省略了关于巨变的一切注释，
嘲弄着命运的呓语，
向世界传递着矿山的春消息！

窗台上盛开着水淋淋的月季，
盛开着属于这个时代的诗情画意，
组合起阳光、风与春雨。
默默地祝福吧！
让夜的温馨，日的明丽，
永驻汝箕沟的每扇门窗里。

（选自《宁夏日报》1985 年 5 月）

孙友田

孙友田（1937—），安徽萧县人。中国作家协会会员。著有诗集《煤海短歌》《矿山锣鼓》《煤城春早》《矿山鸟声》《花语江南》《孙友田煤矿抒情诗选》等 11 部。

致石嘴山

年年为碧绿的草原，
闪耀金色的光芒，
岁岁为冰封的大地，
吐出巨大的热量。

你在宁夏并不寂寞，
清晨马蹄疾，黄昏琴声扬，
你在宁夏并不孤单，
渠水潺潺流，汽笛声声唱。

傲然挺立的石嘴山哟，
你用一副坚强的脊梁，
顶住艰难险阻，
支撑起朔方火热的理想。

蒸蒸日上 的石嘴山哟，
引来了多少雄兵虎将，
金光闪闪的煤炭，
炼出多少优质钢！

你给宁夏川，
带来了现代的辉煌，
你给大草原，

插上腾飞的翅膀。

八十年代的凯歌，
响彻了你的条条大巷，
振兴中华的春风，
吹高了你的座座煤仓。

看，钢铁和电力，
组成了你的联合阵线，
把矿井下的新局面，
奋力开创。

呵，石嘴山，
朔方的一轮太阳，
驱散了漠北的荒凉，
温软了祖国的塞上。

（选自《朔方》1983 年第 12 期）

老 风

老风（1963—），原名周庆荣，故乡在苏北废黄河畔。中国作家协会会员。出版的散文诗集有《爱是一棵月亮树》《风景般的岁月》《周庆荣散文诗选》《我们》《执灯而立》等。《星星·散文诗》名誉主编。

黄河流过石嘴山

真正的名嘴能够咬得住所有的辉煌，然后，它的语言是启示般的缄默。

当地形状如镌刻的嘴，往事里一直昏睡的平凡终将开口说话？

石嘴山屹立在黄河岸边。

两侧的山脊被正午的阳光照亮，它们是石嘴山醒目的法令纹，岁月的沧桑在左，生命的荣光在右。石嘴一张，悠悠的黄河水便是我眼前最伟大的舌头。

贺兰山下劳动的人们，请接受柔软深情的吻。

石嘴说过的话要在风中寻觅，声音清脆或者浑浊，需要在黄河的波涛中分辨。羊群攀向山坡，老鹰飞翔在额际，麦田边村庄的炊烟持续地向天空传递人间的消息。它们都是石嘴山语言里的核心要义。

依旧还有许多未及说出的话，它们是一条河源头高处的圣洁，人间未来的语言，冰川终将融化，河水还将流过石嘴山。

（选自散文诗集《执灯而立》，四川人民出版社，2021 年）

亚 楠

亚楠（1961—），原名王亚楠，祖籍浙江。中国作家协会会员，新疆作家协会副主席。在《诗刊》《星星》《人民文学》《十月》《花城》《上海文学》《人民日报》《光明日报》等报刊发表诗歌、散文诗作品150余万字，多次获得全国诗歌奖项。

石嘴山（外三章）

铁黑色山体，蜿蜒着，在晨曦中凸现它的威仪。是风声，一缕一缕地，把内心惶惑说出来，把满目秋声，从远处拉近。也可以听见黄河的沉吟，雄浑，凝重，深不可及。

我朝这座大山望过去，山峰耸立，绵远，若无数箭镞射向天空。此时此刻，一只鸟从山边飞来，低低的，在我眼前摇晃……仿佛内心的涛声，被风激荡，又落叶般随风远去。

而石嘴山依旧在山水间荡漾。似乎，这沉默的石头可以补天，可以在幽深处，把光明释放出来。就让时间在这里逗留吧，让我也停下来，从石头中捕捉神话的灵感。

沙湖

沙洲上的湖水浩渺，若空茫，铺展在尘世里。就像垂挂天边的云，缓缓地，把毕生耗尽。在这里，水天彼此托举，似乎，茫茫大漠只是明亮中的一个倒影。我慕名而来，看沙湖，看莽莽苍苍的芦苇，怎样在风中堆积。就堆积我的眷恋吧！堆积我的爱，在远方，在一个人心里。

可是，当我走进鸟岛，仿佛看见了一束光被岩石吸附。鸟并不多，它们都站在那里，如同缓慢的寂静，从眼底溢出一片安宁。而远处，湖水掀起波纹，就像我的思绪，幽幽地，在时间里环绕。

驼队在沙丘那边缓行，游人如织，他们穿梭古今，犹如时空，浩茫，却能看见彼此。我在水与沙的交接处，朝远天望去，贺兰山依稀可见。这莽莽高山啊，峰峦之上，远古回声传来，有一种恍如隔世的明亮。这一刻，湖水回到沉默，仿佛所有的声音都顷刻化为寂静。

走近北武当

一直向北，就到了贺兰山北端的石嘴山市。这里山体呈青灰色，又隐约透出一缕铅黑，就像被岁月久久打磨，便有了铁的秉性。或者就说是铁吧，你看，峰峦叠嶂中，那坚硬的石头穿越时空，如一柄柄长剑向上耸立。而它的锋芒内敛，就像归隐的高人深不可测。我穿过城市马路，进入森林公园，向北武当山不断靠近。不远处，寺庙静穆，仿佛置身仙境，有一种曼妙的归宿感。

可是黄昏降临了，树木披着夕晖，远远近近，都在缓慢的位移中退出视野。我一直朝前走，试图在夜幕笼罩之前，与北武当山作一些呼应……犹如时间之于记忆，浅浅的，能够从中隐约看见某些踪迹。实际上，我只是在山脚下，在北武当的静穆里，满足了一种心愿。所以我停下来，面对群山，面对无边夜色，把内心的惶惑一缕缕抽空。

在贺兰山腹地

据说这里曾人声鼎沸。十万大军的山谷，八眼泉，和那些激情燃烧的岁月。

秋阳正艳，暖暖地把贺兰山嵌入秋声里。正是草木金黄的季节，放眼望过去，金灿灿，尽是一派妖娆。继续往前走，山川蜿蜒，仿佛有很多秘密都隐藏在黄金中。

溯流而上，在通往八眼泉的路上，有一处废弃的大院，里面房屋设施因年久失修而显得破败不堪。据知情人讲，这就是当年赫赫有名的守备一师旧址。时间流逝了，人去楼空，剩下的是记忆，是曾经的辉煌。

所以我朝这荒芜的遗存行注目礼，也把内心的光亮种植在这里，好让那些寻梦的人多一分温暖。此刻，我站在八眼泉旁，就像不远处的那棵老树，明晃晃，孤独却一直快乐着……

（选自《塞上散文诗》2019 年第 4 期）

亚　男

亚男（1965—），原名王彦奎，四川达县人。中国作家协会会员。出版过多部作品集。作品连续多年入选《中国年度最佳散文诗》《中国年度散文诗精选》等年度选本。荣获第19届全国散文诗笔会大奖、中国散文诗天马奖及《人民文学》《诗刊》《青年文学》征文奖等。现为《星星》诗刊编辑。

贺兰山（外一章）

有风。撕裂。

一路颠簸，我不能平缓地呼吸。一块块石头，锋利无比，坚硬地刺向天空。20亿年的海洋沉积，森林裂变。竖起一道屏障。

于是有了塞上江南。

但我来到贺兰山，江南却披上沧桑。我一直想用一种声音来覆盖，迟迟得不到回应。

所有的光都从灵魂里暗下来。

贺兰山堆积起来的冷酷和荒芜，填满了。

石嘴山雕花的窗已经关闭。

几个外地来的诗人，从酒杯里看到的贺兰山，花岗岩泣不成声。

每一滴落在心坎，为此一颤。如果有雪，贺兰山更为悲壮和凛冽。

多么疼啊，风怎么也吹不去。吹不去我一个人站在光秃秃的，裸露的灵魂的失落。尽管有阳光也是冷冷的。

我用坚韧写下贺兰山的刚烈和陡峭。

近处，一笔笔厚实的油彩，画出生命轮廓。远处，是一笔笔苍茫。一个电话进入阳光批注了的贺兰山。山势愈来愈逶迤，亦如生命的跌宕起伏。仿佛我看到十万人的浩荡写出的历史长卷，在中国的版图上比任何一处古迹都要伟大。

只有石嘴山在黄河的怀抱中，那一片田野和湖，不断向我靠近。

自然有我灵魂里不同的态度和认知。

只有烈性的酒才懂得贺兰山究竟还要几亿年才能将江南的温婉培育出来。

这人间，一小块光阴，与江南遥相呼应。

贺兰山，我来过。我敬上一杯我的坦荡和热爱，江南已酿好。

沙 湖

我已经感知不到细腻。

一个湖在贺兰山下，沙聚集在一起，我却握不住。猎猎的风，吹来驼铃声。芦苇荡和沙，倒影在湖中，我还是孤独的。

每一张照片，烙在沧桑里，水鸟已不知去向。

一个人的甜蜜构成，就是在沙中握住一个人的思想，并不断传输。

我用一张张图片来填补岁月，我只想分享给一个人，多了就失去了我的人生准则。

湖水是专注的，也是执着的。

虽然不能和江南的水相提并论，但也有有水则灵的道理。

沙湖灌溉着我此刻的想念。

如果再去，我一定不能落单，要邀请一阕婉约，在盘口上绣一只蝴蝶。

我庆幸，沙湖的沙不管什么时候都没有板结，一直都有一种生命的活力。

当然得益于贺兰山这道屏障，把西域气候屏蔽。灵魂里的鸟儿飞远，也不会失落。

自然形成了江南气质和西北粗犷的迥异。

沙湖里的鱼有着江南的细腻和口感。那个中午我再一次固执地认为，石嘴山称之为塞上江南是有道理的。风景是与人有关的。

尽管有一些遗憾，但沙湖弥补了一小点。那只是一种物。

这就是人生吧。

（选自《宁夏日报》2019 年 10 月）

李 萍

李萍（1975—），女，甘肃临夏人。高级记者。中国作家协会会员，临夏回族自治州作家协会副主席。已出版散文、散文诗、报告文学等作品集11部，散文集获“敦煌文艺奖”“黄河文学奖”和“东丽杯”孙犁散文奖，短篇小说获临夏州首届“花儿文艺奖”。

在石嘴山，我翻晒纵横众生倾倒的绝唱（组章）

1

风很厚，吹不透的一座城叫石嘴山。

沙很散，堆砌一个五千亩的沙丘叫沙湖。

我在幻想。我是通体透明的煤，我是黑亮如漆的碳，我是抹不去的岩画。

我是人设的石嘴山吗？我是标识吗？

我肯定，十万分地肯定我是。哪怕在一团熊熊烈火中死去，我也愿意是绝版的石嘴山里的一滴阳光！

行走让把石嘴山读给你听，我在奢华里抒写奢望！

2

透过厚厚的尘埃，风传奇嘴道出的故事，粗粝，新鲜。

点线面的水乳交融，勾勒众生的风景。遍地的风景，舔舐我的灵魂，煨着我的虔诚。

其实，千年前我是一只鹿，或者是一头牛，说不定是一个挥戈的男子。

因为我的觐见与膜拜，万水千山成一幅画，在贺兰山的偈语中，我把繁华组装。

然后，在最安静的地方，我打开自己，我愿意承担魅惑的罪名，驰骋石嘴山古今的心田。

3

巍峨的一座城，黑金子一样的城。

那是怎样的一座城啊？石头打造的嘴，石头勾画的山，属于我的山河的石嘴山。

我沦陷在青藏高原的蔚蓝，一次次地遥望。

你可曾感知？我的体内火与水分，一一呈现。然后，优雅地撕裂自己，用人世间最深的爱恋饱腹城郭的生生世世。

贺兰山。岩画。灵魂。在许多动人之处沉睡，沉默，然后仰天长啸。如此被爱，或许是我的风格，也是石嘴山的风格。

我欣赏，我渴望，我缠绵。

山与风的亲事，我不发表意见。

4

问题一目了然！

温柔漫过故事，目光渐趋清澈，所有人的拜谒，只是续写觐见。

缄默是一个宽敞的牧场，禅意的唐古特人在豢养云朵与坚硬，牧养黑水城的经典。

风度与外表的装束，弥漫沉默寡言的转变。

今天？你为属于我的石嘴山打卡了吗？朋友圈、今日头条、微博、抖音和快手，让我目不暇接，让五洲眼花缭乱。

我只想云朵划过草地的弧度，闪亮心的纹路。

5

我的九月，野花开满草原。

石嘴山是歌声里的马尾，我是九月里的木头。

爱横跨几个世纪的辽阔，我在诠释石嘴山全部的善意，以此昭告天下我的魂魄生生世世属于的一个塞外之城。

尘世匆忙，我允许自己让阳光的逗号串成戒指，在某一刻戴在贺兰山的指端，试图混乱一些人的想象。

唐诗宋词津津有味，断想我与石嘴山的情缘。

6

我抽出一根肋骨，做歌舞山河的道具。

绝唱吻合岩画的草长莺飞与琴瑟和鸣，爱的有形与无形，耳语抑或耳鬓厮磨，温暖如你。

阅读风言风语的和谐，独特，是完美无缺隐匿的精彩吗？

我反复修改关于西夏的标题，因为眉题总是过于煽情。惊讶与欢喜，算是两个章节的主题，让所有人奔跑与漫游是石嘴山打的如意算盘。

我是一个被彻底改造灵魂的囚徒，目光或热烈或凄迷。你之所以一无所知，那是因为秋天的草料被石嘴山的精灵收割殆尽。

7

我相信，如果你把我给你写的情书言说，不用设想，风在瞬间会让爱的秘语家喻户晓。

那是我的风格？抑或是石嘴山的专利？

我无言以对，我独酌沸腾与喧嚣，一并痛饮寂寞。

茫茫白露，苍苍蒹葭，大水沟之侧，风痕有声的西夏离宫，一切符合光阴故事里的苍茫。留存，缺失，缝合。复合又附和，河山的篮子里，针头线脑安静。

说真的。石，嘴，山，石嘴山，沙漠玫瑰姹紫嫣红的慷慨，怒放在灵魂的高地。

今夕何夕？

王朝的飘飘衣袂，映衬着宁夏的歌舞，我用我至诚的骨血温婉一阕关于石嘴山的宋词。

8

我看见，时光的白马大步向前，出春分万里的石嘴山。

西夏的一颗心，温柔讲述时光白马憧憬的北之北南之南，缠绵是风与沙的特权。

岁月镶金镀银得恰到好处，让行吟的俗语贴上石嘴山的标签。

大河汤汤，一条宽广的河在流淌。我思忖：是贺兰山誊抄了珠穆朗玛峰的温度与厚度，还是石嘴山复活了千年前的山之石嘴。

一些传说宏大，一些故事阔远。我变得成熟，我在沉淀自己。

如此，一条诗意的口子被渐渐撕开，向远方，更远的远方，默默挽着金发碧眼的惊讶，横渡石嘴山六十华诞的千山万水！

9

几千年前，我们的灵魂在华夏大地相遇。一份家书就这样铺展开来，从甲骨文开始，洋洋洒洒，一直在延伸延续到西夏文。

记忆的渡口，一叶扁舟安静停靠，飞鸟划过流痕，啄食水滴上的阳光，啄食水滴上的虫鸣，啄食水滴唇角的喃喃细语。

许多啄食被延展，美好在飞飞停停中，让湖水腹地的万物彼此深爱。

风与云朵窃窃私语：带不走的花朵，盛开得密集又高调。

大河汤汤，自西向东的诗情，横贯一座城的古今，词句奢华。拐弯，又向西，向东，再向东，蜿蜒出贺兰山缺的欢歌。

我翻越高高的山峰，等风一起缔造石嘴山的终结者……

10

我的白月光，默默无声，数着星光，遥想石嘴山。

在收集尘世的花朵，揣度着岩画的意图。

石上作画的集大成者，定然懂得草木的方言，否则何以放牧十万匹白马？

我惊讶自己的行走，走得忘乎所以，走得尽兴。或孤独，或默然。我接受喧嚣之后，一切必然静寂，也必须静寂。

我默默地做着异乡人，把一卷老书吟唱得字迹发黄，我的嗓音嘶哑，却无比柔媚。

风变得高大上。浩渺与巍峨，恒久与腐化，一切传奇的文字经典着石嘴山。
一朵蓝莲花，盛开在钢筋水泥的层林，摇曳岁月的旗袍万般华美，我歌唱。
贺兰山的温度与厚度，一座石嘴的山城了然于胸，我腾跃。
万物之上，欢喜在横亘，我欣喜若狂……

（选自《星星·散文诗》2020年第10期）

李俊功

李俊功（1965—），河南通许人。中国作家协会会员。出版《梦园》《披褐者》《弹响大地风声》《河南散文诗九家·李俊功卷》《开封，开封》和《五种颜色的春天》（合集）等。获得第七届中国散文诗天马奖、中国大河双年度诗歌奖、河南省第七届文学艺术优秀成果奖等。现任河南省散文诗学会副会长、开封市作家协会副主席。

美哉，石嘴山（五章）

沙湖之蓝

用一湖清水盛放天空的蓝。

执着的蓝。

睁着神的眼睛，望见时间，被洗净，一若处子，正步，走近一座城。

一座干净得没有任何杂质的城，它保留着清水给它洗净的历史记忆，保留着清水给它洗净的梦中微笑。

黑夜过去了，它蓝；

白昼光照着，它蓝。

它有的是温柔的性格，这种性格浸染着颜色，玉石般的蓝。

蓝得水舍不得离开。

蓝得绿色的草木舍不得离开。

蓝得黄河拐了个弯，舍不得离开。

蓝得远处的贺兰山咧着嘴，笑着，舍不得离开。

沙湖，蓝是你的命！

你一直抱着一匹蓝，率性地活着，快乐地活着，太像，太像静守在你周围默默生活的那些人。

石嘴山

会说话的山石，和一座城日夜交流。

往往，晴朗的白云簇拥，寻找光阴的记事簿。

斑嘴鹈鹕自人间飞过，历史仿佛瞬间豁亮了，一下，又一下。

多少好消息能够让一座城隐瞒得了呢，贺兰山贴着耳朵，依偎过来。

嘘，轻声，性情善好的山水草木，这些美得只显露生动细节的见证者，已经让美成了最好的见证。

庄稼爱深扎的沃土，爱时光在它们面前停下的脚步。

粮食啊，才是人心深处最初也是最终的善行。这样的看法，就是交给青海杉，它也会微微颔首。

黄河似乎听懂了其中的秘密，它拉长了一脉命根子一样的抒情。

渺远的星星也听懂了，它用光的胳膊挽着高高大大的油松林，给不做噩梦的夜壮胆，并道几声透明的晚安。

石嘴山，你的年轻而丰润的果实，鼓胀着永远讲不完的故事。

茂密的，圆满的，像说话的山石，相互对应着，一句，或者，一行，都闪闪发光。

红柳滩

放低姿态的红柳。

给风沙上锁。

世界美且任性，晨露清澈，落日强大，布谷鸟在每个时刻安排它的演唱会。

必须阻止一粒黄沙里的恶，挖掘出其间诗意的黄金。

宁夏以北，一株株不起眼的植物，手握着盐碱化沙丘的钥匙。

打开土地的谜语。

仿佛沿着美梦的边缘散步，出脱尘世，做哪怕卑微，却是活着的主角。

让红棕色的旗纛，和光芒的提醒，布满人类的福田。

矮并不等同于矮化。一段生命的坚韧决定了强大的世界观。当以谦卑，开掘茂盛的智慧泉，从此间观赏蓝天闲云的飞鸟自天空徘徊，而人们，怀揣歌咏，心胸突然辽阔，山河雄壮。

居留树梢的日光，是到处阐释的道德的诗篇。

黄河上游的城

那么多滋润的日子，黄河在其身周旋舞。

身边的黄河，给上游的城，至美的幻像。

谁有这样的好时机，能够看到站起来的黄河，亲手递过来月光般的流水，递过来镜子般清澈的人间烟火？

唯它，有自由和想象叠加在一起，唯它，有成千上万只欢鸣的鸟群，好运总在。

黄河于植物根部穿越，于一座城的欢喜上穿越，恰在此刻，花朵和我们相遇，故事和真实相遇。

怎么去描述一场场爱情，活在一滴滴黄河水里？以及那些暗疾的生活，如何用一滴滴黄河水轻轻擦拭，迅速消肿?

风沙曾经踩进我们身体的疼痛，已经让一条咆哮的黄河勇猛地拔出。

黄河上游上段，石嘴山的脊梁挺起：它看见麦田、树林、果园，看见菩萨漫步，神仙沉思，看见成熟的土地，匍匐着安下心来的历史。

记住：每一滴黄河水，都有根。

记住：每一滴黄河水，都有感动的泪。

环绕着世纪新城，岁月空虚的部分已经被填满。

正是依靠黄河水的铭记，它把它紧紧地揽抱在怀里，让一切葳蕤。

太西煤

煤的家史，是寂寞的神性。

黑色，时光压缩的封面。

像光芒射出的利箭，呈现的想象，追着光，追着春天般的急事。

沉默的价值是燃烧，送来世纪慧光。这适合于太西煤，适合于偏远，怀念般的发现。

煤在火焰中，首先撬开自身。

然后，撬开俗世冷寂的缺口。

一旦出发，它已决计如此解脱。

肖 川

肖川（1944—2022），原名赵福顺，辽宁沈阳人。中国作家协会会员。著有诗集《塞上春潮》《黑火炬》《与光同行》《肖川歌词集》《肖川诗选》等。

陶乐独白（外一首）

仅一水之隔便平添那多曲解与误解，
如同
宁夏以外的诸公民对于宁夏。
（竟把被诗人誉为塞上江南的富庶之乡视作沙荒漠野）

我为此踏波而去，
与陶乐握手而谈心。

握手之瞬间是九月，我感到
九月阳光在这卧蚕形土地上

格外多情格外明媚。
是鲜有并非来自远方的朋友吗?
热情的接风足以令人陶醉。

小城子民无论男女老幼都很熟悉,
一见陌生面孔就知道是异乡客
便投之以又足使人陶醉的微笑。

是久被曲解而反馈的别一种情感吗?
他们对故土以外的天地更感兴趣。

红瓜子染着他们的心血,
不但过了黄河过了长江而且过了大洋,
集装箱上的标签却用阿拉伯文写着:
中华人民共和国·宁夏。

这里没有固定码头没有固定航道,
渡轮搁浅、冰凌期或黄河初封他们便用
河底电缆与外界对话,
从电波与荧光屏中寻找趣闻,
然后依如昨天那样安排生活,
(时而也有小许出新)
为什么不架一座与彼岸相连的桥呢?
他们说:

造价太高，国家还不富裕；
这块土地为什么叫作陶乐呢？
沉默
没有谁能够回答。

沉默。深深的沉默。
无法探明陶乐内心深处之独白，
我转望黄河。

驳船正在浪中。

省嵬山

早就在古版地方志上交换过目光，
果真无缘吗？竟对面不得相识。
省嵬山呵。

只见毛乌素旱风吸干了你的肤油，
鄂尔多斯台地横陈无际之苍黄。
仿佛鲜活气从来不曾涉足，
沙棘沙蒿沙葱，那些沙漠的望族
也只星星点点苦唱千年不变的长调。
羊驼马包括放牧它们的人
一代一代如这被遗忘的山，
尽管，它（他）们以尸骨显示生命曾存活。

拾起一块类似兽骨的僵石，
我沉思：
岁月也僵冷得如你苍黄之肌肤吗？
陶乐人却称之为红崖子山。
皴裂之皮下犹是鲜红的血呵。
远方，北上的黄河荡荡然无声息，
许是
将语言留给她岸边的山了，
山下便是果园（苹果已红透），
陶乐人心中血红殷殷的山呢？

我听到埋没已久的心与时代之秒针
同步跳动
于空旷的沉寂中沙沙作响
如初酝之河潮。
省嵬山呵。

（选自《宁夏日报》1985年12月）

沈华维

沈华维（1954—），宁夏永宁人。部队退休干部，大校警衔。曾任宁夏诗词学会副会长，解放军红叶诗社副社长，《红叶》诗刊主编。现任中华诗词学会副会长，中华诗词学会高研班十大导师之一。主编、参与编辑出版各类图书十余种。有《问心斋诗词集》《沈华维诗文选》等出版。

沈华维诗词五首

过黄河大桥

日架长虹两岸连，桥头漫步忆当年。
怒涛咆哮隔天堑，激浪奔腾荡木船。
高速车轮通四塞，创新使命压双肩。
而今驶入云深处，一路高歌石嘴山。

重访西大滩

怒草重生绿似绵，天公造化本无偏。
地铺一卷荒凉梦，风带三分寂寞寒。
面对当前堪笑傲，重提往事自辛酸。

田园锦绣惊回首，秋色村烟画里看。

鹧鸪天·游瀚泉海有感

残梦依稀四十年，军装染绿贺兰山。
长河饮马屯关外，大漠吞风守塞边。
时已过，景全迁，荒丘处处涌清泉。
昔时战友今何在？都作长城一块砖。

行香子·暮春过星海湖

碧浪回峰，翠苇千丛。把生机、引入空蒙。沿堤拂柳，卧石依松。对一山云、一湖月、一亭风。

昔日污蓬，迷我双瞳。得天时、除弊兴工。春光恬静，步履从容。在大河旁、家园外、画图中。

沙湖放歌

沙水相依天下奇，五星胜景世人知。聚焦四季打卡地，况复阴晴多变时。翠苇恍如遮纱帐，春风吹拂翻新样。长堤十里绿烟波，画舸穿梭掀碧浪。浅草白沙次第新，杏花柳色复逢春。资源耗尽难为继，生态和谐见精神。忽听湖中动幽咽，群鸥栖息白羽叠。红鲤戏波随客游，风吹荷苇轻摇曳。沙丘起伏任人攀，驼铃霜月带云还。青山无语千秋立，一派生机在此间。勤劳致富多赤子，创作艰辛无终止。涓滴何妨汇巨流，源头活水都聚此。平镜幽然共怡情，云收雾敛映山青。风光犹在更高处，放眼还须上一层。雄浑铸就沧桑谱，岁月如刀雕今古。时代豪情正当歌，踔厉奋发擂天鼓。沙峰突兀水平铺，天造神奇画不如。布局蓝图生态美，经营绿肺纳清虚。碧水金沙不私藏，精心书写大文章。谁将塞外添佳景，守护金山富一方。

张 嵩

张嵩（1963—），宁夏固原人。中国作家协会会员，中华诗词学会常务理事兼创作委员会副主任，宁夏作家协会主席团委员，宁夏诗词学会常务副会长兼秘书长，宁夏文史研究馆研究员。出版诗文集《遥远的岸》《渐行渐远集》《散落的羽片》《诗化留痕》等6部。现供职于宁夏政协办公厅。

诗八首·石嘴山

奇石山

一上丘原紫气翻，奇石灵秀壮兰山。
女娲遗落斑斓玉，多少精华在此间。

星海湖夜色

华灯初上缀星湖，五彩金珠入画图。
堤岸多情杨柳树，与之醉舞又何如？

新区建设

平地高楼起垄畴，生活美景著风流。

旧时面貌从今改，描绘蓝图显远谋。

瀚泉海

往昔四野碱成堆，寸草无生土亦悲。

引水涌出瀚泉海，芦丛鱼跃戏莺飞。

天河湾湿地

地藏灵气势非凡，水育精神驻玉颜。

久历干涸伤肺腑，唤来湿润浴心田。

塞上新居

绿树红房映碧天，门前流水绕青山。

人间“广厦”民心居，塞上新村大景观。

陶乐特大桥上观黄河

大河东去贯长虹，两岸丛林绿意浓。

一敞胸襟归自然，桥头跨上若乘龙。

喇叭湖防治沙

狂沙肆虐顿成丘，漠漠无边万古忧。

种草造林活水聚，绿泉一片可行舟。

（以上诗作选自诗词集《渐行渐远集》，宁夏人民出版社，2015年）

周鹏程

周鹏程（1965—），重庆人。中国作家协会会员、中国诗歌学会会员，中国散文学会会员，中国报告文学学会会员，重庆市作家协会会员，重庆新诗学会副会长。著有《花开的声音》《迷雾城》《旧年的雪》《青春踏歌》《藏地心迹》《永远的影子》等。曾获中华文学年度诗人奖、两届重庆晚报文学奖、全国鲁藜诗歌奖、重庆市“五个一工程”奖等多项奖项。

西行北吟（三章）

石嘴山的石头

十月塞上，烈烈秋风。

我向西行，心朝北流。

从这里，一条河揭开它奔腾的序幕，一座山展开它蜿蜒的臂膀。

河是黄河，山是贺兰山。河有褶皱之美，山有刀锋之钢。

一轮月光隐藏千年机密，在一个神奇的地方穿梭。山水交汇，“山石突出如嘴”，一座城市像一个孩子因此有了自己的名字。

宁夏的第一吨煤、第一度电、第一炉钢，曾记否，石嘴山？

在风和雨里，石嘴山写下庄严的序言。

在光和沙里，石嘴山阔步迈向辉煌。

石嘴山的石头，是石嘴山虔诚的宗教。

石头。石头。精美的石头会唱歌。

在石嘴山，有一个公园，叫奇石山。

没有一块石头是年轻的，没有一块石头是石头的模样。这些从土壤里长出的石头，这些从海洋里长出的石头，这些从火山口迸发的石头，这些从历史的豁口狂奔的石头，学会了模仿。

学动物，学植物，学人，学老物件。

千姿百态，妩媚娇艳。

有的石头在燃烧，它在灰烬中复活；有的石头在呻吟，它梦想着做一块理想的墓碑；有些石头在撒娇，希望能有个好价钱。

还有些石头默默无语，在铺路，在垒山，在成全别人。

更多的石头在世俗的眼里发光。

贺兰山的雄鹰

一块冲天的石碑，闪烁雄鹰的翅膀。

贺兰山下，大武口的荒原里，“贺兰雄鹰”四个字，深深勒进岁月的肩膊，与高大的石碑同命运。

鹰的精神在这里闪着光芒，鹰早已飞向了属于自己的天空。或“驾长车，踏破贺兰山缺”，或唤醒“大漠孤烟直”的苍茫。

刀锋对立刀锋，在历史的河谷里厮杀。

旷野遥望旷野，在现实的草垛上期待。

轰鸣的机器声已经烟消云散，挖煤的大军浩浩荡荡远去。只留下矿的孤独和山的伤痕。

谁在这荒原里惊醒嶙峋的梦，谁就会获得最绚丽的花朵。

谁在这旧址上抚摸一枚残枣，谁就会听见黄河的怒嚎。

谁在这雄鹰曾经盘旋的地方呼唤，谁就会在悬崖峭壁上赶着一群岩羊穿越古老的时空。

当深秋的风猛烈掠过贺兰山，塞上将迎来一场大撤离。

草木退回大地，禽兽隐居深山，贺兰山彰显出神的庇佑。

只有八号泉水，还在那里汩汩流淌。八口井仰望着蓝天，紧紧抱着，像战友，像兄弟相互取暖。陪伴水井的除了枯草、沙石，还有旷野的寂寥。

没有一声鸟鸣，没有一声虫叫。

这股泉水是多么清澈，哗哗地奔向远方，直至流成一条清澈的河。

余晖洒在兰州军区守备师第一师师部旧址上，仿佛照耀着昔日人声鼎沸的军营。残墙，断壁，窑洞，旧砖，静静地诉说数万人在这里奔忙的过往……

从立着“遗址”字样的门里往里走，一路顺着小溪就可以抵达八号泉水，那是曾经几万人的血液补给，几万人守卫矿山，守卫巍巍贺兰山，守卫贺兰雄鹰。

八号泉水是铁的见证。现在，这里成为废墟。

废墟自有废墟的坚韧，废墟自有废墟的衷肠。

在无边的苍凉中，我看见了，每一棵杉树都流淌着美丽的词汇，鸦雀无声的戈壁藏着色彩斑斓的诗句。

蓦然，一只蓄势待发的雄鹰从八号泉水腾空，再一次冲向茫茫贺兰山……

沙湖钢架上的鸟巢

我见过无数的湖，唯有它叫沙湖。

我见过无数景区的大门，唯有这个门高高钢架上栖息着鸟的一家。

一枚巨大的手雷，举在空中，那是原始的鸟巢，展示着人与自然的和谐。

我想，鸟巢中的鸟自由飞翔，自由栖落，还有什么比这更加幸福?

它们居住得太高，冬天就要来了，谁为它们准备过冬的食物？不知道它们现在是否安好？

在沙湖的上空，我听见了鸟鸣，发现泪水从天而降，它准备湿润整个沙湖。

岛和岛之间有心灵相通，环湖的船只是一个跳板，它真能把一个人的心带到沙漠里去吗？

沙湖景区大门钢架上的鸟儿，你可听见了西夏人的杀戮和惨叫？

沙湖景区大门钢架上的鸟儿，你可看见了消失的王朝，风蚀的陵墓？

沙湖的水，沙湖的沙，他们能听懂鸟儿的歌谣么？

除了满目芦苇，一望无际的是一个人内心的荒凉。

借我十万株老藤，借我十万亩葡萄，我也打造一个庄园，让绿皮火车装上鸟巢，夜光杯中有鸟的安详。

（选自《塞上散文诗》2019年第4期）

杨启刚

杨启刚（1966—），布依族，贵州都匀人。中国作家协会会员。作品散见于《诗刊》《星星》《诗歌报月刊》等报刊，入选《中国散文诗百年经典（1918—2017）》《中国散文诗一百年大系》《新中国诗歌史料整理与研究·作品卷·散文诗（2000—2018）》等选本，被翻译成英文、韩文、蒙古文等文字对外推介，荣获政府文艺奖、鲁藜诗歌奖、华亭诗歌奖等奖项。出版有散文诗集《低吟或晚唱》等多部专著，主编有《黔南散文诗人十三家》等多部选集。供职于贵州省都匀市委宣传部。

燃烧之后的升华，也没有一丝炫耀（五章）

塞上煤城与太西乌金的二重奏

塞上煤城，是你出生不凡的名片；太西乌金，又是你另一张铿亮的名片。

大地的馈赠，从来就没有浅薄。在这里，“太西乌金”已经成为一种符号，成为这座城市财富储存之后沉淀的象征。

沉默是金。当然，是金子，总会在黑夜发光发热。而深藏于地下的乌金，亦成为闻名中外世界煤炭的珍品——岁月是公正的，永远不会让它在深埋之中不见天日。

但它依然是淡然的，低调的，冷静的，它没有被金字招牌背后所隐藏的种种诱惑，而灼伤那一双清澈见底的眼眸。

就连熊熊燃烧之后的升华，它也丝毫没有一丝炫耀。甚至于，竟然没有骄傲地升腾出一缕青烟，与这个世界平分秋色。

就像这座塞外的城市，低调而深藏不露，隐忍而不奢华，坦荡而不掩饰。

从一块雄浑而深厚的煤炭中，我们就已经看出了它的宽阔与傲骨，看出了这座城市早就与张扬二字分道扬镳。

国家森林城市的另一种阐释

贺兰山脉与黄河交汇之处，必有雄壮的山，必有柔情的水，必有绿色的树。

在宁夏，石嘴山，你是唯一一个获得“国家森林城市”称号的地级市。在与戈壁荒滩为伍的城市中，你没有与荒凉作伴，没有与沙漠称兄道弟。

在这里，我看见了“五湖四海，自强不息”的精神，看见了成片的绿色，看到了惺惺相惜的天空和大地。看见了白桦、杨树、红柳、沙枣、沙棘，还看见了红松、塔松、杉树、梧桐……树们携手抱团前行，成就了森林，成就了参天大树，成就了大武口森林公园绿色的翡翠。

没有森林环绕和点缀的城市，注定只能是苍凉的代名词。

满眼的绿色真好。这是大自然真正的底色。

绿色拥抱的城市里，必将充满青春的活力，永远不会荒凉。建设创新型山水园林工业城市，将是你未来的灵魂所依。

在贺兰山观岩画

在白芨沟，赭红色彩绘的彩色岩画扑面而来，像洪荒时代一场热血的爱情在招呼。

这是深秋醒来的一个清晨。先民们生产和生活又开始了。他们没有过于复杂的想法与感情，生存与毁灭，饥饿和抗争，成为他们唯一的诗和远方。

黑色的玢岩上，先民们正在狩猎，游牧民族的生活饱含诗意，又蕴藏忧伤。

几千年了，风霜和雨雪没有冲刷掉它们身上的色彩，太阳和月亮的滋润，反而让它们更加鲜活通透。

他们的发辫栩栩如生，他们的爱情敞亮豪放。他们爱过之后的身体还在温暖发烫。

他们狩猎，他们厮杀，他们生子，他们与星星相亲相爱……他们也会在月黑风高之夜发动局部的小战争，作为午夜中奔跑不息的血液。

他们敢爱敢恨，就像我此刻站立在岩壁之下，眼里溢满了对一场真正的爱情的渴望。就连壁上的牛、羊、狗、马、驼、鹿、兔、狐、犀牛等动物，也总是为了一场永恒的情爱而结伴前行。就是一堆白骨躺在沙砾之上，也无法阻止它们挑战生存的欲望。

这些凿刻在数十米上百米长的石壁上的岩画啊，构成了精美的古代艺术画廊，也构成了人与自然和谐相处的永恒的雕像。

沙湖：鸟的天堂

在这里就是做一只鸟，都是非常幸福的。

所以这里有鸟类 198 种，100 多万只。它们在这里出生，在这里成长，在这里栖息，又在这里老去。

众鸟飞时，声如轻雷，盘旋回折，遮天蔽日；群鸟落处，形似云布，枝头水面，无可数计。鸟的世界里没有倾轧，也没有黑暗中的算计。翱翔与生存，是它们一生的诺言。

黑鹤，中华秋沙鸭，白尾海雕，大鸨，白琵鹭，白额雁，大天鹅，小天鹅，鸳鸯，鸢，苍鹰……当然，请鸟们原谅我的浅薄与无知。在沙湖，我真的无法写出你们 198 种鸟美丽的名字，但我会把你们都当作我的兄弟姐妹来对待！

我只能按时在春秋两季来到这里。我知道，这是最佳的观鸟时节。与一对黑

鹤称兄道弟，是我最渴望的奢求；当然，拆散那对湖中恩爱的鸳鸯，这不是我的所作所为。更何况，小天鹅们已经在湖面上翩翩起舞，那些无法言说的美，让你忘记人间残存的某些寒冷与邪恶。

成人之美，在众鸟的天堂里，没有恶，亦无邪，只有善与美。就如黄昏时刻，湖面金黄的涟漪，泛起的也是不加修饰的自然的光芒。

飞翔吧，这里的天空高远而自由。早已高过人间的天堂。这里的湖泊没有漩涡与陷阱，只有芦苇轻荡，夏荷绽放。

在马兰花大草原策马奔腾

又是每年的四月底五月初，上万亩的马兰花，又在草原上携手傲然怒放。

浓浓的紫色装扮着茫茫戈壁。0.67万公顷的大草原，已经足够我策马扬鞭，足够我踏青赏花。足够我，忘记人世间的一切烦恼与忧愁。

在鄂尔多斯台地的边缘，我总是渴望与一匹独自流浪的骏马相依为命。

自然的星空下，有时，人就是马，有时，马即是人。人借助马的奔腾，来实现飞翔的梦想。一匹脱缰的野马，更需要爱情的力量来助跑。

城市内心深处的河流过于密集，那里的钢筋水泥构成了铁质的篱笆墙。只有越过城市的樊篱，深入大草原，与骏马为伴，踏着马兰花香，惬意的日子才更有盼头。

策马扬鞭，在紫色的花海中纵横捭阖。浪漫的日子就在眼前，从来就不必苦苦地等待与寻找。

千里之外，草原深处，岁月静好。

高 平

高平（1932—），河北蔚县人。曾担任中国作家协会全委会名誉委员，甘肃省作家协会名誉主席。出版有各类文学著作20余种。

游沙湖

沙要推进，
水要反攻，
在贺兰山下，
展开了持久的战争。

水，积成了大湖，
沙，垒成了山岭，
芦苇是绿色的长矛，
骆驼像游动的哨兵。

沙不肯后撤，
水不能取胜，
对抗转换为对应，
均衡结构成风景。

（选自《朔方》1993 年第 12 期）

倪海曙

倪海曙（1918—1988），上海人。1941年毕业于上海复旦大学。历任上海新文字研讨会理事，芜湖内思中学、上海震旦大学附中教员，上海苏商时代日报社、时代出版社编辑，复旦大学副教授，《新文字》周刊主编，华东人民出版社副总编辑，《文明学习》《语文知识》主编，文字革新出版社总编辑。全国第三届人大代表，中国文字革新协会常务理事。1952年加入中国作家协会。著有专著《中国拼音文字运动史简编》《中国拼音文字概论》《新文字教员手册》以及《美国西洋镜》《铁马记》《长安集》《杂格咙咚集》《楼台会》等。

贺兰山下（节选）

下 放

六八年我来到贺兰山下，
下了火车就是扑面风沙。
我眼睛望那辽阔的土地，
坐了半天看不到个人家。

卡车载着我去山下干校，

尽在沙丘堆里七弯八绕。
后来又经过一片片荒地，
全是盐碱不长什么青草。

最后进入了学校的农场，
才看到一点田野的风光。
地里南北都是大小水渠，
渠埂密密种着沙枣白杨。

我们学校是一排排土房，
薄薄的泥顶厚厚的土墙。
校前有一条引黄的斗渠，
黄河水在渠里闪闪发亮。

东西两头有着两个场院，
渠南西边还有猪羊马圈。
拖拉机在日日夜夜翻地，
东场的稻子快打完头遍。

西边就是贺兰山的山根，
山下有着很少几个小村。
但是正在建造新的工厂，
公路不断在山脚下延伸。

这里过去是潮湖的湖底，
湖水干了留下这片碱地。
从前这儿没有一棵树木，
到处只见野兔黄羊狐狸。

解放改变了这里的荒凉，
盐碱地建成了国有农场。
荒野里开来了农业机器，
山脚下出现了现代工厂。

贺兰山历尽落后的世纪，
现在也进入了社会主义。
虽然一切还是萌芽状态，
但有了明显的新旧对比。

我就在贺兰山下的潮湖，
走上与工农结合的道路。
这是我一生的极大转折，
向人民迈出第一个脚步。

贺兰山

贺兰山像一群古代巨兽，
弓起背弯着腰匍匐不走。
是几亿年前从地壳涌起？

是哪个古代从海底露头？

两年来我在它山根种田，
阳光下看到它满身疥癣。
这些山也有过青翠日子，
在古代文明的砍伐之前。

现在它真是光秃得可怜，
但这只是被剥蚀的一面。
深山里还有着原始森林，
山涧涌流着激荡的清泉。

光秃只是它质朴的外表，
身体里全是黑亮的细胞。
没法估计它蕴藏的热量，
多少古代给人提供燃料。

这些山还有着铁的筋脉，
社会主义工业正在开采。
它给人民热也给人民力，
让人民开创最新的时代。

它像劳动人民一样质朴，
大风沙里过着严酷岁月。

它的内心有着烈火燃烧，
可是山顶初夏还盖白雪。
下放后我在它山根种田，
通过实践改造立场观点。
但从来到山下五七干校，
我过了毕生难忘的两年。

到 校

我没有到过祖国的西北，
也没有住过边远的农村。
来到了风沙扑面的宁夏，
我的心情起初有点消沉。

我跟一般革命群众不同，
我改造的任务比他们重。
我上了年纪又是个病号，
过去没有干过农业劳动。

我们学校不是高楼大厦，
只有一些很简陋的土房。
说出来也许会有人吃惊，
原先是犯人劳改的地方。

我的内心感到凄凄惶惶，

我的决心有些摇摇晃晃。
私字摇身一变成了苦字，
才下去只觉得前途茫茫。

但是学校一片热气腾腾，
到处是冲天的革命干劲。
我想不到机关里的干部，
下放会发挥这样的才能。

学校缺房正在自己修盖，
什么样的工种都有人才。
总工程师是位木工师傅，
设计的精巧使大家惊呆。
建筑材料都是七拼八凑，
尽一切的可能利用废旧。
水木泥瓦不请一个外人，
大多是边干边学的生手。

晒黑了的脸上汗水直淌，
泥浆溅满打补丁的衣裳。
到处是紧张愉快的劳动，
不时还传来样板戏清唱。
生产和生活都自己动手，
用集体力量跟天斗地斗。

困难时常像寒风中枯叶，
群众一鼓劲它马上飞走。

这真是一派革命的景象，
延安的精神得到了发扬。
在这儿不是一般的劳动，
这儿的劳动是政治炼钢。

挖　渠

宁夏有一条狭长的走廊，
贺兰山在西边做它屏障。
山下就是向北流的黄河，
河水灌溉着两岸的土壤。

这里有许多引黄的水渠，
在宁夏就称作黄灌地区。
这是个古老的水利系统，
一千年前已经规模初具。

我们学校就在黄灌区里，
黄河跟我们有密切关系。
水利是我们农业的命脉，
我们每年要种很多稻米。

黄河水有着大量的泥沙，
不断在斗渠的渠底积下。
因此我们有个艰苦任务，
学校里的斗渠年年要挖。

这是一年的第一个硬仗，
一面挖土一面也挖思想。
在半个多月的长时间里，
每人每天挖土两三立方。

铁锹挖土还不怎么费劲，
吃力的是把土摔出渠埂。
斗渠的大埂有三四米高，
摔不到半天就手酸肩疼。

摔土必须学会一点技巧，
否则不是伤筋就是扭腰。
身体既要用劲又要柔软，
扬锹摔土姿势很像舞蹈。

四月学校进行思想动员，
接着食堂也把伙食改善。
人人表了决心做了准备，
开工那天渠上红旗招展。

我头一回看到这种场面，
劳动一开始就热火朝天。
两立方的指标很快突破，
梁上的土摔得好像冒烟。

很多人一天挖三四立方，
一般人也挖两立方以上。
两立方是全国民工标准，
机关干部竟比民工还棒。

我干这活心里充满感动，
更懂得群众是真的英雄。
我一锹锹摔掉自高自大，
争取尽快去和群众靠拢。

工地上是一片欢乐景象，
歌声和摔的土一起飞扬。
宣传员不断向大家鼓动，
学校的领导都亲临战场。

炊事班的同志特别辛苦，
又送水又送饭又走远路。
我们吃了饭都躺下休息，

他们还拿箩筐帮着抬土。

晚上医务室里充满笑声，
松节油镇痛膏供应激增。
大夫白天挖渠晚上看病，
她们累得够呛却很高兴。

挖渠最后一天就是会战，
各连都去支援落后工段。
几百把铁锹在一起挥舞，
工地上只看见银光闪闪。

人民用实践创造着历史，
劳动永远是伟大的史诗。
只要人民不断提高觉悟，
建设社会主义不是难事。

（选自诗集《贺兰山下》，石嘴山市文化旅游局编印，2009 年）

徐慧根

徐慧根（1965—），河南滑县人。全国第十次文代会代表，中国作家协会会员，中国民间文艺家协会会员，中国摄影家协会会员，河南省作家协会理事，河南省散文诗学会副会长，安阳市作家协会副主席，滑县作家协会主席，《中原散文诗》主编。

光影，在辽阔中旖旎（四章）

石嘴山之韵

潦草的风云与光影，在这辽阔中旖旎着流逝。

岁月渐进的质感，仿佛大地的修辞，月光照过，云影飘过，撩拨山川册页深刻的写意，呈现胸襟与风尚。

贺兰山下，野花野草们恬淡的身影涉岁月如水，横渡流年。山石的翰墨大韵，激活了纸上社稷，翻晒出千多年前滴落飞逝的往事，出版成册。

大地丰沛的古韵，容纳得下古典的苍凉；光阴独坐，容纳得下过往春风的遗址。

这广袤而又突兀的西北部城邑，只截取其中断面，就能废黜天下所有关于沧桑的词语。

时光，就如大唐张旭狂草中几丝飞白，让晦暗的金戈铁马从月的背后飞逝。

如今，阳光蓬蓬勃勃地漫过季节，缮写着白云卷舒水韵清奇的一页页日子。

黄河水有柔软缜密的纹理，有坚韧的内心，一圈圈波纹上站立，熨帖着无数个远航起锚的日子。

天水一色，交换着宏大的时光，林木葳蕤，莺飞蝶舞，交换世间宁静的眼神。

有时候水缓如镜，款款流水印证着古韵的风骨。有佳句不请自来，樱花细雨轻踩着笔尖掠过，大地正襟危坐，于水中倒影着日子的蓬勃伟岸。

年轮，在大地躁动成跳荡的音符，华丽的转身是一种连落叶都敬畏的美艳。

光影踱步而来，俯瞰枯荣，一版再版……

往事消隐，风蚀着捆绑了太多的沧桑。石嘴山峦枯坐的一声鸟鸣，叼一丝空旷的深远，风将朵朵白云驱赶天穹，镀亮了恢宏人间……

马兰花大草原的激情聚会

我们是一片云，从北中原涌来，我们是一阵风，携带着青春的羞涩与光影，这风与云的际会，曾经让这里古老厚重的土地荡漾着一个远去了的叙事。

大草原深邃的苍穹低垂含笑，白绵团一样的羊群，像白云般蔓延过往，披一袭岁月的神秘，马兰花大草原也文脉深厚，民风汤汤……

命运，让我们青春勃发的人生，裹挟着生命中不可预测的词语。大草原的风暴与岁月推杯换盏，行进在随遇而安，交换着沧海桑田的概念。

大草原的尘世被时光打磨，用岁月的日新月异填词，用春风吟诗，却摁不住体内汹涌而来的秋意，像摁不住与生俱来鼓胀高拔的文字，字斟句酌，只一支瘦笔在纸上温热疾书。

浮华已潦草落地，灵魂闲坐光影深处，辗转腾挪都是熙熙攘攘一笔带过的怀旧情绪。

文字会骤然返青，往事是多么奢侈的名词啊。今天，我扣动诗韵的扳机，点射一粒粒簇新的诗句，宏壮了落笔成文，缠绵不断而又滔滔不绝的词语。

阅读贺兰山岩画

时光的河流款款淌过，像飞舞的岁月彩练，贺兰山就结满了神话。

大山被远古人类的阳刚之气激醒，光影走过的地方，希冀就噌噌萌芽。

在这壁立嶙峋的山石上，任何鸟兽虫鱼都闪烁着古韵深邃的光泽。悲悯的悠远，就静悄悄行走在亘古天涯，温热了漫漫时光，镌刻了一段有血有肉的史前文化。

光阴之足，饱含激情于山岩阅读，携风裹云地让贺兰山胸中本色一泻千年。

岁月的激情，原本也可以这样泼墨、留痕……

沙湖，在春天的册页间独坐

带翅的风，从沙湖的身边滑过去了；绝版的硝烟，从刀戈兵燹夹缝中滑过去了。只留下飘渺不绝及绵延的水韵，在摩肩接踵的游人间经久不散。

而今，在一大段被淤积的光阴中被豢养得绝美、温暖、大气，挡不住清风捎自尘世的秘密。

湖光波影，剪辑了岁月拔地而起的节节往事。

湖色湛蓝之中，人们清丽的影子，成了一条条岁月的拷贝，播放得日子飞溅，时光也瘦了身，瘦成了一粒粒让人们疗伤的药丸。

沙湖，西湖！年轻且又古老的水域，在时间的册页夹缝间打马穿行。

惠风前来，描摹写意，舒展成一幅人间画卷。

此刻，我听到了一两粒鸟鸣的种子，擦亮了波光云影的天空蓝笺……

（选自《吐鲁番日报》2021 年 4 月）

梁尔源

梁尔源（1953—），湖南涟源人。中国作家协会会员，中国诗歌学会副会长，湖南省诗歌学会创始会长。出版诗集《浣洗月亮》《镜中白马》《蝶变》。在国内主要刊物发表大量诗歌并多次获奖。

仰首贺兰山

天幕边横挂的刀锋
张着历史的豁口
不长草的肩胛上
扛着苍凉的头颅

高大的石碑下
蛰伏着一只巨大的苍鹰
横亘在戈壁上的翅膀
一直在欲望中颤动

灰碣嶙峋的脸庞
刻着风化了的长啸
咔嚓咔嚓的骨骼声
从八眼泉挤出英雄的泪水
用一首诗封存一辆矿车
不再让灵魂吟唱黑色的悲伤
塞上递来的那阵春风
抚平着刚烈的伤口

（选自中国诗歌网）

常 越

常越（1973—），女，宁夏石嘴山人。中国作家协会会员，中国诗歌学会会员，宁夏作家协会理事，宁夏诗歌学会理事，石嘴山市作家协会副主席。作品发表于《朔方》《西部》《诗歌月刊》《中国诗歌》《诗刊》等，入选《宁夏诗歌选（2013—2018）》《2018中国诗歌年选》《中国当代诗人档案》《2020天天诗历》《2020年中国新诗排行榜》等。出版诗集《风缘》。作品荣获石嘴山市第二届、宁夏第九届文学艺术奖，石嘴山市首届“文艺名家”。

贺兰山之想（组诗）

岩 画

东胡、匈奴、鲜卑，来到山上
他们把生活凿在石头上
祭祀一番食人兽、人面像和太阳神

突厥、契丹、女真，离开大山
汇入长河，但开在岩石上的花
仍有一丝丝不断的血迹

在哪里

大风过去了多时
莲灯斜照着窗棂
一些鱼类，游进贺兰山的木头里
梦的旁边，出现了一个不大的缺口
可以让我穿过寂静的墙

天，亮在心中
目光穿越这座熟悉的小城
所有的树都结满了石榴般细密的颗粒
眨眼间又冰雹般落下
汇聚成红色的大河

莲之舟起伏于波涛上
由水中的风回旋着
被陆续怒放的浪花簇拥着
只是我不知道自己
在舟上还是在岸边

散　步

春风吹乱了我的长发
迎春花开得有些执着
一大片柠檬黄十分耀眼

那些流逝的时光
又一次温暖我的胸口

一阵春雨，敲醒落叶
发出沙沙的声响
与几个邻居一起散步
平静的湖面是否在孕育着什么
昏黄里有种轻微的叹息

我们坐在街边的长椅上
几只鸟，落在白杨树上
路边的小草随风轻摇
我望向远处如黛的贺兰山峦
但没有看见闪光的沙湖

苇　花

当星光洒满大地
我能看到一团团洁白的芦苇
在星海湖上用力地站稳脚跟
它们已经开出洁白的花了
只是静静地站立着
被风吹弯时，苇花低头又努力抬起
和我真的有些相似

小 舟

芦苇轻荡，薄雾贴着湖面
一叶小舟停在苇丛旁边
没有留下一丝痕迹

谁从一滴露珠开始
静静地聆听鸟的歌吟
让自己开出黄灿灿的花

小舟承载过的一段往事
依然清晰，像一条水路
从此岸到彼岸

一个秘密

喜欢从不可知的高处落下细雨
一条小溪在心底潺潺流淌
喜欢孩子的眼睛流露单纯
默默望着夕阳渐沉的背影

生活的过程已无关紧要
蝴蝶依旧孤单，忽高忽低地飞着
水鸟的鸣叫没有谁会在意
在星海湖畔散步的人

谈论的话语被风吹远
水草在顷刻间长成一湖的风物
清澈的水里，一条大鱼游向我
我把一个秘密交给它
它会帮我问候沧海
我会踏上回家的小路

伫立湖岸

斜阳，是一团纯粹的火
让我看见一枚果子坠落的过程
头顶上的枝叶，还很茂密
很想与一座青山畅所欲言
闪耀的光点瞬间小了很多

此刻，我不知道何去何从
站在星海湖边思绪万千
想着大雁飞过去了多久
归期又在何时

秋天的路有些萧索
克制不住自己会走神，并且落泪
但我要微笑着等待，坚定地仰望
等待一场雨，遥望一座山

雾中的眼睛

雾气弥漫，在拂晓的树林里
清脆的鸟鸣来自心语
独自一人走到夜路的尽头
我惊诧世间力量的产生
一颗星怎样照亮另一颗星

在如墨的河边，在山峰之巅
都能发出巨大的回声
让我在夜里、在雾中
一直不停地行走
只因一双能看穿我今生前缘的
明亮的眼睛

黄昏之影

走向黄昏，连绵起伏的沙
环绕着清澈晶莹的星海湖
是晚霞浅笑的酒窝
留不住风尘中的容颜

夜色在大地上一笔一画地涂抹
黄昏的身影忽隐忽现
连空气都虚无缥缈起来

轻风吹乱了我的发丝

一阵阵箫声从耳畔拂过
黄昏细碎地走过湖面
如同月光翻过一本书的扉页
惊起苇花纷纷飘扬
还有鸟儿，归巢于眨眼之间

风停了。我在沙滩上
将黄昏的影子和我的承诺深深掩埋
等待与明天的黄昏相遇
把银色的苇花戴在我的手腕
在夜里闪烁光芒

谁在桥上

月，正在升起
缓缓地，隐约了起来
连我的手也感受到了
清淡的光，温润而细致
还有瑟瑟的秋风
桥下连绵的水声忽远忽近

月，一点点地上升
有一只大鸟飞过日暮的天际

星海湖上的木桥
轻轻摇晃了几下
好像真的还有一个人
也在桥上

一片羽毛

一张纸片飘向地面
又被紧贴地面的风旋起
荡漾的云彩里传来哭声
我和大家一样，迎风凝望
站在大地上，让心飞翔

贺兰山神啊，请你庇护
我只在这个时候停留片刻
让丛林的光斜斜地照进来
让我看清角落里久积的灰尘
到底有多深厚

是的，每一个时刻都有安排
哪怕是鸟兽虫鱼
我拉紧了衣襟，仿佛要裹一个秘密
却裹住一个小小的风
如同一枚雄鹰的羽毛

双塔之间

贺兰山的太阳瞬间跑到山后
垒砌一间挡风避雨的石屋真是力不从心
阵风来后，阵雨造访

御风而行，猎人游荡在黑白之间
拨弄丛林中的不解的谜
即使走遍所有的山口也会一无所获

拜寺口的晨钟暮鼓在冥冥之中摄人魂魄
对视几百年的双塔依旧怀念着西夏

我从一个塔走向另一个塔

两个塔之间是一个白昼或者黑夜
是我与猎人之间无法逾越的距离
是游牧的天堂和人间的苦难

盛开于心地的莲花不需要依靠
也不需要阳光的照耀和雨露的滋润
今后，谁会在双塔之间行走九十九个来回

放低自己

在命运的坎途中放低自己
卑微的生存，没有了曾经的愉悦
白鸟在注视中飞向远方

一片阳光抚平藏宝的山坡
西夏往事已被遗忘了几百年
笔画繁复的字刻在贺兰石上

遒劲的苍松，把根扎在石缝中
一年四季默默献出绿色
几只松鼠在枝头悠闲地跳来跳去

一匹孤独的狼在山顶悲鸣长嗥

紫色的马兰花绽放出另一个晨曦
其中一朵落上我的眉间

我将沉重的步履丢在溪岸
透过氤氲的雾岚眺望久别的小城
所有的枝叶都指向苍宇

挥　别

被阳光吻醒，满腔都是鸟鸣
从春到秋，离别在即
贺兰山，低低地呜咽着飘落的红叶

芳草渐黄，蚂蚁搬运食物
几只野兔惊恐地钻进草丛
鹰的翅翼掠过枝头

我收拾好自己的行装
带上被山风吹醒被山泉洗净的心
挥别一草一木

虽是告别，却没有丝毫的忧伤
太阳已经照亮每一个山角
山泉上开满了洁白的莲花

眼里有了光明，四面望去都是晴天
心里有了山泉，滋润的不仅是草木
并与泉水一道流回大海

（选自《朔方》2020年第5期）

谢克强

谢克强（1947—），湖北黄冈人。中国作家协会会员。著有诗集《孤旅》《三峡交响曲》《艺术之光》《湖北作家文库·谢克强卷》等。

远眺贺兰山（外三首）

追着黄河的晨曦
贺兰山挟裹着风雷奔腾起来
铁蹄溅起火花

扬起的长鬃
仿佛风中猎猎飘卷的战旗
而溅起火花的铁蹄　扬起风沙
以势不可当的强悍
踏落大漠的孤烟落日
拒敌于国门之外

就这样　贺兰山以骁勇的战姿
屹立刀枪构筑的军事典籍
和血火熔铸的史诗

贺兰山岩画

是谁　将一群牛羊
还有几匹奔腾的马
挥动鞭子赶进石壁

走进石头的牛羊和马
岂只是雕刻在石头上的画
不也是石头心灵的呓语

由此　沿着石上的风痕雨迹
拂去历史的烟云
我注目一幅鲜活狩猎图

这时　一匹马朝我奔来
邀我跳上马背
走进石头里

沙　湖

四周尽是广阔的沙漠
你如一颗晶莹剔透的露珠
缀在沙漠之间

无言的湖水
在我的凝望里　欲言又止
一任我的眼睛啜饮盈盈的情意
而我远远的双足
追着水鸟的翅膀　徜徉于
湖边的沙滩上

这时　落日站在不远处
和远来的我　一起
欣赏你的绮丽

沙湖月

在沙枣花开得正旺的季节
这沙漠里一湖纯净清澈的水
像是有什么话要对我说

几片乌云飘过后
一轮又大又圆又明又亮的月亮

悄悄落进沙湖里

啊　月里的嫦娥

莫是赶来邀我幽会哟

（选自组诗《回首宁夏》，刊于《朔方》2020 年第 9 期）

贺生达

贺生达（1973—），笔名梦阳，河南商丘人。中国作家协会会员。在《十月》《诗刊》《星星》等发表诗文，曾获首届“延安文学奖”等多项全国性奖。著有《中华经典精粹解读·资治通鉴》，现为首都师大语文报刊社常务副总编。

在石嘴山，守望黄河（三章）

黄河长堤上的雪与麻雀

落雪的正午，麻雀，这古老的土著，在老黄河岸上不经意间就寂静成了雪的一部分。

偶尔一两声怯怯的啾啾自树梢跌落，大河也会敞开辽阔的怀抱一一捡拾。

大地一片寂然。

辽阔的苍茫中，一些事物因着风而越发清晰起来；苍茫的辽阔中，一些事物因着雪而越发模糊起来。

此刻，唯有落雪的声音在大堤上空簌簌地飞行，飞着飞着，就将远村近庄连成了一个整体，让大堤的每一颗沙粒都充满神秘，每一株枯树都显得辽远。只是，这样的声音梦中的人类听不到，耸立的楼房听不到，独行的孤狼听不到，穴居的虫儿听不到……

唯有麻雀，大堤上那只翘着一只红爪沉思的麻雀听得到。

走近大堤，你就会看到，它身后那卷白得耀眼的宣纸上，有一行梅花小篆，依稀书写着生命的隐喻，还有一茎枯草在风中正低头忙着以狂草体为之签名。

这一切，不知有谁读得懂。

懂，与不懂，也许都不是最重要的。

重要的是人们早已与大堤越来越远了，而它还是原初的模样：质朴如初，木讷如初，既不与人类一起进化，也不与人类一起进城。苦了，啾啾两声；乐了，啾啾两声。就像这大堤的飞雪，苦也簌簌，乐也簌簌。

其实，这个世界上只有它们才真正抵达了禅境。

油菜花开

东风的河流里，是谁，高举着淡黄的灯笼列队恭候春天？

三月的阳光中，是谁，披绿甲戴黄盔大肆占领田间路边？

油菜花，油菜花，三月一声浅浅的呼唤，黄色海洋般的油菜花就芬芳了故道的春天。

一忽儿还土里土气的油菜花啊，就这么一眨眼的工夫就出落得少女这般水灵了。当然，这油菜花要是一棵一朵绝对是不够，要开，就开遍山野田间；要笑，就笑彻河畔村边。只是这繁多的油菜花用花山、花田都是不能表述恰切的，最好的形容应该是浩荡的黄花花的海洋的吧。要不，那阳光中迎亲的蝴蝶咋总也飞不出这金灿灿的花浪呢？那细雨里吟诗的蜜蜂咋总也泅不过这芬芳的花涛呢？

也许，这些都不重要了，重要的是能在油菜花的海洋里，做一抹沉醉不思归路的阳光，或者成为一朵参禅梦蝶的花朵，该是一种多么美好的事情啊。恍惚间，我便真的不知是我成了一朵黄花花，抑或一朵黄花花成了我。这似乎是一个宇宙的秘密，那飞来飞去的蜜蜂和往返穿梭的蝴蝶总也不肯点破，也许，它们觉得沉默才是最好的表达，或者它们觉得这一切都是不可言说的言说，那就由着它们吧。只是，那些在花海里踏浪的油菜花嘴角上翘、笑面嫣然的少女大大方方地放飞铃铛般的欢笑，自自然然，眸光流彩，任人欣赏和拍照，就足够了。

倏地，那蜿蜒而去的清澈的河流跳了一下，那一瞬，我方微笑着领悟：众志成城的油菜们心连着心，正像是心心相印的恋人抑或团结向上的同学，你搭一把手，我搭一把手，彼此粲然一笑，就举起了故乡辽阔的春天。

而潜泳在故道春光深处的我，被油菜花迷醉了的我，思想的轻舟拒绝一切世俗的物质，此刻，只一心一意地摆渡真爱与至美！

红高粱

一条狗在大堤下追咬着一朵像狗一样的云，追着，追着，云就淡了。

坐在背风坡下放羊的老人，头点了一下，再一抬起，满地的高粱便齐刷刷地高高举起了红红的火把。

那一刻，西风也忙不迭地绕道而行，一不小心，竟把午后的太阳撞得一个趔趄直坠到大堤下的芦苇丛中。

我就是那一刻抵达的——冲积平原最辉煌的时刻。

日子，早已经被高粱们丰满的期待绷得醇香满怀、红红火火。

燃烧的火样的高粱穗儿，饱满而深刻。它们无一例外地都低着头，依稀在沉思着什么。思索什么呢？那只端庄地禅坐在高粱上的小鸟总也不肯道破宇宙中的隐秘。

长长的高粱叶子在大堤下闪动着一束束别致的闪电，仿佛一泻汪洋的洪水一起汹涌着冲向辽阔的冲积平原，高空的大雁只看了那么一眼，就眩晕了好久好久。

瘦挺的十八节的高粱秆，每一节都经历过九九八十一难，至今毫不憔悴，那凝满阳光与闪电的身骨啊，依旧不悲不喜地挺立着，仿佛一株株超然的隐喻。

你走近来看看吧，看看那遒劲的血脉突起的高粱根吧，每一条根，都青筋裸露，都深深抓紧着大地。那根下的泥土，每抓一把都隐隐会渗出殷红的血来。我知道，它们一定都怀揣古老的训谕——我们也许可以刺破苍穹，而谁也无以超越大地。所以，它们一生都不停地扎根，再扎根，在岁月的奔流中，谁也不肯认输。

终于，最悲壮的一刻宿命般地抵临了：一张张月光磨亮的镰刀在起伏的虫鸣中，用蔚蓝色的天空合围了冲积平原，一道道雷霆闪过，骨头与金属撞击的声音便充盈了大地。一穗又一穗的红高粱头颅落地，毫不保留地献出了保持一生的童贞。

没有呻吟，没有悲鸣。

蓝天高了，白云淡了。

大平原辽阔了。

大堤下，十万株断头的高粱秸秆，仿佛十万只长矛，每一只都指向辽远的苍穹，仿佛在叩问青天：一穗高粱穗子落下了谁的一生？一株高粱秸秆撑起了谁的一生？

独立在秋色之外，我成了大堤上最后的作物。

我努力扯起大黄河的一角，用经秋的文字为大黄河努力在倾斜中寻找着平衡。

（选自《星星·散文诗》2020年第10期）

董喜阳

董喜阳（1986—），吉林九台人。中国作家协会会员，长春市作家协会诗歌专业委员会秘书长，结业于鲁迅文学院第三十四届中青年作家高研班（青年作家班）。多篇作品被《诗选刊》《散文选刊》《青年文摘》《作家文摘》转载，曾获第五届中国青年诗人新锐奖、关东诗人新锐奖、长春文学奖、诗歌月刊诗歌奖、鲁藜诗歌奖等。现为诗歌编辑。

石嘴山，抒情的词根（九章）

石嘴山，抒情的词根

乘词而游，浮沉的链条倒挂幽云。

每一朵云都被一句发音托起，拂晓、黄昏，洁白的字典里，遇见你的名字。

鲜活的姓氏，松软的名字——石嘴山，仿佛预言家的唇，沾满文字。

可以歌唱的石头，可以开花的石头，可以诵经的石头……那些苔藓，石头上裸露出的坚实的牙齿，奏响盛夏的乐章。路过的音符，跳跃着，介入一种混响。

石嘴山，抒情的词根。驾着贺兰山这匹良驹，醉卧黄河两岸。

今夜，趁着月色打捞，塞上煤城的吉光片羽。

恰逢其时的祈祷，我要为你献上赞美的双唇。

石嘴山的谱系

鄂尔多斯的方向跑过来的风，有细节的叙述与吹拂。

此时，石嘴山变成精致的雕塑。棱角分明，凹凸有致。嗨，天神伸出了手。

遥远的天空下，银川平原犹如蘑菇状的帐篷，每一滴雨都有故事。

它们成群结队地落下，也有单枪匹马的勇士。

石嘴山的谱系蔓延着，每一种典故都占据着匠心的腔调：疏离与亲近，拒绝与接纳，独守故土与寻找自由……预支的古老的传奇，从纸张上流淌着。

你说光明，我们就退出了阴影。

能说话的石嘴山

石嘴山有不老的沟纹，它的胡须卷曲着，月牙湖就是它沾满的晶莹的酒滴。

它聆听着，祥云托起的神谕，向我们旖旎而来。

我惊慌的，仿佛玻璃器皿上钩挂的残滴，我也兴奋地沿着其轮廓审视地坐下来。

谁以绿草为扭动的双手，撑着地面，嘴角的时间静止？

它浑身的经络，多么像水杯中盛满的液体一样激荡着，一如我。

我的想象此时并非虚构，好似语言恰被语言溶解。

石嘴山的体温

怀念需要温度。联想是现实的一种。

时间是一条细长的丝线，两头堆满了“人”与“自然”。

或是石嘴山藏在身体中的一间房。

里面居住着一把静止的镰刀，收割的日子到了。

悠扬的驼铃在聚拢，土地在测试自己的温度。

每一块石头都有山的温度，钉子在孔中，墙的体温溢出来。

石嘴山是一个洞——宁夏最明亮的部分。

森林的化身

石嘴山偶尔也沉默。唯有天然森林，像其托起的下巴，凝视着苍穹。呼吸是可视的，氤氲的空气弥散着，贯穿高地。一幅无声的画卷，一部断代史被其拉得很长。

一股凉气沿着油松悄然升起，爬过灰榆的鸟类，又瞧上了山杨。

从哪一个角度审视青海杉，都仿佛它在打着长长的哈欠。

再说，由着性子的杜松：夜深人静，它显示出优雅的绅士风度，我似乎听见它在独鸣，朝着美丽的姑娘朗诵诗经。它的头，巨大的器皿，盛满石嘴山似的智囊。

它脸上的红晕，一摊墨迹晕开来。多少草木是它潮湿的睫毛，我仿佛也是参差错落的一颗。神闲悠然，以另外一种语调，率先结识了世界。

空旷而渺远的森林啊，无法遮蔽的诗意，突如其来。

一朵神性的花

用涂满膏油的嘴唇学会赞美，学会歌颂——

赞美眼角的河流，赞美心窝的山川，赞美蓬松在风沙中的魂灵……

黑鹳扑闪着睫毛站在眼前，欢喜的汗粒顺着其发梢、羽毛呼唤般地滴落。这多少会招致斑嘴鹈鹕润滑的眼神。白茨的含蓄，红柳的清瘦，柠条自带的光泽，以及山榆的弯挠，仿佛石嘴山正是我的情人，在我的掌心里匍匐，微笑着向我招手、致意。

谁能忽略一颗高贵的头颅?

它们比马清澈的眼睛，比鹦鹉还乖巧的舌头，此刻正幻化成好动的水流，淘洗我的愚笨的嘴唇，我的赞美正开出一朵神性的花。

月牙湖是一句歌谣

哦，是的。当我年迈，老眼昏花。

你会使松动的牙齿在河床上坚固地呼吸。

白琵鹭、蓑羽鹤，叠映着春风的翅膀，一如我曾经翻滚的年少。

每一次飞翔，都是吟唱的歌谣。

月牙湖畔的时间的铺设，从古至今。

在一部分开始以前，唐宋的雨水矜持的又是谁家的姑娘？我们是路人，是游客，是归宿者，倒也像尚未设防的管道，一切的荒芜都将填满。

你说，卑微是一句动词。

我则跪成比诗歌还低的姿势，静等——

花开花落。

内心的沙湖

一棵水草正充当着沙湖的助听器，随着湖水波动。

湖面是手帕的一种，摇橹船则是点点繁星。每片云仿佛都是望远镜，天地间帆船斑影忽明忽暗。水面就着晚风，浓郁的酒气，组成巨大的旋涡。青黄、绿白，点缀了微蓝。此时的芦苇呢，猎场上的木栅栏，湖中的晃动，像是迁徙的候鸟，水天一色。

联袂接踵的迂回的景色，摇橹船是曲径通幽的一把锁。

能锁住天地极致美景的，金属质地的气味。

雾海云天作黛，月色空明水亦悠。

我们的双眼拥有了一切，我们的双眼不足收藏的一切。

听，沙湖的吵闹

昏暗的灯塔，是我的双眼；撒娇的雾气，靠近我的肌肤。

星空下的事物，镀上了一层朴素的光芒。

像是自带的，野生的，雄起的……

却又仿佛把控着神赐予的自然的油门。

月色是不打盹的，穿梭在芦苇荡中的一小束光亮，适时地舒展。

鸥鹭以吐出的浪花为话语，哦！异常的翻译在上演——

天人合一，自然的吵闹在进行……

（选自《六盘山》2021年第3期）

鲁绪刚

鲁绪刚（1969—），陕西旬阳人。中国作家协会会员。在《诗刊》《星星》《诗选刊》《散文诗》《青年文学》《草堂》《诗潮》《诗林》《绿风》《秋水》等报刊发表作品。多次获奖并入选。著有诗集《岁月之重》。

时光里燃烧的颂词（三章）

塞上煤城

把五彩斑斓的天空打开，聆听阳光踩过贺兰山的声音，聆听黄河浪花盛开的声音。

那一车车无烟煤，托着光明而柔软的梦呓。仿佛一句句温润的话语，照亮了黑暗而潮湿的内心。

这里的每一条街道、每一座古迹装满了烟雨，可以随意把时间，修辞和朗诵，波涛汹涌地带走。

而此刻，我只能在你的世界之外，为了我们错过的约会寻找机会。

在白茨、蒙古扁桃、红柳、山榆与宁东、蒙西两个千亿吨级煤田之间，石嘴山以绿色细腻的语言，赶走我的无知和愚昧，而石嘴山的史书里，每翻开一页，就会有不一样的修辞真实呈现，就会有那些植树人采煤人，写下的传奇。

我只要一幅幅鲜活的画面刻画的淳朴乡风，只要黄河涛声、贺兰积雪，只要方言和嘱咐。左手拿着诗句，右手捂住伤口，你的那种从泥土赤足走来的古典视线，让我无法躲避。

在这里，诗歌中的那些美好文字都显得苍白，任何可以构思的场景都无法比拟。一个城市，与一条河一座山有着千丝万缕的牵挂。

我知道你俯视人间的眼睛，可以看穿内心的尘土和肮脏。以似诗、似画、似水的柔情可以把坚硬的时间磨亮，闪烁在黄河上游，宁夏北部。

石嘴山人

石嘴山。一个地理意义上的褶皱，因“山石突出如嘴”而得名，在宁东、蒙西两个国家千亿吨级煤田之间终止蜷曲。

时间凸起，黄河涛声，贺兰积雪。沙湖、玉皇阁、北武当寿佛寺，祖先遗落的牙齿与骨头，至今依然闪闪发光。

石嘴山人使用的刀斧、钢钎、铁铲，

磨出了现代的刃，其利断金，断苦难。

祖先的呼吸加速了历史的重量。东跨黄河，西越贺兰山。随时间的浪花凋零又盛开。

道路为岁月挪动着位置。那些璀璨，温暖又照亮了人间的煤块，修补着石嘴山人偏安一隅的伤感，水土流失的记忆。

在石嘴山的大街上，霓虹灯闪烁的文字剥开了石嘴山厚重的文化积淀。时间编织的呼包银兰、宁夏沿黄、宁蒙陕乌金三角经济区，以及淳朴的民风乡俗，一种燃烧的激情与生命对峙，穿越时间和尘埃，让我们向往。

石嘴山被黄河浪涛和贺兰山风打开。

这些把写满汉字的阳光种进煤田和泥土的石嘴山人，一春一秋，除了添一些皱纹，再就是不断露出的新鲜疼痛。

沙 湖

风吹过黄河，吹过贺兰山，慢慢审视一路走来与岁月擦肩而过的山水、建筑，隐于尘世的深红或者深绿。

我已经爱上这片山水，爱上清新的主题，爱上朴素的姿态，明澈的眼神，而此刻时间盗走了火柴，把几颗孱弱的星星留在天空，藏在泥土里的阳光，时时刻刻想挣脱束缚，完成一次涅槃。

如此巨大的画卷经过时间的手呈现出层次，沙地与山水以不变的承诺，为完成这幅画付出了青春。

这里的每一棵芦苇，每一滴水，每一座沙雕，像一个人的一生充满了跌宕，充满了惊奇和未知，丝丝缕缕的淡烟轻雾，像一个人在尘世昏暗和神秘，不知道会在哪一个路口走失。

而我选择了在灵秀与雄浑之中，揉洗浮躁的肉体和灵魂，风扬起的沙粒坚硬一如深冬的风刀，一刀一刀地砍掉了心中的柔弱和本质中的温软。

生命的循环往复，让时间里沉淀的文字深邃目光，那些河道洼地，山洪刨蚀，辽阔煤田，贺兰险峰，黄河浪涛，编织着不屈的图腾。让沙湖这幅画卷一路走来，纵横捭阖，敞开宽阔的胸膛，经受雨打风吹，在岁月中抱紧了骨头和命运。

蒲素平

蒲素平（1965—），河北隆尧人。中国作家协会会员，河北评论家协会理事，河北省诗歌研究中心研究员。作品见《诗刊》《文艺报》等，著《大风吹动的钢铁》《一个人的工地》等多部，入选多种年度诗歌、散文诗选本。

贺兰山下（四章）

贺兰山的岩画

一匹马，在岩石中突奔。

一只羊，在岩石中静静吃草。

一块石头，正被六千年前的风吹动。

我不知道六千年前的风和当下的风有什么不同，一样吹动时间，一样吹动人心。

一样吹动大野。

那些手拿弓箭的人，是谁的祖先？那些祭祀者，正把什么献给上苍？

那些放牧的老父亲，他们的鞭子指向了天空的深处。那些胖孩子，他们的嬉戏声，传到了六千年后城市的广场。那些舞蹈的女人，她们丰乳肥臀的曲线，让阳光禁不住弯曲。

那个滚圆的落日，在岩石上升起，又在岩石上落下。

一些人的影子，渐渐清晰，又渐渐模糊。

透过一只拿笔的手，那小小缝隙处的光亮，我看见风的走向。

那风正沿着一个方向吹，从天空到眼睛，从远古到内心。

那风，不停不息。

那风，像一双穿着布鞋的脚，方正，坚韧地走在祖国古老辽阔的大地上。

和一棵沙棘面对面

一棵沙棘，孤立，遥望。

在辽阔之上，在时间之上，在干渴之上。

在草地之上，在苍茫之上，在风沙之上。

一棵沙棘，虚构了一个自己。

生活太过贫瘠，爱情太过物质。

周围太过荒芜，目光太过坚强。

一棵沙棘，沿着春风铺就的路上，一边徐徐生长，一边迎风摇曳。

多像那个人的爱情，把脚扎在沙土里，一下一下试着往下踩，能踩多深就踩多深，能爱多久就爱多久。把身体裸露于风尘中，用从绿到黄的颜色，捧出内心的信仰。

如果阳光一照，就轻轻发光。

如果雨水一淋，就欢快歌唱。

一棵沙棘，试图靠近另一棵沙棘。

一片辽阔，试图靠近另一片辽阔。

没有什么环境不可成为站立的背景，没有什么苍茫不可成为生命细节的萌动。

一棵沙棘，最终以红果的形式高挂于岁月的肩头，并迎着太阳成为生命的一次萌动。

是的，每一棵沙棘，都在经历一次开始。

塞上曲

一定是草对着沙，一定是风吹动天，一定是葡萄摇动甜。

一定是一个人站在浩浩大天之下。

一定是一棵树突然发芽，冒出的秘密，让尘封已久的风声、雨声、鼓声、杀伐声从历史的黄沙里露出马脚，显出破绽。

犹如春天的花蕾，天一热就压制不住地开放。

可塞上毕竟是塞上。

天是大天，地是大地，风是大风，历史的记录厚厚一大本，不是英雄的手，无法翻开。

塞上，是黄沙的飞扬，是大鼓的敲击，是骏马的蹄声，是大雁一去再去的角弓鸣。

塞上，是一片土地的沉默，是时间苍茫的辽阔。

塞上，是时光的号角。

塞上，是时光一而再，再而三吹响的号角。

塞上，发出历史缓慢的倾诉。

去贺兰山途中遇一块土坷垃

给它一种力量。

让一块土坷垃在山下滚动，在田野受到挤压，在田野上突然消失。

让一块土坷垃受到放羊人的吸引，从这里到那里。

让一块土坷垃受到放羊人的指令，起伏，跳跃，直线行走，扬起灰尘。

一块土坷垃，我无法彻底瓦解它，小得够小了，它依然是一块土坷垃。大的够大了，它依然是一块土坷垃。

在田野，风吹，弯曲坚硬。

在田野，雨淋，消解再生。

这是一件多么有趣的事，一滴雨洒上去，就能变小的事物，却在天空下万世永存。不甜不咸的身体，唱出了百味齐全的盛宴。干净纯粹的肌肤，内心有着比春天更多的斑斓。

普通得我分不出模样看不清轮廓的土坷垃，众多的族群通用一个名字的土坷垃，细看，每一块又都独立，个性鲜明。

（选自《塞上散文诗》2019 年第 4 期）

蔡 旭

蔡旭（1946—），广东电白人，现居珠海。中国作家协会会员，高级编辑，国务院特殊津贴专家。出版散文诗集《蔡旭散文诗五十年选》等30多部，散文集、短论集9部。

我与石嘴山（六章）

贺兰雄鹰纪念碑

一只雄鹰在贺兰山下的荒原上展翅。

不只是一只！

那是一百只雄鹰，一千只雄鹰，一万只雄鹰，在这片秃岭黄沙上盘旋。

作为它们的代表，这一只雄鹰以纪念碑的姿态，耸立在这片土地上。

整整50年前，为了防御来自北方的威胁，兰州军区某师就驻守在这里。

在风吹石头跑，天上无飞鸟，地上不长草的地方，战天斗地，爬冰卧雪，开山劈石，挖洞筑墙。

把贺兰山筑成了不可逾越的屏障，牢不可破的长城。

之后几十年，一代代军人在这里为国防建设挥洒了热汗与鲜血。

1986 年，肖华上将以“贺兰雄鹰”四个大字，为他们命名。

历史不会忘记，青春永远闪耀，英雄浩气长存。

把我的敬仰献上这里，把我的身影贴在这里，把我的思念存在这里。

凭谁说这里天上无飞鸟？

是的，我看见一百只、一千只、一万只雄鹰在漫天飞舞。

也不再风吹石头跑。

分明有一百位、一千位、一万位英雄整齐列队，站成了——

一座铜墙铁壁的贺兰山！

矿车装上散文诗

我们来到石炭井文旅小镇，惊见大街上有一列长长的矿车。

是的，惊奇，惊讶，还有惊喜！

只见矿车的每一个车斗上，都有一句散文诗。

参加全国散文诗笔会的每一位诗人，都找到了自己的佳句。

哦，也有我的作品。也有属于我的矿车！

我知道，以往矿车上装的是乌金，是世界煤炭的珍品太西煤。

这种贺兰山区侏罗纪的无烟煤，这种高热含量、高碳含量、最少杂质的精品煤，是与枸杞、甘草齐名的“宁夏五宝”之一。

矿车隆隆，煤河滚滚，给祖国建设带来多大的能量，给石嘴山这座塞北煤城带来多大的荣光啊。

可惜，由于资源已趋枯竭，矿车也停止了飞奔……

如今，矿车上装上了散文诗。

它见证了一次华丽的转身。

工矿时代正迈向生态时代，迈向旅游时代。石炭井这个在全国辉煌一时的老牌矿区，已成了文旅小镇。

工业旅游列车、煤炭博物馆、影视一条街、汽车大本营，一项项特色旅游项目正在涌现。

就在我们到来的同时，石炭井大峡谷汽车越野拉力赛正在进行……

一列散文诗的矿车，成了石炭井新的一景。

深感荣幸，散文诗参与了煤城的转型。

又觉沉重，散文诗肩负着煤炭的重任。

不知道，我与我们的散文诗装上矿车时，能不能对得起石炭井的重托？

能不能像太西煤一样，有最少的杂质，有最多的热，和光？

相会百年老藤

同这片百年老藤见面时，我与它都没有说话。

它已经无须多说了。

它本身就是它的名片，是它的展览，是它的发言。

这片石嘴山贺东葡萄庄园的225株老藤，是现存最古老的树种之一，堪称葡萄之王。

一百年，见惯了风风雨雨，听惯了甜言蜜语与风言风语。

每一根弯曲的藤，每一片沧桑的叶，每一串多情的果，只知道静静地吸收，悄悄地孕育，默默地奉献。

尽管结果越来越少，越来越小，但它特别甜，口感特别好。

酿出的酒味道浓郁，层次丰富，有特别的香味与风味。

让许多人闻香而来。让我慕名而来。

也让我不知说什么才好。

我也是70年的老藤了。我把它当作知己交流，当作镜子对照，当作榜样仰望。

多少心照不宣的话语，都在不言中。

我把古稀的身影交给它，它把不老的风采交给我。

已足够让我慢慢地品尝，悠悠地体会，久久地回味……

我读华夏奇石山

听到对它的赞美够多了。读到对它的赞美也够多了。

到过的人都赞不绝口，未到的人在慕名而来。

有人赞许它林木茂盛。有人赞佩它空气清新。

有人赞颂它四季常绿。有人赞扬它三季花开。

更多人赞叹它名副其实，有那么多千姿百态的石头。

临沂石、灵璧石、泰山石，还有 42000 块本地贺兰石。

民族团结园，石雕上有 56 个民族载歌载舞。

世界名人园，石碑上有中外顶尖人物可作楷模。

更有奇石博物馆，奇幻与美妙令人大开眼界。

展眼远眺，横亘千里贺兰山让你志存高远。

俯瞰城中，屏蔽了喧嚣简直是世外桃源。

移步换景，青山绿水处处赏心悦目。

置身小船，小桥流水间仿佛在江南水乡。

老人欣赏，凭拐杖也能丈量慢生活。

青年欣幸，花前月下是最佳的配景。

小孩欣喜，可陪野鸭戏水金鱼跳龙门。

画家情不自禁铺开宣纸。

摄影师迫不及待按动快门。

诗人们千言万语，也诉不尽欣羡的情感……
是的，对所有的赞赏我都赞同。
不过，我最赞赏的是它的华丽转身。
它的前身，是堆积成山的煤灰与粉渣，是这座城市最大的污染源呀。
我最赞赏它，转黑为绿化腐朽为神奇的摇身一变。
赞赏石嘴山人“绿水青山就是金山银山”的信念。
以及，把信念变为现实的行动。

沙枣树生长的地方

哗，这么多沙枣树，站在荒漠里。
这么多沙枣果，一串串，一摞摞，铺压在树上。
把近十米的树，压低了身高。把蓝天白云，提升了海拔。
在当年驻军的遗址，我第一次认识了它。
友人摘下了一串，我是第一次尝到。
椭圆形的果实，粉红色的果皮，乳白色的果肉。
有点干。当然了，这里是缺水的荒漠。
有点涩。不奇怪，它处在恶劣的环境。
有点甜。这才更加难得呀。
据说它可作饲料，亦可酿酒、作醋与制酱，还可做糕点等食品……
我惊叹于它顽强的生命力。
不难想象到，它在怎样地抗旱，抗风沙，耐盐碱，耐贫瘠。
在无人居住的山沟，它只是默默地站立，默默地开花与结果。
不管有没有人看到，有没有人说到，有没有人知道。
它只是在尽其所能地生活与奉献。

突然我想起正在参观的地方，是当年部队的驻地。

在这里，曾活跃着一群为国守土的官兵……

友人送我枸杞子

你说，枸杞是“宁夏五宝”之首的红宝，国家地理标志产品。我知道了。

你说，它营养丰富，又是名贵中药，抗疲劳，降血压，还有多种神功利效。我知道了。

你说，它色艳，粒大，皮薄，肉厚，籽少，甘甜，六点一样不少。我知道了。

我还知道，这宁夏之宝，是宁夏友人送的，是在宁夏送的，应是宝中之宝了。

可是，你说枸杞有些特点，却同友情的表现相反，我却不知道。

你叫我抓一把在手里捏紧，松手时它一粒粒散开，并没有粘在一起。

哦，它与团结的样子相反。

你叫我把它泡在水杯里，只见它一粒粒上浮，并没有沉下去。

哦，它与沉甸甸的表现相反……

一切的比喻都是蹩脚的。别人这样说。

总有一些比喻是确定的。我们这样说。

比如这些枸杞子，一粒粒，是那么鲜红，那么饱满踏实。

它正像我们的交往，我们的友情……

（选自《宁夏日报》2019 年 10 月）

评论类

火会亮

火会亮（1966—），宁夏西吉人。中国作家协会会员。著有长篇小说《开场》，小说集《村庄的语言》《叫板》《挂匾》，散文随笔集《细微的声音》《杂写三种》等。现为《朔方》执行主编。

白远志的乡土

石嘴山市文联很重视文学这一块，多次邀请《朔方》编辑部的人到那里去组稿、讲课，我也有幸多次被邀。记得在一次改稿会上，我说："石嘴山是宁夏的工业区，辖区内有大大小小数不清的矿井与煤窑，此次来石嘴山，我希望能看到写矿区、写煤窑、写工业的文字。"但非常遗憾的是，写工业与矿区的文字，我那次没有见到，后来的几次均未见到。什么原因呢？一位本地作家告诉我，原来写矿区的作家们都老了，不写了，而新一代的作家们又大都不在矿区，或不熟悉矿区，如此这般，所谓的矿区文学就算是销声匿迹了。我只好轻轻喟叹一声。后来我和漠月、梦也去采访煤矿塌陷区，看到了那里辉煌之后的凄凉景象，不禁再次喟叹，这确实是一块产生文学的地方啊，这里如果不出现几部或几篇写矿区、写塌陷区的震撼人心的作品，实在是说不过去啊。这块地方可实在是太冤了啊。

但我们最终还是没有见到那样的文字。

现在的石嘴山文学，仍然以写乡土者居多。

2016年12月18日，石嘴山市文联召开本地作家作品研讨会，研讨的四位作家，其作品题材无一例外都是写乡村、写乡土。而且与会者敏感地注意到，他们不但写乡村、写乡土，而且四个人除杨军民现在一家企业工作外，其余三人——白远志、黄清海、苏子均为农民。我这里所说的农民，不仅仅是在说身份或出身，而是说，到现在为止，他们仍然实实在在地在农村种地、耕作。

这或许是研究石嘴山文学一个新的亮点或切入点。

四位作家的作品，我多多少少都有接触。苏子其实是一位比较成熟的作家，他的作品多年以前就在《朔方》发表过，中间沉寂过一段时间，近几年突然发奋、发力，在区内外多家刊物又发表了一批质量不错的作品，让人刮目相看。军民之前写诗、写散文，这样的锤炼反映到他的小说中，就是语言更加规范、讲究，且底气十足，而他对作品不厌其烦地修改又使人印象深刻。黄清海的作品语言活泼、思维跳跃，是四位作家中最有个性的一个。相比较而言，读白远志的作品较多一些。白远志的作品浑厚、朴拙，但又时不时地有出人意料之处。作为乡土文学的叙写者，白远志一开始就没有田园牧歌，或轻歌曼舞，而是将笔触伸向更广阔的乡村大地，去探究人性，析解矛盾，这就使得他的作品有了一种沉甸甸的批判的特质。这种特质在他的作品中随处可见。他还有一些细腻的、剖解人物内心的作品，读来照样让人舒畅神怡。这些作品足以说明，在写作这条路上，白远志的探索并不是单一的，或单调的，而是丰富的、多元的。

其实，接触白远志的作品已经好几年了。2012年10月，《朔方》策划了一期“宁夏农民作家作品专号”，其中就有白远志的稿子。白远志当时交上来的作品叫《寺台子》，是一个由四篇微型小说组成的短篇，语言好，架构独特，还有些淡淡诗意。初审时大家就认为不错，发出来后果然有些反响，得到许多读者肯定。这之后，远志大受鼓舞，接着又写了好几个不错的短篇，其中一篇《村街上》，让人印象颇深，他用第一人称的写法，写了一个农村“多余人”的形象，一个看似懒散、傻呆、无所事事的农村闲人，其实把什么都看在眼里，记在心上，他对所有社会现象的评判，其实在很大程度上就是作者自己对这个社会所持的观点，小说的语气是轻快、嘲讽、揶揄的，但又是辛辣且深刻的。这篇作品有些《局外人》的意思，还有些《尘埃落定》的意思。在这篇作品中，远志充分展露了自己独特的文字直觉与文学禀赋，确实给人耳目一新之感。

《村街上》之后，我还编发了白远志《乡囧》《晃荡》等小说，2017 年第 1 期又在“本期一家”栏目编发了他的个人作品小辑（包括一个中篇、一个短篇和一篇创作谈）。在这些作品中，白远志虚构了一个名叫“套里滩”的村子，这可以看作一个乡土作家的地理标志。这个村子就在黄河边上，有农田、厂子，有农家乐，有小卖部，有横七竖八的乡村道路，有参差不齐的各色村舍。而且这个村子临近沙漠，靠近草原，旁边还有让这个世界更加不安与刺激的矿区与小煤窑。在这个村子里，几乎什么样的人都能见到，如开煤窑发了横财的煤老板，贴着煤老板发煤老板财的“骚女人”，有可怜得天天奔波的拾荒人，有天天进佛堂却一肚子男盗女娼的“乡绅”，有唯利是图的村干部，也有爱耍小心眼、爱占小便宜的小卖店老板——总之，这是一个多姿多态的世界，而且这个世界充满着世俗、功利，以及无处不在的人间烟火，就像现实生活本身一样。他所写的人物，绝不是标签式的，而是现实生活中本来就有的，就像他的左邻右舍，或乡里乡亲。我猜想他写这些人物的时候，有时未必是前期谋划，而是信手拈来，或率性而为，因为这些人物他太过熟悉了，只要提起笔，这些人物会像听到召唤一样争先恐后、挤眉弄眼地奔他而来，这就是读他作品时有些让人自顾不暇的原因之一。

白远志的作品，几乎每篇都有一些看点。《乡囧》写了一个捉蝎子的故事，一大群人，开着三轮，提着矿灯行走在荒原上。他们在荒原上搭了帐篷，安了家，目的是在深更半夜时捉石头下面的蝎子卖钱。故事就这样在荒原上拉开了大幕，随着故事情节的展开，所有人的内心也在一点一点打开，直到那个来历不明的老农在帐篷中莫名其妙死去。这样的手法，颇有些石舒清早期小说《赶山》的味道。只可惜作品在这里没有充分展开，留下了一些意犹未尽的遗憾。

《晃荡》大约是《村街上》的姊妹篇，相较于《村街上》，《晃荡》少了些油滑与不经意，但在批判现实的开掘上却更深、更老道。

《鹰湾政变》我给他改名《鹰湾选举》，其中对乡村政治的摹写可谓触目惊心。

《身外之物》是对计划生育所唱的一首哀怨而绵长的挽歌。

在他的个人小辑中，我更感兴趣的是他那篇看似散淡而实则用心良苦的创作谈。在创作谈中，他不谈理论与感受，甚至连写作经验也只字未提，而是一口气罗列了几十种生活中常见的现象或细节，文学味十足。现象罗列完了，文章也就结束了。他等于用另一种更直接的方式告诉大家：看，我就是这样写小说的。

两年前，我和同事去过一次白远志家，好像是搞一个什么活动，石嘴山市作协的领导特意将地点选在那里，顺便也有看望基层作者的意思。那是一次很有意义的活动，一大帮人，呼隆隆下车走进农家院落，这就使得憨厚质朴的远志有些慌乱，有些受宠若惊。远志的家在公路边上，没有院墙，没有篱笆，正中一排红砖红瓦的房子，房前的水泥地坪小山一样堆满刚从地里拉回来的金灿灿的玉米棒子。进院之后，大家立即四散开来，在远志家房前的小菜园里找西红柿、糖萝卜。小菜园里已是枝残叶败。远志搓着手笑嘻嘻地说：“西红柿都落架了，要是大家早几天来就好了。”

但大家的热情依然很高。大家一边咔嚓咔嚓啃着糖萝卜，一边谈论着关于如何振兴石嘴山文学的话题。也就是在那次活动中，我才知道远志原来当过兵，复员之后回家当农民，二十多年中，他几乎从未离开过土地。后来子女长大了，进城了，他依然和老婆侍弄着那几亩黄河岸边的水田，似乎乐此不疲。

喝酒、种地、交友、写作，这也是一种难得的、怡然自乐的人生境地。

他还与人合著过一部长篇历史小说，叫《开边大将蒙恬》。

趁着大家闲聊，我悄悄走出屋子，此时阳光已经西斜，高大葱茏的榆树隔着邻家的屋顶把影子投下来，洒下一地斑驳的落阴。院子里有一只小狗，几只鸡，还有一群在圈里津津有味啃玉米秸秆的羊。他家门前有一条公路，路把村子一隔为二。

路旁的标示牌上赫然写着这个村子的名字：六顷地。

（选自小说集《三棵树》，团结出版社，2017 年。本文系该书序言）

朱昌平

朱昌平（1957—），笔名牛撇捺，生于甘肃兰州。历史学学士，副研究员，中国作家协会会员。曾任宁夏杂文学会会长、宁夏政协常委。著有《中国杂文（百部）牛撇捺集》《牛撇捺文集（八卷）》等。

《给你一个宁夏》札记

一

1

《给你一个宁夏》是邱新荣新的抒情诗集。收录了诗人近年所写的有关宁夏历史、山川、人物、特产、社会发展、时代走向等方面的200首约8000行诗。诗中所谓的宁夏，是如今版图为6.6万平方公里的这片土地，也牵涉一些因历史沿革而如今不属于宁夏的地方，或曾经隶属于宁夏而另有归属的土地。《给你一个宁夏》为天下人尤其宁夏人全面深入地认识宁夏提供了丰富的材料、清晰的脉络、独特的视角与全新的视域与视界。阅读《给你一个宁夏》，确切地能得到一个全新的、立体的血肉丰满、沉稳笃定而又激情四射的宁夏。

2

提起宁夏二字，便有海量的信息向我们涌来。《给你一个宁夏》对这些信息进行了认真过滤、科学排列、合理取舍、适度剪裁筑造了诗歌的城堡与花园。在诗集中，邱新荣为读者展示出这样一道迷人的风景：“两山一河”，贺兰山、六盘山、黄河；贺兰山及大麦地岩画；朝那湫，秦长城，明代边墙；唐太宗灵州会盟，太子李亨灵武登基；乌氏戎、朐衍戎、党项羌、西夏王朝；蒙古人在六盘山地区的经营；红军翻越六盘、将台堡三大主力红军会师、解放宁夏、青铜峡建起大坝……从目录看，即便祖辈生活于此地的人，抑或在这里工作生活了三五十年的人，对宁夏这片神奇的土地的了解也相当有限。对生息于这片土地上的人物，对发生在这里的故事，知之甚少，或者知之甚浅。邱新荣的诗，给了大家一把重新打开宁夏的钥匙，是一扇窥视历史的窗户、一架登上高处俯瞰全域全景的云梯、一册传之后世的华章，一份引领精神追求的激情。

3

毋庸置疑，《给你一个宁夏》是一部小型史诗，是信息、知识的富矿。作为宁夏人，不了解这些似乎关系不是很大，影响不了你的生活，也不太能影响你的发展。但了解了更好，能让你的内心更充实、更强大。作为外地人，了解宁夏，也就更加全面深入地了解了国家，了解了中华民族更为广博与深层的内涵。即便仅仅是为了到宁夏旅游，也能增加几分激情与乐趣，能让你充分认识别人，也充分认识自己，多一些自信与自尊。

4

诗集的序诗是《这个地方》。诗人吟道：“这是一个叫宁夏的地方 / 宁静平和是它的主基调和永久梦想 / 历史中许多喧闹就在它身旁 / 需要一个宁静的夏夜 / 它曾心驰神往……/ 它不传奇 / 却有着传奇的力量 / 至少雄性是它的一个体貌……/ 你知道它会从岁月中走过 / 刚健硬朗 / 它培育的脚步从不柔弱 / 哪一串都会是炮声一样的铿锵”。诗人没有过多描述山川，没有刻意勾勒历史上那些独特的存在与骄人的业绩，只是指出宁夏这个地方“它从不以繁茂夸大自己 / 而是以适度的疏密相间和爽朗 / 树立独具的形象”。形象是具体的，具体的宁夏可能会使人视神经麻木，审美意识疲劳。那么诗人则用他驾轻就熟的形式，引领人们在“这个地方”神游，来做形而上的推演与想象，让宁夏的所有内涵，像吹过两山一河的轻风，像跨越千万年的日月之光，吹过你的身躯，照耀你的前方……情到深处，歌无需多么具体。

5

宁夏的地形，似一片兽皮。有支民歌如此描述：“宁夏川，两头子尖，东靠黄河西靠贺兰山。”如果再向南看，就是六盘山。歌有点土，有些质朴，但形象。在《滩羊皮状的大地》中，诗人吟道：“我们亢奋的脚步 / 总是走在滩羊皮状的大地 / 历史的元素溢在时间”。是的，这块滩羊皮状的土地，就是宁夏人生存与发展的空间，也是宁夏人拼死相守奋力突围的空间。这里面的爱恨情仇，这里的辩证关系，值得今天的人们一问，再问；一思，再思。诗人吟道：“滩羊皮状的大地 / 长相端庄大气 / 虽然雨水稀薄 / 但土地上的花朵艳丽 / 季节在这里是有点失序／比如春风到得有点晚／残雪消融得很慢很迟／但滩羊皮状的土地／却有着自己浪漫的固执／固执地认为岁月是一只羊／曾经对我们有过深情的凝视／肥硕的羊跑进绵延岁月里／留下这滩羊皮慢慢地长成了一块土地”。宁夏是一片神奇的土地，它的地貌有异于其他省区，它所显示出的季节变化与山川景色也有其独特性，但它有它自然的固执，也有其必然的浪漫，更有其与生俱来的朴实。诗人吟道：“滩羊皮状的土地在我们脚下／繁衍了岁月抟造了我们的身躯／千万年地走过后／我们有泪有血有沉甸甸的故事／它的故事却是从不言说／只有稳健的托举。”“……举着大山河流和我们的身躯／波澜起伏地存在着／却从未三心二意／它是认真地和我们生长在一起……”这是一片祖先留下来的土地，是有蕴含有故事的土地，是可以种下未来的土地，是能够将宁夏儿女托举起来的土地。面对这块土地，诗人思绪万千，从各种角度、各个方位予以吟咏，引导人们以平静的心态，回味先民们的坚韧、坚持、开拓与生生不息的奋斗精神。

6

宁夏的标志性山脉之一，是贺兰山。说到贺兰山，首先让人们想到的，是宋代名将岳飞的《满江红》。岳飞长啸："靖康耻，尤未雪，臣子恨，何时灭！驾长车，踏破贺兰山缺。”因为岳飞，让贺兰山更加有名。岳飞所言之贺兰山不是宁夏的贺兰山，有专家考证是在河北某地，岳飞抗金的战场在那里而不在宁夏。千百年来，人们误读了《满江红》，但这一误读让宁夏的贺兰山插上了翅膀，飞进了许许多多人的眼里耳里心里。诗人写道：“不止一代／而是千万代人的凝望／贺兰山／才是我们眼中最尊严的形象”。中国的名山很多，有泰山、华山、恒山、衡山、嵩山等“五岳”，有天山、祁连山、秦岭、横断山、阴山、太行山、大兴安岭等山脉。贺兰山与这些山岳、山脉比不算巍峨，不算奇峻也不算逶迤。但无论地理位置、山川险要方面，还是军事作用、历史地位方面，这都是一座熠熠生辉、令人神往的山。与其它山岳山脉相比，不遑多让。诗人吟道："一匹马从遥遥的传说中跑来/横亘天边/阻挡了荒漠风沙的喧嚷/它的耳朵在岁月深处/听得见历史的烽烟与绝响/它的眼睛正长在我们身上/纵目四望/意味深长"。贺兰山，蒙古语里，就是一匹骏马。遥想当年，西夏人、明朝人依托贺兰山抵御蒙古人的入侵与掠夺。到了上个世纪六七十年代，中苏交恶，珍宝岛血战，苏联欲动用核武器对中国实施外科手术般的打击，中国的重要工业部门撤入"三线"，贺兰山构筑了许多鲜为人知的工事，成了抵御苏军钢铁洪流由蒙古方面直泻而下的重要屏障。贺兰山，是中国人心目中的钢铁长城。诗人刻画了贺兰山的险峻，描述了贺兰山上的"蒙古扁桃""针叶松和落叶松""山杏"，捕捉到"风在山石中生长出来然后又奔向远方"。诗人纵目贺兰山："望见那些岩画群有着自己的小动作/有的生殖欲望垂地是一条腿的模样"。"马在胯下看起来像是肥硕的山羊/人的手中/最不安分的是那根舞蹈一样的长枪"。诗人看见"悬挂在山壁上的岩羊/是惊呼也是感叹号/姿态逼真有着令人瞩目的形象"。诗人吟诵了贺兰山的四季轮回、日月更替、虫鸣鸟唱、飞瀑流泉、"大雪封山"。诗人在纵自己澎湃之情、恣情欢唱。临了，诗人理性了下来，愿意与贺兰山一起，在大雪封山的时候"沿雪中的小径走进一座西夏寺庙/坐在蒲团上关注自己的内心世界/听所有的根须/在千山万壑间为明年的喷薄准备一些极好的茁壮和锋芒"。这才是名山，有名山应有的稳健与沉雄。作为读者，我已入诗，也想静静地坐在庙宇里、蒲团上，抑或劲松下、山石旁。

7

六盘山在宁夏，在宁夏，有那无可替代的上得山去的"六盘"山路。六盘山是陇山山脉的一部分。此山脉横跨宁、甘、陕三省区。使六盘山声名远播的，是毛泽东的那阙《清平乐·六盘山》。“天高云淡，望断南飞雁。不到长城非好汉，屈指行程二万。六盘山上高峰，红旗漫卷西风，今日长缨在手，何时缚住苍龙？”六盘山自古就是名山，有了这阙词，名上加名，名震四方。六盘山是历史的山。秦始皇在朝那湫祭祀天地，在六盘山区修筑长城。济公在六盘山一处石洞中修炼。蒙古人在六盘山屯兵、经营，成吉思汗攻伐西夏过程中受伤，卒于六盘山。毛泽东、朱德率领红军翻越六盘山，奔向陕北。……六盘山是神话的山，英雄的山，历史的山，人性的山，进步的山。在《红绿六盘》中诗人吟道："六盘山沿着自己的山道一直向前”。夏天时，“千呼万应的花朵应声而来/让一座山美得自顾不暇团团盘旋……”六盘山的四季有四季的韵致，四季都美成了水墨丹青、五彩画卷。六盘山是有历史有故事的山，是“散文美篇”。更为关键的一点，在六盘山麓，有一个治史的人都绕不开的“萧关”。诗人写道："萧关经历得太多/看着滚滚人流和时间的纷繁/它只是无语默默内敛”。萧关无语，史册有言。萧关内外发生过什么，有兴趣的人自可以去检索，去翻阅，去凭吊，去做超越时空的逻辑推演与理性思考。

8

黄河是中华民族的母亲河。黄河流经宁夏将近400公里，流过了宁夏全域。这在黄河流经的九个省区中是独一无二的。《黄河轻柔地流过》一诗，对黄河与宁夏这片土地的血脉相融的关系做了深情的展示。诗人写道："一片土地/用自己的平实和舒展/让一条河流过来/宁静优雅缓慢”。“黄河在这里/有几分惺忪几分慵懒”。“从青藏高原滥觞，在甘肃的山川中湍流，到了宁夏平原，到了新的天地，黄河要露出温婉、秀美，要洒满绿柳，花红草青，要鼓荡蛙的小鼓，鸟的和弦，牛羊的欢腾。黄河恋爱了。”“恋月光如水洒在静静的河面/……”“最恋那些来自岸边的笑声/……特别是在河边上沉思的鱼钩/犹豫不决/心态散淡/……”“船上仰着脸堂黝黑的西北大汉”。黄河的脚步时疾时缓，急时带走泥沙，缓时流入沟渠，流入果园田间，流入大小湖泊湿地，润泽万物，催开花朵，催熟瓜果稻麦，让塞上飘荡歌声，炊烟散漫。黄河宁夏段，接纳了来自上游的溪流、泥沙，也在此处冲刷了盐渍、泥沙。某种意义上，下游黄泛区的灾害，这里也是发端处之一，黄河也是利弊共存的河。在诗人的诗境诗意里，“黄河轻柔地流过”，水洞沟人在黄河边汲水，戍边的将士在黄河边饮马，屯垦的军事与移民在黄河边引水灌溉，今天的人们更是在黄河上建起了青铜峡大坝、跨越黄河的大桥、黄河世纪坛、黄河楼、黄河金岸等等。黄河轻柔地流过宁夏，心里充满自信、自豪与温暖。宁夏人，在歌唱自然，顺应自然，怡然地生活与奋斗在黄河两岸。

二

《给你一个宁夏》，绕不开的，是古代的文明。

1

水洞沟遗址，是闻名中外的古人类文化遗址。位于灵武市临河镇水洞沟村，占地7.8平方公里。1923年，为法国古生物学家德日进、桑志华发现。发掘中出土了大量石器和动物化石。水洞沟成为中国最早发掘的旧石器时代的古人类文化遗址，被国家列为“最具中华文明意义的百项考古发现”之一。水洞沟景区，为国家AAAAA级景区。步人类学家之后尘，诗人邱新荣在水洞沟做了一次穿越时空的心灵考古。在《临风水洞沟》中，诗人吟道：“临风而听/这里干净得只剩下嘶鸣的秋蝉／最后那批离去的古人／早已走得很远很远／我们只是谛听者／听到那堆篝火熄灭于清晨后／我们的祖先渐渐走远”。祖先们为什么起身离去呢？是这里的气候发生了变化，使生存更为困难，还是他们做今人之思：“世界很大，我们要去看看？”什么可能都有。他们走得义无反顾，“没有犹豫／只有坚定的果敢／大地以四面八方的模样呈现给他们／他们的目光感受到了遥远的呼唤”。祖先具有博大的胸怀，开阔的眼界，在史学家的考据中，在哲学家的推演中，在诗人的想象里，先民们向四处探索，中华大地，处处留下了他们坚定的足迹。“走向东方的一股人流”，“走到了大海边”；“走向西边的一群人啊／直接走进了蓝色的群山”；“北上的人们／耐力十足地走上蒙古高原”；“风中挥着呼啸的套马杆”；“向南的一群人向南／庄稼在原野上迎风招展”。水洞沟人走了，因此有了更多的人类遗址，人类文明。水洞沟人走了，一批批人来了，来宁夏戍边，来宁夏屯垦；来宁夏筑长城，修边墙；来宁夏修水利枢纽，灌溉沟渠；来宁夏种植枸杞，吟唱花儿……如今，各路游客蜂拥而来。来感受水洞沟人的浪漫，来抚摸水洞沟人的艰辛。水洞沟的人走了，水洞沟永在。诗人吟道：“啊临风／听一座遗址的浪漫／一座遗址没有离去／正是为了未来的时间”。那堆水洞沟人引燃的篝火，照彻寰宇。

2

菜园遗址，位于宁夏南部的海原县境内。为新石器文化，有多处新石器时代晚期的原始文化遗址，分布在现代自然村周围的山、峁、梁、塬上。可不可以做如此设想：菜园村的先民，全部或者部分是从水洞沟迁移过去，毕竟两地相距仅仅三百多公里。沿后来被称为河的那条河南行，不会过于艰辛。设想只能设想，没有人类学的检测与出土石器的比对，没有科学性可言，但是可以为其插上诗歌的翅膀。在《在菜园遗址》中，诗人进行了凭吊。“菜园的先人们/越过清水河/葫芦河和那些高高的山脊/赶过热闹非凡的大集/他们的吆喝声悲怆绵长/在空气中久久不肯散去”。是古人，必然成批逝去。诗人有些悲怆地写道：“他们归来后/慢慢地躺进了大地/那些陶制生活用品随着他们/在土地中沉默不语……”是的，菜园村地下的双耳壶、纺轮等都不会说话，也不想说什么话，但是，它们在自己身上，已清清楚楚地标识出了时代进步的密码。他们自身看得很开，存在本身就是意义，用不着太多的记录、诠释与赞美，正如诗人所言：“但这遗址啊　菜园遗址/一直安静在自己的高贵层次/它知道自己不会被收藏/不会被卖出更多的神秘/它知道自己属于沧桑/属于一个渐渐堆砌并掩埋起来的日子”。历史有必然也有偶然。菜园遗址的存在是一种必然，发现它却是偶然。而菜园遗址在沉隐几千年后，重见阳光，接受世人的检阅，又成了一种必然。水洞沟与菜园村，一北一南两个古人类文化遗址，为宁夏平添了几分历史的厚重与沧桑。

3

乌氏戎是西戎之一，古代中华民族的分支。战国时，秦惠文王曾在六盘山腹地设置乌氏县。乌水，即现在的固原清水河。乌氏县，地当属清水河与泾河之间。乌氏戎这个民族，不光是游牧，而且是早期商人的代表。乌氏戎留下的文字记载不多，正好留给诗人以广阔的遐想空间：“他们跑着/跑在千年的风中/目光闪闪灼灼/胯下的马仰天嘶鸣/迎风的箭/飞过面前颤抖的小河/他们脸颊上涂抹着野花的颜色/皮质的箭袖和裹腿/一直朝气蓬勃”。因乌氏戎而设乌氏县，这是否可以认定为民族区域自治的古代形态呢？窃以为可以。战国时的统治者，有意无意地为后世提供了一个范本。说中华文明博大精深，中华文化源远流长，这就是一个很好的例证。诗人吟道：“乌氏戎是一群人／或一个广大的部落／他们是与草原有关联的／还有牛羊和骆驼／饮酒一样是家常便饭／驱除西部的寒冷／他们只用旺盛的篝火”。乌氏戎跑在千年的风中，最终也跑失在千年的风中。乌氏县没有了，乌氏戎消失或者融合了，化成了史书中的文字与艺术家手里的雕像。诗人写道：“我们的目光紧紧追赶／试图抓住他们的褡裢和瓦罐及历史的脉络／他们却是跑进了最深的岁月／丢下一路马粪和承诺／他们承诺千年后回来／回来变成最美的故事和传说”。无疑的，乌氏戎的故事和传说是中华民族史的有机组成部分，是宝贵的，也是美丽的。

4

朐衍戎，春秋战国建立政权，为西戎八国之一。主要活动在陕西定边、宁夏盐池一带。其间与义渠戎彼此杂处。盐池有朐衍国城堡遗址。秦穆公时，臣服于秦。秦统一后灭国，部分北迁入匈奴。朐衍戎是游牧的，诗人说：“啊　朐衍戎／一直把天上的星星当作自己的祖先”。非常浪漫的想象，也是非常准确的描述，想必束缚人的伦理的、道德的、法纪的那些条条框框还没有出现，至少尚未“完善”，朐衍戎放浪形骸，舒心散漫。诗人吟道：“朐衍戎游游荡荡／享受土地的辽阔和无边／随便采下的野花都能喂饱他们／他们的放纵并不叫作野蛮……”朐衍戎的形状，在当代一些游牧民族身上仍能看到影子，不过在诗人笔下，显得更加可爱。朐衍戎也事农耕：“春耕秋收土地是他们的根／时间也被他们种在了第一个春天……”亦牧亦农，半牧半农，朐衍戎为研究社会形态的人提供了一个具有普遍意义的例证。朐衍戎与乌氏戎一样，国家成了“曾经”，部众呢？也成了让后人难以捉摸的“绿野仙踪”。现如今，踏上了灵武、盐池的土地，便是踏上了朐衍的地界；倾听黄河边的风声，便能听到朐衍国的牛嘶马喊、鸡鸣狗吠。远望黄河台地上的雾霭,便能看见朐衍戎军士踏起的烟尘,这片土地上，留下了朐衍浓郁的气息以至血脉。人们可以到古朐衍之地去探究与感受那些古事、古意、古情。

5

孟姜女在哪里哭了并哭倒了长城不清楚，但宁夏确实有秦长城，就在固原市的城外。固原的那一段长城是秦统一六国前的“小秦”修的，还是吞并六国后的“大秦”修的，我没有去找准确的答案，当然本质上也无大的不同。固原的秦长城，静静地卧在城市的边缘，一头伸向山丘，一头遁入公路下边。它已不是防卫的屏障，而已成为招迎各路人马前来的酒旗。两千多年了，那堵墙还在倔强地伫立着，表现出对命运的不甘、不屈？在怀念那个统一后只存在了两代帝王的朝代吗？在显示他的皇权时代开始之标志的荣耀吗？在冷眼观察秦二世毙命之后的世界？在与明朝的边墙比坚强，比柔韧？固原秦长城留给人们许多疑问。在《西风杂草中的秦长城》中，诗人如此说：“正是黄昏／刮来西风／杂草在秋风中有气无力／长城的断续正说明／它有许多吐诉不尽的事情”。长城沉默得太久了,确实有许多的感悟要告诉人,有如《阿房宫赋》,有如《过秦论》。诗人写道：“秦长城在杂草秋风中／仿佛一段搁置的岁月／无人问津／曾经沸腾过咆哮过啊／岁月的舍弃／似乎显得冷酷和无情”。岁月本身就是无情的，社会法则也是冰冷的。岁月将不可一世的秦人的长城变成了废墟、土包，社会的进步，也将秦朝的身高体重永久性地标志在了历史的石柱上。长城在今日似乎成了自豪与骄傲，可在当时，只不过是一种不得不为的防范措施。如果马驹彪悍，刀枪锋利，秦人早已杀将了出去，还修什么劳什子长城，要修也应该是别人去修。秦朝从长城上得益不少啊，秦朝的百姓，则遭受了无尽的苦难。诗人说："这秦长城旁 / 情感诱惑着我们 / 想起一些传说风闻 / 想到最伤心的地方 / 想起劳作而死的白骨被铸进了庞大的长城 / 人的渺小与墙的伟大 / 对比鲜明 / 秋风吹过 / 更加伤神"。对长城累累白骨，古代文人通过孟姜女之口哭过，诗人邱新荣也奉上了同情与悲悯。在诗人看来，不论过去，还是现在，最珍贵的还是和平与安宁。诗人吟道："这是长城 / 是一种意志的外露和象征 / 艰难地抵御后 / 我们有了繁衍与和平 / 有了长久的蔓延和生存"。虽然"长城倔强地蜿蜒着 / 象征着一匹不死的战狼 / 跃跃欲试 / 不时地嚣叫在杂乱的草丛"，但为了保家卫国，护佑和平，当代中国的长城，应在宇宙飞船、太空，在海洋，在高端战机上，在航空母舰上，在坦克的履带上，在战士的刺刀尖上。

6

北地郡，秦昭襄王三十六年（前 271 年）灭义渠后所置。为秦初三十六郡之一。郡治义渠县（今甘肃庆阳西南），东汉时曾迁至宁夏彭阳县。东汉有一度时期，北地郡领县十九，其中西北方向辖有富平，在今宁夏吴忠市西南；灵州，在今吴忠市西北。由于政权的更迭，时代的动荡，北地郡的版图变来变去，诗人对此进行了诗意的界定：《朦胧的北地郡》。既然是朦胧的，今日尤其非史工作便完全不用去纠结，只有大概有个轮廓与方向即可。诗人说："……有一些马无拘无束地跑着 / 河流轻松地流动 / 山的静默和肃穆 / 给人带来了拂不去的沉重 / 那么你就到了北地郡"。北地郡中有一部分土地，属于今日之宁夏。到得宁夏，便可以朦胧地感悟北地郡，也能真切地感悟到朦胧的北地郡。历史从朦胧中走来，告诉人们许多不曾为人所知的事情。北地郡是怎样一个景色，有怎样的场景？诗人告诉你："朦胧的北地郡 / 迟到的春天却

有最坚实的花影 / 夏天的绿色一样严实得密不透风 / 秋天哪里都没有此处繁茂 / 空气中飘着瓜果的香味儿 / 鱼塘里蹦着壮硕的鱼群 / 一天白云是放不尽的牛羊 / 风中陶醉着鸟的眼神”。宁夏这块地方，古来就是桃林、枣林，就是草的原野，花的海洋，就是鱼米之乡。

王晓静

王晓静（1968—），女，宁夏同心人。中国文艺评论家协会理事，宁夏文艺评论家协会秘书长。出版文学评论集《梦断乡心又一程》，文艺评论集《落花有意染衣袖》。评论作品荣获宁夏第九届文学艺术奖文艺评论一等奖。

《黄河岸边是我家》展示的画面

石嘴山市迎来建市60周年，《石嘴山故事》丛书，以不同的形式，从不同的角度纪录了石嘴山60年来的成就与变化，是石嘴山建成60周年之际，奉献给这片热土最厚重的礼物。

石嘴山这座城，自1958年开始，全国各地的人们远离家乡，来到贺兰山下，来到黄河岸边，投入新的家园建设，使石嘴山这座城从一片荒芜的空白，日益变为区内有名的工业城市。今天，又从工业城市转向生态城市，石嘴山这座城，一代代的城市建设者，还有这里生活的人们，在他们身上，从不缺乏贺兰山一般的稳健，黄河水一样的智慧，兹以为，这就是这套丛书的策划者、编纂者以与时俱进的胸怀、前瞻谋划的眼光，与作者一起为山河代言，替土地发声，为创业者树碑立传所要表达的共同初心。

从书《黄河岸边是我家》（农水卷），分为上下两编，上编《黄河流过石嘴山》，下编《治水拓荒绿桑梓》。用一幅幅画卷描绘了石嘴山60年来农业、农村的沧桑巨变；搜集整理一个个人的事迹，雕塑出这片热土上的人们，战天斗地、艰苦创业，建设家园的拓荒者、实践者群像。丛书选取了一段段鲜活动人的故事，为创造者、劳动者立言，抒写了石嘴山人民在脱贫攻坚、移民搬迁、兴修水利、发展产业、深化改革、建设家园的伟大实践中的使命担当和巨大贡献。把一个单位、一个家庭、一个人物、一段历史，用感人的故事编织为精彩的回眸，见证了激情燃烧的岁月。

从讲好石嘴山故事的角度出发，农田水利，不是这部丛书的主体，但又是这部丛书立名的根基。农业、农村，既是这座城市的起点，又是这座城市人们精神依赖的家园。所以，《黄河岸边是我家》（农水卷）这部书，看似缺少文学性、艺术性、趣味性，但面对生活的真实与真情足以让人感动。

这部丛书共六册，有筋骨、有品质、有温度，沉淀历史、负载未来。有所欠缺的地方，在于容量不够，远未能全部或大部分记录下来在这片土地上，这座城市的建设者，他们的生活和经历，他们曾经承受的挫折和痛苦，以及那些曾经喧闹的山梁、轰隆作响的机器、那些产过黑金的煤矿，都变成了回忆中孤独寂寞的场景，还有相伴而生的山水、树木、花草，遥望着人们远去的背影，无法言说的期待。

但是，这套丛书更重要的意义在于让后人记住前人的奋斗精神，在传承中不断升华、发扬光大，使其成为石嘴山这座城市宝贵的精神财富，在经济社会发展的实践中，为这片土地注入新内涵，激发新活力。

（选自《宁夏日报》2020年9月）

张贤亮

张贤亮（1936—2014），祖籍江苏盱眙。曾任中国作家协会主席团委员、宁夏文联主席、宁夏作家协会主席。著有《绿化树》《男人的一半是女人》《男人的风格》等，随笔集《中国文人的另一种思路》。

他们的音容笑貌都浮现在眼前

石嘴山市的朋友们出版了“贺兰山文学丛书”。现在，作家结集出版纯文学著作实属不易。郑正来信说：“经费问题，编管费由我们（文联）想方设法解决，印刷费由作家个人想办法。”翻阅他寄来的书目，有小说、诗歌和散文，第一个感觉是内容丰富而且阵容整齐。随后，作者的音容笑貌就浮现在眼前，一个个带着执着的追求。真的，这些作家我都认识，对刘岳华我还不止一次向读者介绍过。几位朋友都不是专业作家，每人都有自己的辛苦，必须既为日常生计支出相当大的劳力，又为人生的爱好付出一份心血。今天，为了把自己的心血奉献于世，还要“个人想办法”，仅从这点来说，就令我肃然起敬。所以，这几位朋友请我写序，的确是赐予给我的一份荣幸。

我觉得这部丛书的珍贵，首先就在于这里面的每部书都是作者执着追求的结晶，而不是“完成任务”的汇报。我国的专业作家制度，一向被认为是“社会主义优越性”的一种表现，实际上这种制度和许多过去我们以为“优越”的制度一样，已对中国的进步起了很不利的作用。一方面，它把最需要和人民群众紧密联系的人，与人民群众在分工形式和分配形式上割裂开来；另一方面，以把最需要本人全身心投入的创造性劳动变成上级赋予的任务。这样，既有使作家们生活枯竭的危险，又可能会令作家们对写作产生职业性的厌烦。

“贺兰山文学丛书”的作家们，全部都是从现实生活中艰难跋涉过来的，而且今天仍在不停地跋涉。他们无所谓脱离生活、脱离群众，他们本身就以普通人的身份生活在人世间，直接感受着一般人的酸甜苦辣，也最知道读者的精神需求。我以为后一点很重要。在市场经济中，读者的精神要求实际上就是文化市场的需求。现在有一些专业作家常抱怨文学失去了“轰动效应”，抱怨读者对“严肃文学”失去了兴趣，抱怨书店对文学类书籍的征订达不到开印的数目；还有的专业作家好高骛远，说他是为后一代人而创作云云，他们还没觉悟到是近几年中国文学自身出了问题。在市场上，货卖不出去，难道是顾客的责任？

作家们发出的抱怨，其实是一些作家脱离读者、脱离生活、脱离现实需要的结果。毋须讳言，近几年，中国文学已经失去了七十年代、八十年代初在“实践是检验真理的唯一标准”的指引下那种意气风发的势头。中国作家在批判极左路线、揭露过去的年代，从而为解放思想、推进改革开放等方面都立过大功。那是一个多么令人留恋的年代！人民群众把作家当作自己政治上、感情上和理想上的代言人，几乎每篇作品的发表都家家传诵，造成洛阳纸贵的效果，尽管那时有些作品在艺术上还不太成熟。今天，作家们的作品应该说在艺术上有很大的提高，而相反，怎么书却难以卖出去呢？

石嘴山是一个新兴的工业城市，但有志于文学创作的人却不少。我在 1980 年进入宁夏文艺界，可以说我是亲眼看见收入“贺兰山文学丛书”的作家们是怎样在新时期成长起来的。但是，在今天，有人似乎有意要使读者忘记新时期文学，譬如，某报刊登的一份向全国青年推荐“一百本好书”的书目，文学类中新时期文学作品仅有三部《轮椅上的梦》《南京的陷落》《地球上的红飘带》。我也承认这三部是“好书”，可是对极左路线及所谓“文革”的揭露和批判的小说竟榜上无名，也不能不令人奇怪，而恰恰新时期文学的最大意义正在于兹。同时，被指定为“一百部爱国主义影片”向中小学生广泛宣传的电影中，除《周恩来》等几部影片里有一点点“文革”的痕迹，绝大多数影片都没有反映出中国还有一段长达二十年的痛苦历史，仿佛从“反右”到“文革”的荒唐在中国并不存在。可是，就在这种有人极力想抹杀新时期以来文学艺术成就的严峻情况下，在出书难、卖书也难的情况下，在一些专业作家已经脱离了市场需求的情况下，于新时期中成长起来的石嘴山市的文友们，还孜孜不倦地甘于寂寞地创作作品，还“个人想办法”把自己的心血结集出版，奉献给读者，除了敬佩，我还能表示什么情感呢？

中国通向现代化的路还很长、很长，石嘴山市的文友们要使全国读者都承认他们的路也很长、很长。我在看着，我在等着。

（选自“贺兰山文学丛书”，内蒙古少年儿童出版社，1994年。本文系张贤亮先生为该丛书所写的序文，题目系编者所加）

苏保伟

苏保伟（1965— ），山东安丘人。中国作家协会会员，中国摄影家协会会员。

艺术让人永远年轻

——序刘瑞霞老人长篇历史小说《乾天剑》

2020年是石嘴山市建市六十周年庆典。为喜迎这个特殊的节日，市委决定编辑出版一套《石嘴山故事》丛书。做好这件文化工程，非巨力而不可为。很多文化人因这项工程聚集到一起，奔波劳累，日以继夜，投入到《石嘴山故事》丛书的编撰整理工作之中。这期间，也发生了许多“故事”之外的故事。

在《石嘴山故事》丛书编辑整理接近尾声的一天，一众编撰人员从银川返回，在车上大谈著书的辛苦时，正在专心致志开车的师傅突然插了句话，让全车的“秀才”们愣了起来。年过五旬的师傅淡淡地说，他八十多岁的老母亲历时十多年时间，创作了一部长达七十多万字的长篇历史章回小说。

这位耄耋老人名叫刘瑞霞，和千千万万个石嘴山的创业者一样，上世纪六十年代从河北省唐山市来到宁夏石嘴山。1967年，在石嘴山市标准件厂工作，今年已届八十一岁高龄。老人早年毕业于唐山市女子中学高中部，自幼喜欢文学，尤其对中国古典文学情有独钟。来到宁夏后，对西夏历史文化产生了浓厚的兴趣。从上世纪六十年代开始，辛苦工作、操持家务之余，老人克服常人难以想象的困难，查阅大量历史资料，长期积累创作素材，在退休后，开始了艰苦的创作。老人家前后共用了三年多时间，数易其稿，创作完成长篇历史小说《乾天剑》。这部章回体小说，在宏大的历史背景下，展示了北宋熙宁年间发生于西北边地的一段波澜壮阔的历史事件。全书共十四卷一百二十回，七十五万字。2016年5月，该书在自治区版权局办理了作品登记证书。据了解，这将是石嘴山市文学史上第一部长篇历史章回小说。一位年届八旬的老人，用一已之力，为石嘴山市的文学事业增添了独特的韵味，这种精神，令人感叹！

其实，从刘瑞霞老人的身上，同样折射出的是我们这个移民城市“五湖四海，自强不息”的精神。在编辑整理《石嘴山故事》丛书时，其中弘扬的主旋律，从始至终无不是这种精神的体现。正因为如此，我们的先辈们才在黄沙漠漠的戈壁滩上耸立起了一座现代化的工业城市，在巍峨屹立的贺兰山下建设起了我们魂牵梦绕的美好家园。也正是这种精神，鼓舞着一代代石嘴山人自强不息，迎接挑战，在万千困难面前不低头、不服输，为我们的城市注入一种难能可贵的英雄气质。这种精神，激励着石嘴山儿女热爱石嘴山、建设石嘴山、发展石嘴山、振兴石嘴山，加快建设美丽家园，勇当建设黄河流域生态保护和高质量发展先行区排头兵。

中国第一代钢琴大师巫漪丽在年届八旬仍能为观众献上弹奏得行云流水、美轮美奂的《梁祝》，把美洒向人间。艺术让人不老，精神代代流传。这种崇高的境界同样属于刘瑞霞老人。

经过各方努力，刘瑞霞老人著作《乾天剑》即将付梓，嘱我写点文字，却之不恭，写下以上的感言，聊表贺忱。

是为序。

（选自《大武口文艺》2021 年第 4 期）

陈　词

陈词（1961—），本名陈驰，辽宁铁岭人。中国作家协会会员，辽宁延安文艺学会副会长。辽宁广播电视台电视剧编剧、制片人。出版散文集、散文诗集《读懂一个梦》等多部，担任编剧、制片人拍摄影视剧百部（集），其中长篇电视剧《凤凰起舞》在央视八套黄金档播出，获省“五个一工程”奖等奖项，电影剧本《鸟声依依》获上海全国剧本征集银奖，散文《悄悄流过》获冰心儿童文学佳作奖。

热爱，就好

——宁夏散文诗人张月平作品展读

一

月平文友生于宁夏石嘴山这块圣地，黄河、贺兰山等河山风光为她的诗文泼墨提供了丰富的营养。她的诗文，包括独到的散文诗优美细腻，一碰就顿生疼感。先就突兀蹦跳出胡杨千年不死、不倒、不巧的老常警句，更有“热爱，就好”呼啸响亮，这是她某篇散文的压轴句子，把我震撼了。热爱，就好。我遂捕到写月平的评魂！

热爱，就好，不是吗？她无论诗、散文诗、散文，无不被其牢系，直至将心身放飞如翅膀，每声鸣叫每次落脚或留驻，文学之根便也深深扎下，细思极美，因为爱，大爱中爱小爱，总之爱总是如此贴偎如此逼近于她的每一个段落字词句。

二

《怀念父亲》流水叮咚，说话一般，又说了什么？

“那时候父亲是生产队长，每次准备召集社员上工的时候，他都会拉着我的手，在村子的巷道里迈着有力的步伐，用浑厚的嗓音有韵律地喊着：上——工——了。我迈着小碎步，紧跟着父亲，也用稚嫩的童音紧跟着喊一句:上——工——了。”

“刚上一年级时，父亲偶尔去了趟县城，也许是为了庆祝他的老疙瘩闺女上学了，他特意为我买了双红凉鞋。在那个偏远的小山村，在我的同龄人夏天都还打着赤脚从来没穿过凉鞋的时候，我穿着那双红凉鞋，兴奋得满面通红，就像灰姑娘穿上了水晶鞋，公主一般走遍了村子里的角角落落。”

“年迈的父亲不懂画画，也不知水彩画为何物，但他还是带着老花镜赏玩古玩一般,笑眯眯地仔细‘欣赏’着我的每一幅画,让我很是羞愧。当看到一幅《斗牛图》时，他眉头紧锁了起来，把老花镜摘下来看了一会，重新戴上又看了一会。”

“你这画有点小毛病。”

“啥毛病？”我不高兴地问，心想你又不懂画。

“牛顶仗的时候尾巴是夹起来的，不是翘起来的。”

“哦，对……我，我有点粗心。”我吞吞吐吐应付着父亲。

“从那以后，我做什么事都不会再敷衍了，而是养成了认认真真做事、踏踏实实做人的好品质。”

“在父亲的鼓励下，我硬着头皮给自家写春联，没想到村里人看到，都纷纷请我写春联。无论亲疏，无论远近，只要人家要求，父亲都高兴地给应承下来，害得我每年光写对联就要写好几天。那几年春节，我们村好多家的门窗上都是我幼稚的‘书法’，现在想起来都很汗颜。”

长大了，出嫁了，总要回家看慢慢变老的父亲：“那天车晚点，左等右等不见来。数九寒天，北风呼呼地刮着，裹挟着雪花向人扑来，冻得人直打哆嗦。我让父亲回去，一会儿车来了我坐上走就行了，他还是执意不肯走，一直在路上陪着我，直到车来了，看到我坐上车，他才肯转过身去，慢慢地往回走去。看到寒风中父亲踽踽独行的背影，花白的头发在风中显得有些凌乱。”

细碎的文字因有了爱而凝结成珠，颗粒弹心，写活了父亲，写出临近黄河的儿女大情怀，叫人一次次读罢再读，月平颇会安慰，以爱在爱之外的筷子兄弟唱父亲的歌作尾，使思念大珠小珠落魂。步步惊心。

由此读开去，月平诗友的笔尖的尖与圆，光荣与孤独，节奏快与缓，细节翠而微，语言精而跌宕起伏，更有说来话长的女性特有。

三

身居藏宝之地，离之不远的蓝田，最先是那片大地上的眼睛，玉，引发作者的抒情之切入点吧。蓝田玉被她写得真好看，第一眼看过，也要因此对蓝田一见钟情的，不信，请着眼于她的散文诗《蓝田玉，石头吟唱的歌谣》，我不想多说散文诗文本之于本文的价值如何，因为寥寥数语我已掉进她为蓝田为玉所营造的大爱大氛围。

“蓝田玉是多情的。见证了唐明皇与杨贵妃的爱情，夜夜玉环叮当，击磬高歌。”

“蓝天玉是善良的。书生杨伯雍的传说，一唱再唱，生生不息。‘晴天日出入南山，轻烟飘处藏玉颜。’弱弱问一句，我也是书生，谁与我托梦？”

“人养玉，玉养人。这样的信仰站在云端。”

“临摹历史，我在等，与你相遇。”

“天空留给大地最深情的吻痕，岁月留给蓝田最长情的告白。”

“梳理对你的喜爱，在历史的橱窗里。一遍遍的爱抚，镀亮了蓝田玉和蓝田玉的故事。”

“蓝田玉，我的一眼千年！”

“借蓝田玉洒播温润。温润是爱，是最有力的表达。”

“最好的玉，才能引来最美的眼睛。”

“出众石而不俗，携柔情而不弱。”

就此诗，我既得到散文之飘逸，又得诗之淋漓，好不快哉。于此，我即可写出洋洋洒洒之评，但是否，“热爱，就好”一句早已概之，我以为是，玉是泪的结晶，我正用湿润的眼眶，与玉之爱同框。我朗读此诗千遍，不为别的，为数羊，我因此诗失眠。玉，因显贵早已照耀城镇之窗，像时代之眼，布满欲望的清明上河图，我却在此读出烟波空灵，甚至暮鼓晨钟。多好呀。

四

突然，啊突然。《我的长发我的梦》一个高水跳台，直接扎进我的心海，激起浪花无数。这是一篇没动用一句诗句，却诗核光耀无尽的好诗，果真还是那句“热爱，就好”，在成就诗魂。能不美吗，当想要爱，当人尚年轻当青春作伴当心中的梦有爱索求。啊，此诗真美，因为用长发飘飘轻易抵达爱。

“师范毕业时我已是长发垂肩了。可惜化茧成蝶何其难啊，我没有出落成琼瑶小说中的不食人间烟火的女子，当然得到的也将是一份世俗的爱情——尽管我有一头乌黑闪亮的长发。后来才发现，爱情本身就是与柴米油盐有关，完美的爱情大概只能在琼瑶小说中才能找到。值得庆幸的是，我实现了另一个梦，走上了三尺讲台，这才是最重要的。现在的我不再做虚幻的梦了，但还是留着长长的直发。不，还在做梦，只不过更现实罢了。”

多短小篇精的一章百字文，道不尽人的求爱之渴望及生活无奈，不用表白，字里行间透着美的忧伤，因濡染有爱、藏、慢、安静，笑着笑着哭了，克制甚至无聊，都没什么，人人有条曲径通幽，长发扫出的定然是美不胜收。

“十几年了，头发的‘流行风’是吹来又吹去，人们的头发是长了又短，直了又卷，黑了又黄，而我依然坚守着自己的‘阵地’，依然是一头清汤挂面的直发。”我读月平诗友之诗，读到此是我的幸运，可遇不可求，我视为偏得。

五

月平诗友写乡野，也写出不一样的品相。我从她的诗作中读到了有关信息。《乡村散板》《乡村的图腾》二章，一飘一庄，我细读之，也得到感言。我通读月平诗友之文集，绝对感到她也要宏篇大论，她是教师秉烛传承续写文明的大使，我试探看其笔何如脱离宁夏后土皇天，看呀看，字里行间我看到她对前师的尊崇对历史的眷顾对本土诗者的同肩担道，我却更看到她对本乡本土的讴歌或从亲历的角度印证从细节到宏观对其所印下的深象。

对此我略感不足，先以为节制，后以为她要从达观拯救微观。我细心从两首散文诗中捡挑，所得如下。

一树桃花在笑，一缕炊烟在舞，游子的脚步踏响了大地的心跳。

村庄永远敞开她的怀抱，心安就是回归。(《乡村散板》)

生活的历练，让它成为一只苍鹰，蹲踞在村口。世世代代，不曾展翅。

这并不影响它洞悉庄稼的长势，花草的情怀，前后院的家长里短。

村庄的每一缕呼吸，它的胸腔都一起一伏。

追梦的人，这里是起点，也是终点。(《村庄的图腾》)

这多少令人感叹，探到相当乡亲的景深，写出平凡意义的乡愁，我以为她看似温婉的诗写，尽量多融进爱的秋意，共勉。

六

倒是散文《又是一年桃花开》，促我心一亮，随之泪洒如落叶。我知道最深感孤独的绝不是桃花的落，而是落花后的桃树，其目睹一次不该早落的美，悲呼哀哉。我且更感触于心的是，月平诗友以她生活的亲历活活解读了一句人人笔下有、人人心中未必所有的古典：去年今日此门中，人面桃花相映红。人面不知何处去，桃花依旧笑春风。痛读此文，悲剧张扬大美，亦为大爱之所舍取。

“桃花依旧，拈花而笑的那个美丽女子又去了哪里？人面不知何处去，桃花依旧笑春风。”

“你用一方丝巾，挂在树上结束了你年轻的生命。听说你在树下坐了许久，你想些什么我们无从猜测，但我知道你对这个世界是留恋的，你的内心做了怎样一番挣扎啊！”

“刚入学的那一年，班里组织元旦晚会。大家把课桌挪到教室四周，中间留出长方形的空地表演节目。最后一个节目是‘难忘今宵大家共舞’，也许是同学之间还不熟悉，也许是班主任老师在，大家都很拘束。总之，音乐响起，没有一个人起来跳舞。主持人热情鼓动男生邀请女生跳舞，但还是没有人起身。冷场……气氛非常尴尬。这时，你站起身，走到班主任跟前，大方伸手邀请他与你共舞。你一边跳舞，一边仰着头与他聊天。不卑不亢，落落大方。”

“当我说起这件事时，你说班主任也是人，怕啥呢。一个女同学请他跳舞，作为男士，他是不会拒绝的。再说，大家都不跳，主持的同学多难堪呀。”

“有一次上自习，一位同学把瓜子皮撒在地上。你不是班干部，但你就是看不过去，说了她几句，让她把瓜子皮扫掉。她不但不听，还出言不逊，说你算老几，狗拿耗子多管闲事，看不过去你就扫。你没有与她对骂，默默地去门背后拿起笤帚和簸箕将瓜子皮扫掉。没想到那位同学还是不依不饶，骂骂咧咧，你一声不吭，上去就抽了那位同学两笤帚。当时，我吓得愣住了。”

“失去你，一种刻骨铭心的痛让我真想骂你。为人女，你无权离开。你的生命是父母给的，她不只属于你，你怎么有权利擅自扼杀呀。你知道白发人送黑发人，那是怎样的一种痛啊？他们含辛茹苦地把你养大，你却没有为他们养老送终。为人母，你有责任活着。‘没妈的孩子像根草’，没有了母亲的呵护，孩子内心的孤苦，你能体会到吗？亲人是疼爱你的，同学、朋友是喜欢你的，你的学生是爱戴你的——这么多理由都没能留得住你，你是如此决绝！”

“有时我在想，如果那是一场梦，梦醒来，你还是那样鲜活该多好啊。”

爱使月平诗友文笔飒爽，师心晓明，文句有节，省略得当，笔力相当。且这爱，使她笔下的人物，鲜明如泾渭，落地开花。我信服其笔饱含石和玉的硬亮度，丈量爱。

七

而深深打动我的是月平诗友的散文《又是一年毕业时》，回到文笔本身，回到她本身，一位迷人的教师，我充满错误时间地点人物和故事的中小学时代，为什么没有遇到如月平诗友般的班主任或教课老师。我现在只感激的是，让我们站在双安桥的一排男孩儿（十二三岁），背对大潮滚动的辽河，喊叫，预备，开始，开始的结果是，任由体育老师一脚一脚把我们踹进旋涡，还好，我们集体以狗刨游姿跻身水族。我是说，家家养了七八个孩子的父母没得抽出时间像月平诗友一样来爱她的学生，况且她得到回爱。

这回爱是什么？

“我很伤感，三年的朝夕相处，从刚进校的稚嫩小孩到青春少年，他们的成长有我的参与。我们之间有着太多的故事，但是从今以后，我的课堂不再有这些熟悉的面孔。”

“我准备回家，还没出校门就碰到两个女学生。

‘怎么还没回呀？’

‘老师，我可以拥抱一下你吗？’我愣了一下，瞬间明白过来，张开双臂，迎向这个文静的女孩。拥抱着这个女孩，就像拥抱着自己的孩子，温馨愉悦。我拍着她的背耳语道：‘以后有什么事都可以给老师打电话。’她塞给我一张写有她电话号码的纸条，羞涩地跑远了。”

这回爱是她用橡皮擦白自己的头发，把美丽的自己，一点点被孩子抱走，成为美的身影？

我最欣赏月平此文章的题记：我爱他们，也回收爱，撒一粒种子，收一个秋天。

但秋多寂寞呀，耗多少爱，能顶住孤独？何以解忧，散文、诗歌、散文诗？

八

爱，给她以回味生命承受之轻，让散文诗长出翅膀。飞多高不重要，落稳是目标。我愿在宁夏的歌者云众中听到她的嗓门。因为我宁愿相信，她的书写，不会是一种变老，而是一种变声，永远会在一堆杂乱中，听到一声玉的回报。

这来自爱，她把自己不断缩小，小到一管笛。散文诗注定会是她的一种暖宝。她说有爱就好，其实就是一种名著缩写。拒绝滔滔，因为很多玉要收藏。拒绝不绝，因为时代改写的东西太多，爱要反复被诗歌、散文、散文诗镀金。黄河才能永远魂系宁夏，富在身、心。月平是老师，她的诗文又是饱尝乡土宁夏，且不时流露神性，这预示她在形成风格和生命欲的重塑可能，立定宁夏，迎接世界风，包含自身抗争，我坚信宁夏大地上的玉眼，有她笑扬泪洒！

月平诗友的文集，繁杂，有待梳理。曾经的过往、事业、人情、山水，皆可契阔为爱的序列，没有褪颜，只有鹰叫声声里，旧梦排新排。我期待一场诗、散文、散文诗的混合列队，庄严而飘逸正听令于出发，热爱，就好，旗张扬。

（选自《贺兰山》2021 年第 4 期）

梁晓声

梁晓声（1949—），原名梁绍生，黑龙江哈尔滨人。代表作有《这是一片神奇的土地》《今夜有暴风雪》《雪城》等，长篇小说《人世间》获得第十届“茅盾文学奖”。

评路燕燕杂文集《燕语呢喃》

读路燕燕同志的杂文集，时有似曾相识之感。不是篇篇如此，而是指某几篇，使我联想到林海音和她的散文，她的回忆性叙事风格。

小学五六年级的语文课本中，节选了林海音的三四篇散文片断。如果由我编小学五六年级的语文课本，我会觉得选入路燕燕同志的散文，如《美丽的雪城》《遥远的四合院》《小议宁夏话》《怀念嘎拉哈》也不错；《小人书》一篇，可谓《窃读记》的姊妹篇，后者收在五年级上册语文课本中，而且是第一篇课文，也是林海音的名字第一次出现在课本中；下册还有她的一篇《冬阳·童年·骆驼队》与路燕燕同志的《遥远的四合院》有异曲同工的情境。

故我愿将她以上几篇推荐给小学老师们，完全值得当作课外欣赏之文读给五六年级的学生听；倘老师点评到位，对五六年级学生写好作文定有启发。

林海音和路燕燕两位女性有如下共同之点：林海音自幼喜读，路燕燕亦是。

在《小人书》一篇中，路燕燕写道："我家虽然贫穷，却有很多小人书。"她现在已是快退休的人了，但仍觉读书是一种享受。

林海音和路燕燕都是有阅读史的人。所不同的是——林海音自幼成长在生活较优越的人家，婚后生活也较优越。这使她自幼天性阳光，心有善根，开始写作后，文字温暖——她是着意以文字温暖别人的人。路燕燕则自幼成长在普通家庭，成长过程还经历了父亲非正常死亡，母亲为生活所迫不得不改嫁的心酸往事。但，我读她的散文，同样会感到她心性的阳光、善良以及她文字的温暖——她也是一个着意以文字温暖别人的人。

而这是比林海音更难能可贵的。

而这也正是好书对人的好影响的佐证。

路燕燕回忆别人的文字，流溢着发自内心的，自然而然的包容、关爱，如《穿喇叭裤的青年》《表弟的尴尬》《鹅姐》《梅》《担夫从我身边走过》《农民兄弟》等。

但她的眼里也会投出冷峻的目光，她的笔下也会写出强烈批判的文字，如《战争的罪恶》《由两起监护人失职导致儿童丧生案说起》《残忍的冷漠——写在南京饿死女童案宣判之后》《呼唤公德》等篇。

路燕燕同志是宁夏一座地级城市石嘴山市的记者。她的眼，并未因地处小城而视域局限；她的笔，也未因自己是地方媒体的记者而画地为牢。

她不但是一个着意以文字温暖别人的人，还是一位充满职业责任的记者。

路燕燕同志——她快乐地、兴趣多样地、工作热忱地、热爱家庭也热爱生活地、人生态度特别积极地、友善待人地、喜欢与书为伴地生活在大西北的一座小城市里。

她的散文给我以上印象。

她是一个幸福的人。

她的散文尤其给我此种印象。

她的幸福感，对于当代中国许许多多人，特别是青年具有极其宝贵的启示——幸福的人生到底是什么样的人生？普通人的人生真的好可怕吗？

是的，在“浮躁”二字纠缠中国人的当下，路燕燕给予我们的启示确实很宝贵。

（选自《石嘴山日报》2010年5月）

崔国发

崔国发（1964—），安徽望江人。中国作家协会会员。著有散文诗集《黎明的铜镜》《鲲鹏的逍遥游》《黑马或白蝶》，诗论随笔集《审美定性与精神镜像》《中国散文诗学散论》《诗苑徜徉录》《散文诗创作探微》，散文集《铜都溢彩》（合著）等10余部。荣获“全国十佳散文诗人”称号以及冰心儿童文学新作奖·散文奖、中国第五届散文诗大奖。

仁山智水自多情

——宁夏散文诗人王跃英《贺兰山之恋》评析

王跃英说散文诗是距梦想最近的文体。他的梦想就是亲近山水的梦想，特别是在宁夏，山川入梦，道法自然，诗人安身立命，在气韵生动的天地之间找到自己眼中的大美，并臻于心灵自在的化境，从这个意义上说，王跃英是一个仁者，是一个智者，是贺兰山之子，是宁夏大好河山的知音。

仁山智水自多情，他的散文诗中有大量与山水共情的书写，诗人带着对塞上大自然的礼敬，一直朝着诗的方向行走，在湖光山色之间摇荡性情，氤氲灵气，尽享独与天地精神相往来的快意，字里行间倾注着一种尽精微、致广大的真挚情怀与生命情致，一种景互连、情相牵的精神气格与审美气度。

在诗人的心中，山的壮骨与水的灵性相伴相生，山和水都处于一个大的生命律动中，含情契理，浑厚俊朗。山水之间那种激昂与温婉，或是诗者性情的自然流露、活力的竞相迸发、诗心的浩然荡漾。

翻开他的散文诗集《贺兰山之恋》，首先映入眼帘的是湖。智者乐水情意生，水是大地的血脉，有水则灵，悠然淡泊，乃有一种灵与智的衍生。他喜欢写湖，湖语、湖恋、湖魂、湖水汤汤、喀纳斯湖，还有心上的沙湖等等，上善若水，静水深流，捕捉湖水与生命之源的活性元素，可谓灵气生辉，天然秀出。

《湖语》即是“湖的自白”，生活中不是缺少美，所幸诗人拥有一双“慧眼”。作者笔下的湖，位于黄河与贺兰山交会的地方，她不只是“徜徉在宁夏平原的一曲并不婉转的歌谣”，心中时常还会唤起“一种圣洁而崇高的使命”。生生不息，血液中流淌着庄严的情思，充满着亲情般的眷顾。“倾听雨水与山洪的叮咛，铭记大山与大河的嘱托，探求流淌与升腾的含义，为此，我出落得如此美丽。在这山水环抱的城市的清澈透明中，有我永恒的圣洁。”在我看来，流淌与升腾的过程本身就是意义，跃英是一个有心有情有义之人，他的“多情”本自亲切的自然，本自他熟悉的湖水，本自其人生经验与诗性智慧。聆听湖水的自言自语，我仿佛感受到了理想中的“清澈透明”与“永恒的圣洁”愿望的生动表达。即物生情，顾盼生姿，因湖明理，诗人在湖波之中、山水之间深切地悟得爱的真谛。

《湖恋》也是一篇“风情万种、灵性飞扬”之作。一泓碧波荡漾的柔水，无论是从叶脉上滚落下来，还是从根须中慢慢渗出，都带有她内在的心性、憧憬、眷恋、希望和无尽的畅想，诗人想借此抒写的是“把成长寄托在奉献的快乐中”的渴望，以及“奉献着我永恒的忠诚”的铮铮誓言，读来情真意切，自然流畅。《湖魂》皈依的依然是一颗“明净清澈”的心魂，是生命在歌声中呈现的美丽，更是一种“美轮美奂的思想”，全篇辞采激扬，通透敞亮，尽显在山水之间眷恋中情愫幻化之美。

王跃英就是这样把心灵交付给山水，沉浸于沙湖，所有的情感都有安放之处。在银川平原一个美丽朴素的角落，诗人注精凝神，逸兴遄飞，澄怀味象，宁静致远，遇见沙湖时忽发人生之慨叹与生命之感喟。《写给沙湖》的行文风格属率性、丰沛而明净的那种，文字里饱含着浓郁的诗情与深厚的哲思。诗情的浓郁体现在作者对沙湖的温软恬静的风姿、儒雅沉静的仪态、柔美潋滟的波光、灵性十足的沙水、阳光灿烂的花地的摹写上，深厚的哲思则通过关于沙与水誓不相容的厮杀故事、沙与水化干戈为玉帛、湖边与沙丘上连绵不断的脚印、一方山水写就的江湖等的悉心表达，让人或沉思默想，或沉浸于人生的长思短想，或恍然有所彻悟，或虔诚地孜孜探寻，从而体味着一个充满睿智的、哲学的沙湖，同时让读者像游客一样，进入“诗意一样美丽、哲理一样深刻”的境界。可以说，明澈的诗情与深远的哲思相互融合与渗透，使这章散文诗彰显出诗人的真性情，以及诗人以内心与山水相互观照的思想胜境与艺术神髓。

王跃英的散文诗，对自然的敬畏与朝圣，还表现在对山的无限景仰上。有人说：“山是大地的脊梁，有山，大地才坚实，才丰厚，才有棱有角。”王跃英立足于写宁夏的山川风物，使至塞上，他既写贺兰山的奇崛与俊朗，也写他所生活与工作地矗立的、“一直紧紧地拽着大山的衣襟”、是“贺兰山攥在手中的那把金灿灿的钥匙”的石嘴山，还写坚如磐石、“借我一缕鸡足山的韵律吧，让我诗意葱茏，舞姿翩翩”“借我一缕鸡足山的神性吧，让我祛除污浊，目爽神清”的鸡足山，诗人在创作中行神如空，行气如虹，气象宏阔，真力弥满，元气充塞，有一种凛冽劲健的清刚之气。仁者之乐，就像大山那样崇高而奇峭。诗人对山的抒怀，如《山里，星空依旧湛蓝》《山那边，好地方》《与山为邻》《山路很险》《山没有脚印》《山谷里的岩画》等诸篇，皆是将身心投入山的怀抱，用心灵与情感去统摄，在对山的仰视中不断寻找人文的象征与精神的寄托，进而抵达如庄子所言之“天地与我并生，而万物与我为一”的境界。

山既壮美，诗亦雄奇，究天人之际，成一家之诗。王跃英笔下的贺兰山，起伏跌宕，气势恢宏，虽“不婆婆妈妈”，但饶有情怀，总体上表现出高古、冷峻、疏朗、明畅、挺拔的气象。诗人的很多笔墨表达了对贺兰山的敬重与崇仰，一种对山水的痴情恩爱与朋友般的深挚感情跃然纸上。一场大雪静悄悄地落在诗人栖居的边城，他掩饰不住内心的激动，因为“又能眺望冬雪覆盖着的贺兰山了”，那该是贺兰山最美的景色，诗人始终确信，白色遇上冷峻，能调理出这个世界最动人的风景。“雪落在贺兰山之巅，那种圣洁，让灵魂为之战栗。看得久了，就能感觉得到：心里装满纯洁，尘世会少许多羁绊。”（《雪落在贺兰山之巅》）这是多么雅致高洁的情怀！诗人从尘世的羁绊中跳脱出来，内心深处不流于俗，于贺兰山大雪纷飞的圣洁之中，透迤着诗者战栗的灵魂与智慧的诗性。贺兰山作为西部特有的自然与文化符号之一，它确实让我们产生了“逗留”而依依不舍的愿望，西部散文诗的敞开与照亮，大抵与心灵有关，体味与分享这单纯而不乏深微的精神力量，才算是留住了文化的乡愁，留住我们心中永在的根脉，追根溯源，散文诗由此打上了一种朴素纯粹的本色。

跃英先生是石嘴山人，自小与贺兰山有天然的亲近。他以贺兰山为依托，一直意在寻觅自然的诗意，灵魂在与贺兰山的观照中，建立了一种和谐的关系，通过有情的文字达到一种默契的平衡。“雨露滋润，万物生长。原来，坚硬如铁的山脉要想花枝招展，竟然也要看雨水的脸色。但这并不影响这座山脉的气质。少了雨露的滋润，这座大山四季如一，一点也不婆婆妈妈——山上，风的痕迹大过雨水的痕迹。山下，得益于它的庇护，万物欣欣向荣。峰峦叠嶂中，山脉永远清晰可见。素面朝天，更接近生命的本真。也许，这座大山就是父亲，它更乐见的，是膝下的城市乡村像儿女一样，在它的庇护下，日新月异，顾盼生辉。”（《贺兰山》）这便是贺兰山及其膝下的儿女接近本真的生命生存状态。人与自然和谐与共，人与山之间的关系，正如儿女与父亲一样，这种亲情维系，不仅得益于贺兰山对人类及其生活环境的庇护与滋润，也得益于人类对贺兰山的景仰、礼敬与感恩，诗中构建的便是这样一个人与自然互鉴生辉、万物生长、欣欣向荣而郁郁葱葱的和谐世界，乃是我们共同生活的精神家园啊！贺兰山在王跃英的散文诗中留下了鲜明独特的标记，细读深思，自会透出思想的静穆、心灵的风景、情感的深度和人格的力量。

对于一个作家来说，能够与一座山长相厮守该是一种血肉相连的缘分。日久自然生情。偏居“塞上煤城”一隅，在一个名叫石嘴山的城市，诗人将逶迤而至的贺兰山的一角紧紧拽住，让绵延的山峦连成广袤一片，格局与心胸一下子就大了起来。岳飞“那阕流传千古的《满江红》，一句‘驾长车，踏破贺兰山缺’，让天下名山为之艳羡”。诗人坦言，雄伟和俊秀虽非贺兰山的特质，但它奇崛、富有、神圣，有着自己俊朗的性格、庄严的威仪、快乐的精灵、坚硬的奇石、蜿蜒的边墙和岩画般的文身，有着父亲一样的阳刚和天地晴明的气息。诗人找到了属于他自己的精神原乡，找到文化坐标系上的心灵波动的曲线，“有定力，自会打动人心”“年纪越长，越不愿意在外长久逗留，免得没有依靠，失魂落魄。此生啊，没有这座大山的地方，我便视作天涯。”诗人把贺兰山当作灵魂的依赖、魂魄的寄托，当作生命的定力，当作诗的地理空间，当作打开地域文化的一把钥匙。如果说“首句标其目”的话，那么“卒章显其志”：“千百年来，不变其形，不改其色，不移其志，是这座大山固有的秉性”“厮守在这座伟岸的山旁，一生一世都会挺直脊梁！”贺兰山的秉性，其实就是深刻的人生哲理。读到这里，我不得不说，贺兰山，这一特定的地理符码，既是诗人灵魂的方向、文化的向度与诗歌艺术海拔的高度，也是作者的生命之源、家园之恋、精神之思与诗意的栖居之所啊！

总的来说，王跃英的散文诗，立足塞上，行走于仁山智水之间，苍润并济而自出机杼，清雅高洁而归于本真，既摹写山水的灵动之趣，又寓深邃的哲理于诗里行间，一任自己的真性情随自然、山川、历史、文化、人生感悟而自由生发，率意中流露出心灵的自足与自洽，天地大美与山水之恩、之情、之意得以外化，于无根处寻根，在神圣中示情，显示出一个诗人守望家园的执着与坚韧。

（选自《作家报》2022 年 4 月）

后 记

编辑出版《石嘴山市城市文学丛书》及《名家笔下的石嘴山》，是对石嘴山市建市60多年来一次文学艺术方面的全面回顾和认真总结，也是加快石嘴山文化建设、提振文化自信的重要举措。在2022年3月召开的石嘴山市文艺工作座谈会上，市委主管宣传思想文化工作的领导提出了这一课题，特别是首次厘清了石嘴山“城市文学、工矿文艺”内涵，具有高屋建瓴的指导意义。基于对这一命题的进一步思考和发掘，编撰一套系统体现石嘴山市建市60年多年来“城市文学、工矿文艺”的丛书，以兹彰显石嘴山文学在宁夏文学方阵的地位和价值，就被提到石嘴山市文联2022年工作的重要议程。

怎样把这项既体现地方文学发展历史又具有开拓性的工作做好？这是丛书编委会的每一位同志都在认真思考的问题。为此，会议研究了多次，会后又商议了多遍，同时也广泛征求了各方面意见，形成了许多共识。首先，就是牢牢把握一个鲜明的主题。这就是紧紧围绕石嘴山市市情衍生的石嘴山文学，充分彰显其在宁夏乃至全国颇具特色的“城市文学、工矿文艺”内涵。把握住这一主线，石嘴山文学在宁夏文学方阵中的价值和方位就能够得以充分体现，也为丛书编选提供了大纲。其次，就是牢牢把握全面反映石嘴山文学发展常态。建市60多年以来，石嘴山的文学事业紧随时代发展而发展，也显现出不俗的成就。据不完全统计，其间先后结集出版的各类文学作品集逾百部，这就为我们编选丛书具备了雄厚的基础，但在如此浩瀚的文库中选出具有代表性的作品，编选工作量之大，需要我们拿出大海捞针的工作精神。最后，就是牢牢把握能够代表石嘴山市文学水平这一尺度。在浩如烟海的文学卷帙中，我们充分考虑到选录本地区作家在国家核心报刊发表的作品。本着对历史负责的态度，我们还精选一部分本地区文学期刊上的作品，同时，要求每位作家只精选自己的一种文体作品。此外，对少数民族作家和女作家的作品，也多有考虑，力求能够全面反映石嘴山市 60 多年来文学创作队伍的状况和创作水平。

《石嘴山市城市文学丛书》及《名家笔下的石嘴山》启动以来，得到各方的热切关注和全力支持。自治区党委宣传部、石嘴山市委宣传部悉心指导，自治区文联主要领导及宁夏作家协会有关同志给予全方位的支持协调。石嘴山市委常委、宣传部部长王正儒同志为丛书作序，在宁夏和全国文学界享有盛誉的著名作家石舒清、郭文斌先生也欣然提笔作序，令人感念；许多来过石嘴山、写过石嘴山的国内名家不吝献稿，令人感佩；石嘴山市的百余名作家积极配合，选出自己最好的作品参加选编，令人感奋。在短短的几个月时间里，先后有包括国内一批著名作家在内的 188 人次的作家作品云集其中，既为这皇皇四卷本文学大书能够顺利面世注入了强大的文学活力，也是将其试图成为融汇思想性、可读性、艺术性、史料性和典藏性于一体的百年选本的基本保证。

文章千古事，甘苦寸心知！《石嘴山市城市文学丛书》及《名家笔下的石嘴山》从启动编撰到出版面世，前后历时近一年时间，编委会近 20 位来自各个不同岗位的作家艺术家，克服种种困难，精心编稿；宁夏人民出版社领导和编辑全力支持；星秀传媒的同志日夜加班加点，不辞辛劳。要做成一项卷帙浩繁的文化工程，难度之大，可想而知，加上其它方面的原因，以及编选水平有限，工作疏漏和缺憾在所难免，祈请广大读者不吝指正。

石嘴山市文学艺术界联合会党组书记、主席　丁少贵